Contemporánea

Michael Ondaatje (Colombo, Sri Lanka, 1943) estudió en Inglaterra y actualmente trabaja como profesor universitario en Canadá. Ha cultivado diversos géneros literarios con un estilo siempre innovador. Fascinado por el Oeste americano escribió *Las obras completas de Billy el Niño* (1970), una original combinación de poesía, prosa e imágenes. Entre su obra narrativa destacan novelas como *En una piel de león* (1987), *El fantasma de Anil* (2000, Premio Médicis, Irish Times International Fiction Prize y Premio Giller), *Divisadero* (2008) y *El viaje de Mina* (2011). Sin embargo, la obra que le otorgó reconocimiento internacional fue *El paciente inglés* (1992, Premio Booker), adaptada al cine por Anthony Minghella en 1996. Su aclamada obra poética, con títulos como *The Man with Seven Toes* (1969), *The Cinnamon Peeler: Selected Poems* (1991) o *Escrito a mano* (1999), se caracteriza por la profusión de sorprendentes imágenes y metáforas. También ha escrito sus memorias, recogidas en el libro *Cosas de familia* (1998).

Michael Ondaatje

El paciente inglés

Traducción de
Carlos Manzano

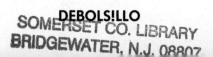

Título original: *The English Patient*
Primera edición en Debolsillo: noviembre, 2016

© 1992, Michael Ondaatje
© 2016, Penguin Random House Grupo Editorial, S. A. U.
Travessera de Gràcia, 47-49. 08021 Barcelona
© Carlos Manzano, por la traducción

Printed in Spain – Impreso en España

ISBN: 978-84-663-3770-0
Depósito legal: B-19.709-2016

Impreso en Liberdúplex
Sant Llorenç d'Hortons (Barcelona)

P 337700

Penguin
Random House
Grupo Editorial

«La mayoría de ustedes recordarán —estoy seguro— las trágicas circunstancias de la muerte de Geoffrey Clifton en Gilf Kebir, a la que siguió, en 1939, la desaparición de su esposa, Katharine Clifton, durante la expedición por el desierto en busca de Zerzura.

»No puedo por menos de comenzar la reunión de esta noche expresando mi condolencia por aquellos trágicos sucesos.

»La conferencia de esta noche...»

(Acta de la reunión celebrada en noviembre de 194... por la Sociedad Geográfica de Londres.)

I

La villa

Se puso de pie en el jardín en el que había estado trabajando y miró a lo lejos. Había notado un cambio en el tiempo. Se había vuelto a levantar viento, voluta sonora en el aire, y los altos cipreses oscilaban. Se volvió y subió la cuesta hacia la casa, trepó una pared baja y sintió las primeras gotas de lluvia en sus desnudos brazos. Cruzó el pórtico y se apresuró a entrar en la casa.

No se detuvo en la cocina, sino que la cruzó y subió la escalera a obscuras y después continuó por el largo pasillo, a cuyo final se proyectaba la luz que pasaba por una puerta abierta.

Giró y entró en la habitación: otro jardín, de árboles y parras esta vez, pintado en sus paredes y techo. El hombre yacía en la cama con el cuerpo expuesto a la brisa y, al oírla entrar, volvió ligeramente la cabeza hacia ella.

Cada cuatro días le lavaba su negro cuerpo, comenzando por los destrozados pies. Mojaba una manopla y, manteniéndola en el aire, la estrujaba para que el agua le cayera en los tobillos. Al oírlo murmurar, alzó la vista y vio su sonrisa. Por encima de las espinillas, las quemaduras eran más graves, más que violáceas, hasta el hueso.

Llevaba meses cuidándolo y conocía el cuerpo bien: el pene, dormido como un hipocampo; las caderas, estrechas y duras. Los huesos de Cristo, pensó. Era su santo desesperado. Yacía boca arriba, sin almohadón, mirando el follaje pintado en el techo, su baldaquín de ramas y, encima, cielo azul.

Le puso tiras de calamina en el pecho, en los puntos en que estaba menos quemado, en que podía tocarlo. Le gustaba la cavidad bajo la última vértebra, su farallón de piel. Al llegar a los hombros, le soplaba aire fresco en el cuello y él murmuraba algo.

¿Qué?, preguntó ella, tras perder la concentración.

Cuando él volvió su obscura cara de ojos grises hacia ella, se metió la mano en el bolsillo. Peló la ciruela con los dientes, sacó el hueso y le introdujo la pulpa en la boca.

Él volvió a murmurar y atrajo el atento corazón de la joven enfermera, que estaba a su lado, hasta sus pensamientos, hasta el pozo de recuerdos en el que no había cesado de sumergirse durante los meses anteriores a su muerte.

El hombre recitaba con voz queda historias que pasaban de un plano a otro del cuarto como un halcón. Se despertaba en el cenador pintado que lo envolvía con su profusión de flores inclinadas, brazos de grandes árboles. Recordaba jiras, recordaba a una mujer que besaba partes de su cuerpo ahora quemadas y de color berenjena.

He pasado semanas en el desierto sin acordarme de mirar la luna, como un hombre casado puede pasar días sin mirar la cara de su esposa. No es que peque por omisión, sino que está absorto en otra cosa.

Sus ojos se clavaron en el rostro de la joven. Si ésta apartaba la cabeza, la mirada de él se proyectaba ante ella en la pared. La joven se inclinó. ¿Cómo te quemaste?

Estaba avanzada la tarde. Sus manos jugaban con la sábana, la acariciaban con el dorso de los dedos.

Caí en el desierto, envuelto en llamas.

Encontraron mi cuerpo, me hicieron una balsa con ramitas y me arrastraron por el desierto. Estábamos en el mar de Arena y de vez en cuando cruzábamos lechos de ríos secos. Nómadas, verdad, beduinos. Caí al suelo y la propia arena ardió. Me vieron salir desnudo del aparato, con el casco puesto y en llamas. Me ataron a un soporte, una armadura como de barca, y oía los pesados pasos de los que me llevaban corriendo. Había perturbado la parsimonia del desierto.

Los beduinos conocían el fuego. Conocían los aviones que desde 1939 caían del cielo. Algunos de sus utensilios y herramientas estaban hechos con el metal de aviones estrellados y tanques despedazados. Era la época de la guerra en el cielo. Sabían reconocer el zumbido de un avión tocado, sabían abrirse paso entre semejantes restos de naufragio. Un pequeño perno de cabina se convertía en una joya. Tal vez fuera yo el primero que salió vivo de un aparato en llamas: un hombre con la cabeza ardiendo. No sabían cómo me llamaba y yo no conocía su tribu.

¿Quién eres?

No lo sé. No dejas de preguntármelo.

Dijiste que eras inglés.

Por la noche nunca estaba lo bastante cansado para dormir. Ella le leía pasajes de cualquier libro que encontrara en la biblioteca del piso inferior. La vela parpadeaba en la página y en el rostro de la joven enfermera que leía y apenas dejaba ver los árboles y el panorama que decoraba las paredes. Él la escuchaba y absorbía sus palabras, como si fueran agua.

Si hacía frío, ella se metía con cuidado en la cama y se tumbaba a su lado. No podía descansar peso alguno sobre él, ni siquiera su fina muñeca, sin hacerle daño.

A veces, a las dos de la madrugada, aún estaba despierto y mantenía los ojos abiertos en la obscuridad.

Había olido el oasis antes de verlo: la humedad en el aire. Los murmurios de cosas: las palmeras y las bridas. Los ruidos de latas cuya intensidad revelaba que iban llenas de agua.

Vertieron aceite en grandes trozos de tela suave y se los colocaron encima. Estaba ungido.

Sentía la presencia del hombre que permanecía siempre junto a él y en silencio, el olor de su aliento, cuando, cada veinticuatro horas, se inclinaba, a la caída de la noche, para quitarle las telas y examinar su piel en la obscuridad.

Sin las telas, volvía a ser el hombre desnudo junto al aeroplano en llamas. Lo cubrían con capas de fieltro gris. ¿A qué gran nación pertenecerían quienes lo habían encontrado? ¿Qué país era el que había dado con dátiles tan blandos para que el hombre que tenía a su lado los mascase y después los pasara de su boca a la suya? Durante el tiempo que vivió con ellos no consiguió recordar de dónde era. Igual podría haber sido el enemigo contra el que había estado combatiendo desde el aire.

Más adelante, en el hospital de Pisa, le pareció ver junto a él el rostro que había acudido todas las noches a mascar y ablandar los dátiles e introducírselos en la boca.

Aquellas noches carecían de color, de palabras o canciones. Cuando permanecía despierto, los beduinos guardaban silencio. Estaba en un altar en forma de hamaca y con vanidad se imaginaba a centenares de ellos en torno a él, pero podían haber sido sólo dos los que lo habían encontrado y le habían quitado de la cabeza el casco con llamas en forma de astas. A esos dos sólo los conocía por el sabor de la saliva que acompañaba el dátil o por el sonido de sus pies al correr.

Ella se sentaba y leía del libro bajo la luz parpadeante. De vez en cuando echaba un vistazo al pasillo de la villa, que había sido un hospital de guerra y en la que había vivido con otras enfermeras hasta que se habían ido trasladando todas, al avanzar la guerra, ya casi acabada, hacia el Norte.

Fue la época de su vida en que se volcó en los libros como única vía de salvación. Pasaron a ser media vida para ella. Se sentaba, encorvada, ante la mesilla de noche y leía la historia del muchacho que en la India aprendió a memorizar diversas joyas y otros objetos de una bandeja, que pasó de un maestro a otro: unos le enseñaron el dialecto, otros a ejercitar la memoria, otros a evitar la hipnosis.

El libro descansaba sobre su regazo. Se dio cuenta de que llevaba más de cinco minutos mirando la porosidad del papel, el pliegue en la esquina de la página 17, que alguien había dejado como marca. Acarició la piel de la encuadernación. Una idea corrió por su cabeza como un ratón por el techo, una polilla en la ventana de noche. Miró el pasillo, aunque en la Villa San Girolamo ya no vivía nadie, excepto el paciente inglés y ella. En el huerto, situado más arriba de la casa y cubierto de cráteres, tenía plantadas suficientes hortalizas para que pudiesen sobrevivir y de vez en cuando acudía desde la ciudad un hombre con el que intercambiaba jabón, sábanas y cosas que quedaran en ese hospital de guerra por otros productos de primera necesidad: unas habas, algo de carne. Ese hombre le había llevado dos botellas de vino y todas las noches, después de permanecer tumbada con el inglés hasta que se quedaba dormido, se servía, ceremoniosa, una jarrita y se la llevaba hasta la mesilla de noche, junto a la puerta entornada, y, mientras se sumía otra vez en el libro que estuviera leyendo, saboreaba el vino.

Conque para el inglés, ya escuchara atento o no, los libros presentaban saltos en la trama, como trozos de carretera arrancados por las tormentas, episodios perdidos como la sección de un tapiz comido por langostas, como el yeso reblandecido por los bombardeos y caído de un mural por la noche.

La villa en que ahora vivían el inglés y ella era algo bastante parecido. Los escombros impedían el paso a algunas habitaciones. El cráter causado por una bomba dejaba pasar la luz de la Luna y la lluvia en la biblioteca del piso inferior, en uno de cuyos ángulos había un sillón permanentemente empapado.

No le importaba que el inglés se perdiera esos episodios. No le hacía un resumen de los capítulos que faltaban. Se limitaba a sacar el libro y decir «página 96» o «página 111». Ésa era la única referencia. Se llevaba las manos del inglés a la cara y las olía: seguían impregnadas del olor a enfermedad.

Se te están volviendo ásperas las manos, decía él.

De las hierbas y los cardos y de cavar.

Ten cuidado. Ya te avisé sobre los peligros.

Ya lo sé.

Entonces se ponía a leer.

Su padre le había enseñado a conocer las manos y también las patas de los perros. Siempre que su padre estaba solo con un perro en una casa, se agachaba y le olía la piel en la base de la pata. ¡Éste, decía, como si procediera de una copa de coñac, es el mejor olor del mundo! ¡Un aroma exquisito! ¡Resonancias profundas de viajes! Ella fingía sentir asco, pero la pata del perro era, en efecto, una maravilla: su olor nunca recordaba a la suciedad. ¡Es una catedral!, había dicho su padre, el jardín de Fulano, ese campo de hierba, un paseo por entre ciclaminos, los indicios concentrados de todos los senderos que el animal ha seguido durante el día.

Una carrerita como de ratón en el techo y volvía a alzar la vista del libro.

Le quitaron la mascarilla de hierbas de la cara. El día del eclipse. Lo estaban esperando. ¿Dónde se encontraría? ¿Qué civilización sería aquélla, que entendía las predicciones del tiempo y la luz? El Ahmar o El Abyadd, porque debían de ser de una de las tribus del desierto noroccidental, de las que podían recoger a un hombre caído del cielo, las que se cubrían la cara con una mascarilla de cañas de oasis trenzadas. Ahora tenía un lecho de hierba. Su jardín favorito del mundo había sido el que formaba el césped en Kew con tan delicados y diversos colores, como los diferentes niveles de fresnos en una colina.

Contempló el paisaje bajo el eclipse. Ya le habían enseñado a alzar los brazos para atraer a su cuerpo la fuerza del universo, como el desierto abatía aviones. Lo transportaban en un palanquín de fieltro y ramas. Veía cruzar por su campo de visión las vetas de color de los flamencos en la penumbra del sol cubierto.

Siempre tenía ungüentos, u obscuridad, sobre la piel. Una noche oyó un sonido como de campanillas agitadas por el viento en el aire y, cuando, al cabo de un rato, cesó, se quedó dormido con el anhelo de oír ese sonido, como el —apagado— de la garganta de un ave, tal vez un flamenco, o de un zorro del desierto que uno de los hombres llevaba en un bolsillo —medio cerrado por una costura— de su albornoz.

El día siguiente, mientras yacía una vez más cubierto con tela, oyó retazos de aquel sonido cristalino, un sonido procedente de la obscuridad. Al atardecer, le quitaron el fieltro y vio la cabeza de un hombre por encima de una mesa que avanzaba hacia él y después comprendió que el hombre cargaba con un yugo gigantesco del que colgaban centenares de botellitas de diferentes tamaños y sujetas con cuerdas y alambres. Se movía como si formara parte de una cortina de cristal, con el cuerpo en el centro de esa esfera.

La figura se parecía enteramente a los dibujos de arcángeles que había intentado copiar en la escuela, sin lograr entender nunca cómo podía un cuerpo dar cabida a los músculos de semejantes alas. El hombre daba lentas zancadas, tan ágiles, que las botellitas apenas se inclinaban. Una ola de cristal, un arcángel, todos los ungüentos de las botellas iban caldeándose al sol, por lo que, cuando tocaban la piel, parecían calentados a propósito para aplicarlos a una herida. Tras él, aparecía una luz tamizada: azules y otros colores que titilaban en la neblina y la arena. El tenue sonido del cristal, los diversos colores, el majestuoso paso y su rostro parecido a un cañón fino y obscuro.

De cerca, el cristal era basto y estaba rayado por la arena, un cristal que había perdido su lustre. Cada botella tenía un corcho diminuto que el hombre sacaba y sostenía con los dientes, mientras mezclaba el contenido de una botella con el de otra, cuyo corcho mantenía también entre los dientes. Se situó con sus alas por encima del quemado cuerpo supino, hundió dos palos profundamente en la arena y después se separó del yugo de dos metros, que ahora se balanceaba entre los dos soportes. Salió de debajo de su tenderete. Se dejó caer de rodillas, se acercó al piloto quemado, le colocó sus frías manos en el cuello y las mantuvo en él.

Era conocido por todos los que hacían la ruta de camellos del Sudán septentrional a Giza, la de los Cuarenta Días. Iba al encuentro de las caravanas, vendía especias y líquidos y se desplazaba entre oasis y campamentos con agua. Caminaba por entre tormentas de arena con aquella cota de botellas y los oídos taponados con otros dos corchitos, por lo que parecía —aquel doctor mercader, aquel rey de óleos, perfumes y panaceas, aquel bautista— un recipiente, a su vez. Entraba en un campamento e instalaba la cortina de botellas ante quien estuviera enfermo.

Se acuclilló junto al hombre quemado. Formó un cáliz de piel con las plantas de sus pies y se echó hacia atrás para coger, sin mirar siquiera, algunas botellas. Al descorcharlas, de cada una de ellas emanaba perfume, un aroma de mar, olor a herrumbre, índigo, tinta, lodo de río, viburno, formaldehído, parafina, éter: una caótica marea de aires. A lo lejos se oían los chillidos que lanzaban los camellos al percibir las fragancias. El hombre empezó a untarle las costillas con una pasta verdinegra. Era hueso molido de pavo real, producto de un trueque en una medina occidental o meridional: el remedio más potente para la piel.

Entre la cocina y la destruida capilla, una puerta daba paso a una biblioteca ovalada. Su interior parecía seguro, excepto un gran agujero, a la altura del rostro, en la pared más lejana, causado por un ataque con proyectiles de mortero que la villa había sufrido dos meses atrás. El resto de la sala se había adaptado a su herida y había aceptado las oscilaciones del clima, las estrellas vespertinas, los sonidos de los pájaros. Había un sofá, un piano tapado con una tela gris y una cabeza de oso disecada y las paredes estaban cubiertas con altas estanterías de libros. Los estantes más próximos a la pared rota estaban combados, porque la lluvia había duplicado el peso de los libros. También entraban rayos en la sala, una y otra vez, que caían sobre el piano tapado y la alfombra.

En el extremo había puertas acristaladas, recubiertas con tablas. Si hubieran estado abiertas, habría podido ir de la biblioteca al pórtico y de éste, tras bajar los treinta y seis peldaños de penitente, pasar por delante de la capilla y llegar a un antiguo prado, ahora herido por las bombas de fósforo y las explosiones. El ejército alemán había minado muchas casas de las que se retiraba, por lo que se habían precintado la mayoría de las habitaciones innecesarias, como aquélla, clavando las puertas a sus marcos.

La joven conocía esos peligros cuando se introdujo en la sala y caminó por ella en la penumbra de la tarde. Se detuvo, consciente de pronto de su peso sobre el entarimado, y pensó que probablemente fuese suficiente para activar el mecanismo que pudiera haber en él. Tenía los pies sobre el polvo. Sólo entraba luz por el mellado círculo dejado por el mortero, por el cual se veía el cielo.

Sacó *El último mohicano*, acompañado de un chasquido, como si lo hubiera separado de una pieza compacta, y, al ver, aun con tan poca luz, el cielo y el lago de color aguamarina en la ilustración de la portada, con un indio en primer plano, se sintió animada. Después, como si hubiera alguien en el cuarto a quien no debiese molestar, retrocedió pisando sus propias huellas, para mayor seguridad, pero también como si se lo impusiera un juego secreto, a fin de que pareciese que había entrado en la habitación y después su cuerpo había desaparecido. Cerró la puerta y volvió a colocar el precinto que avisaba del peligro.

Se sentó en el hueco de la ventana del paciente inglés, con las paredes pintadas a un lado y el valle al otro. Abrió el libro. Las páginas estaban pegadas en una ondulación rígida. Se sintió como Crusoe al encontrar un libro arrojado por el mar a la playa y secado al sol. *Relato de 1757*, ilustrado por N. C. Wyeth. Como en los mejores libros, tenía la importante página con la lista de ilustraciones, cada una de ellas acompañada de una línea de texto.

Se introdujo en la historia sabiendo que saldría de ella con la sensación de haber estado inmersa en las vidas de otros, en tramas que se remontaban hasta veinte años atrás, con todo su cuerpo colmo de frases y momentos, como si se hubiera despertado con una pesantez causada por sueños que no pudiese recordar.

El pueblo italiano en el que se encontraban, encaramado, como un centinela, en una colina desde la que dominaba la ruta noroccidental, había sufrido asedio por más de un mes y con el fuego centrado en las dos villas y el monasterio, rodeado de manzanos y ciruelos. Una era la Villa Médicis, donde vivían los generales. Justo encima de ella estaba situada la Villa San Girolamo, antiguo convento de monjas, cuyas almenas, semejantes a las de un castillo, la habían convertido en el último baluarte del ejército alemán. Había albergado cien soldados. Cuando los proyectiles incendiarios empezaron a desintegrar el pueblo, como un acorazado en el mar, los soldados se trasladaron de las tiendas instaladas en el huerto a las habitaciones, ahora atestadas, del antiguo convento. Secciones de la capilla volaron por los aires. Partes del piso superior de la villa se desplomaron por efecto de las explosiones. Tras tomar por fin el edificio, los Aliados lo convirtieron en hospital y cerraron el paso a la escalera que conducía a la tercera planta, pese a que había sobrevivido un trozo de la chimenea y del techo.

Cuando los otros pacientes y enfermeras se trasladaron a un lugar meridional y más seguro, el inglés y ella se empeñaron en quedarse. Durante ese tiempo habían pasado mucho frío, pues carecían de electricidad. Algunas habitaciones que daban al valle se habían perdido las paredes. La joven abría una puerta y veía una cama empapada, pegada a un rincón y cubierta de hojas. Las puertas daban al paisaje. Otras habitaciones se habían convertido en pajareras abiertas.

La escalinata había perdido sus peldaños inferiores durante el incendio provocado por los soldados antes de marcharse. Ella había sacado veinte libros de la biblioteca y los había clavado al suelo y después unos a otros para reconstruir los dos peldaños inferiores. La mayoría de las sillas habían servido para hacer fuego. El sillón de la biblioteca se había salvado, porque siempre estaba empapado con las tormentas nocturnas que entraban por el boquete dejado por el proyectil de mortero. En aquel mes de abril de 1945, todo lo que estaba mojado se libró del fuego.

Habían quedado pocas camas. Ella prefería hacer de nómada por la casa con su jergón o hamaca y dormía ora en el cuarto del paciente inglés ora en el pasillo, según la temperatura, el viento o la luz. Por la mañana enrollaba su colchón y lo ataba con una cuerda. Ahora que el tiempo era más cálido, abría más habitaciones, para airear los rincones más obscuros y dejar que el sol secara la humedad. Algunas noches abría puertas y dormía en cuartos a los que faltaban paredes. Se tumbaba en el jergón al borde mismo del cuarto, de cara al errante paisaje de estrellas y nubes de paso, y se despertaba con el retumbar de rayos y truenos. En aquella época tenía veinte años y era una inconsciente, no se preocupaba por la seguridad, no pensaba en el peligro que podían representar la biblioteca, tal vez minada, o el trueno que la sobresaltaba por la noche. Pasados los meses fríos, en los que se había visto reducida a los obscuros espacios protegidos, no podía estarse quieta. Entraba en habitaciones que los soldados habían ensuciado, cuyos muebles habían quemado en su interior. Limpiaba hojas, excrementos, orina y mesas chamuscadas.

Vivía como una vagabunda, mientras el paciente inglés descansaba en su cama como un rey.

Desde fuera, la casa parecía devastada. Una escalera exterior acababa en el aire, con la barandilla colgando. Su vida consistía en proveerse y protegerse como podían. Por la noche usaban sólo las velas indispensables, porque los bandidos destruían todo lo que encontraban. Estaban protegidos por el simple hecho de que la villa parecía una ruina, pero ella se sentía segura allí, a medias adulta y a medias niña. Después de lo que le había ocurrido durante la guerra, se había trazado sus propias reglas mínimas de conducta. No volvería a acatar órdenes ni cumpliría tareas por el bien general. Iba a ocuparse sólo del paciente quemado. Le leería, lo bañaría y le daría sus dosis de morfina: su única comunicación era con él.

Trabajaba en el jardín y en el huerto. Cargó con el crucifijo de casi dos metros que había en la capilla quemada y lo utilizó para hacer sobre su plantel un espantapájaros, del que colgó latas de sardinas vacías que, cuando se levantaba viento, producían un ruidoso golpeteo. Dentro de la villa, pasaba por encima de los escombros hasta un hueco iluminado con una vela, en el que tenía su ordenadita maleta con poco más que unas cartas, un poco de ropa enrollada y una caja de metal con material médico. Había limpiado sólo pequeños rincones de la villa y, si lo deseaba, podía quemar todo lo demás.

Encendió una cerilla en el pasillo a obscuras y la acercó a la mecha de la vela. La luz se elevó hasta sus hombros. Estaba arrodillada. Apoyó las manos en los muslos e inhaló el olor del azufre. Se imaginaba que inhalaba también la luz.

Retrocedió unos pasos y con un trozo de tiza blanca dibujó un rectángulo en el entarimado. Después siguió hacia atrás, dibujando más rectángulos que iban formando una pirámide —sencillo, después doble, luego sencillo— con la mano izquierda extendida sobre el suelo, la cabeza gacha y expresión seria. Se alejó cada vez más de la luz. Después volvió a apoyarse en los talones y se acuclilló.

Se guardó la tiza en el bolsillo del vestido. Se puso de pie y, tras recogerse la falda, se la ató en torno a la cintura. Se sacó de otro bolsillo un trozo de metal y lo lanzó delante de ella para que cayera justo detrás del cuadro más alejado.

Saltó hacia adelante, sus piernas golpearon con fuerza el suelo y su sombra serpenteó tras ella hasta el fondo del pasillo. Iba muy rápida y sus zapatillas de tenis se deslizaban por los números que había escrito en cada rectángulo, primero con un pie, luego con los dos, después con uno otra vez, hasta que llegó al último cuadro.

Se agachó, recogió el trozo de metal y permaneció en aquella posición, inmóvil, con la falda aún recogida por encima de los muslos, las manos caídas y jadeando. Cogió aire, sopló y apagó la vela.

Ahora estaba a obscuras. Sólo olor a humo.

Saltó y en el aire giró para caer mirando en sentido contrario, después avanzó saltando con más fuerza por el pasillo a obscuras, siguió cayendo encima de los cuadrados y sus zapatillas de tenis golpearon con estrépito en el obscuro suelo, por lo que el sonido resonó en los extremos más remotos de la desierta villa italiana y se prolongó hacia la Luna y el barranco, cicatriz que a medias circundaba el edificio.

A veces, de noche, el hombre quemado oía un tenue temblor en el edificio. Subía el volumen de su audífono y percibía un ruido de golpes que seguía sin poder reconocer ni situar.

Cogió el cuaderno de notas que había sobre la mesita contigua a la cama del hombre quemado. Era el libro que éste llevaba consigo cuando salió de entre las llamas: un ejemplar de la *Historia* de Herodoto, en el que había pegado páginas recortadas de otros libros y había escrito sus propios comentarios, todo ello entremezclado con el texto de Herodoto.

Empezó a leer su diminuta y retorcida caligrafía.

En el sur de Marruecos hay un viento en forma de torbellino, el *aajej*, contra el que los *fellahin* se defienden con cuchillos. Otro es el *africo*, que a veces ha llegado hasta la ciudad de Roma. El *alm*, viento otoñal, procede de Yugoslavia. El *arifi*, también llamado *aref* o *rifi*, abrasa con numerosas lenguas. Ésos son vientos continuos, que viven en el presente.

Hay otros menos constantes, que cambian de dirección, pueden derribar a un caballo y su jinete y se reorientan en sentido contrario al de las agujas del reloj. El *bist roz* azota el Afganistán durante ciento setenta días... y entierra aldeas enteras. Otro es el caliente y seco *ghibli*, procedente de Túnez, que da vueltas y más vueltas y ataca el sistema nervioso. El *haboob* es una repentina tormenta de polvo procedente del Sudán que se adorna con brillantes cortinas doradas de mil metros de altura y va seguida de lluvia. El *harmattan* sopla y después se pierde en el Atlántico. *Imbat* es una brisa marina del África septentrional. Algunos vientos se limitan a suspirar hacia el cielo. Con el frío llegan tormentas nocturnas de polvo. El *jamsin*, bautizado con la palabra árabe que significa «cincuenta», porque sopla durante cincuenta días, es un polvo que se levanta en Egipto de marzo a mayo: la novena plaga de Egipto. El *datoo* procede de Gibraltar y va acompañado de fragancias.

Otro es el ——, viento secreto del desierto, cuyo nombre suprimió un rey después de que su hijo muriera arrastrado por él. El *nafhat* es una ráfaga procedente de Arabia. El *mezzar-ifoullousen*, violento y frío, procede del Sudoeste; los bereberes lo llaman «el que despluma las aves de corral». El *beshabar* —«viento negro»— es otro viento sombrío y seco procedente del Nordeste, del Cáucaso. El *samiel* —«veneno y viento»— procede de Turquía y se aprovecha a menudo en las batallas. Tampoco hay que olvidar los otros «vientos envenenados»: el *simoom*, del norte de África, y el *solano*, cuyo polvo arranca pétalos preciosos y causa vahídos.

Otros son vientos locales, que pasan a ras del suelo como una inundación, descascarillan la pintura, derriban postes de teléfono y transportan piedras y cabezas de estatuas. El *harmattan* recorre el Sáhara con polvo rojo, polvo como fuego, como harina, que entra y se coagula en los cerrojos de los fusiles. Los marineros llamaron a ese viento el «mar de las tinieblas». Brumas de arena roja procedentes del Sáhara han llegado hasta lugares tan lejanos como Cornualles y Devon y han producido lluvias de lodo tan intensas, que se han confundido con sangre. «En

1901 se habló de lluvias de sangre en muchos lugares de Portugal y España.»

En el aire hay siempre millones de toneladas de polvo, como también hay millones de metros cúbicos de aire en la Tierra y más seres vivos dentro del suelo (gusanos, escarabajos, criaturas subterráneas) que pastando y viviendo sobre él. Herodoto registra la muerte de diversos ejércitos envueltos en el *simoom*, a los que no se volvió a ver. Una nación «se enfureció tanto con ese perverso viento, que le declaró la guerra y avanzó en perfecto orden de batalla para resultar rápida y completamente sepultada».

Las tormentas de polvo revisten tres formas: el remolino, la columna y la cortina. En el primero desaparece el horizonte. En la segunda te ves rodeado de «djinns danzantes». La tercera, la cortina, «aparece teñida de cobre: la naturaleza parece arder».

Levantó la vista del libro y vio que el hombre, con los ojos clavados en ella, empezaba a hablar en la penumbra.

Los beduinos tenían una razón para mantenerme con vida. Yo, verdad, era útil. Cuando mi avión se estrelló en el desierto, uno de ellos supuso que yo tenía dotes particulares. Puedo reconocer una ciudad sin nombre por su croquis en un plano. Siempre he sido un pozo de conocimientos. Soy una persona que, si se queda sola en la casa de alguien, se acerca a la librería, saca un volumen y lo absorbe. Así entra la Historia en nosotros. Conocía mapas del fondo del mar, mapas que representan los puntos débiles de la corteza terrestre, mapas pintados en piel con las diversas rutas de las Cruzadas.

Así, pues, conocía su país antes de estrellarme entre ellos, sabía cuándo lo había cruzado Alejandro en el pasado por tal o cual motivo o interés. Conocía las costumbres de los nómadas obsesionados con la seda o los pozos. Una tribu tiñó el suelo de todo un valle, lo ennegreció para aumentar la convección y, por tanto, la posibilidad de precipitaciones y construyó altas estructuras desde las que perforar el vientre de una nube. Los miembros de algunas tribus alzaban la palma abierta, cuando comenzaba a levantarse viento, y creían que, si lo hacían en el momento oportuno, podían desviar una tormenta hacia una esfera adyacente del desierto, hacia otra tribu rival. Había desapariciones continuas, tribus que entraban en la Historia de repente al ahogarse en la arena.

En el desierto es fácil perder el sentido de la orientación. Cuando me precipité desde el aire en el desierto, en aquellas depresiones doradas, no cesaba de pensar: debo construir una balsa... debo construir una balsa; y, pese a estar rodeado de arenas secas, sabía que estaba entre gente de mar.

En Tassili he visto pinturas rupestres de una época en que los habitantes del Sáhara cazaban hipopótamos desde barcas hechas con cañas. En Wadi Sura vi grutas cuyas paredes estaban cubiertas con pinturas que representaban a nadadores. Allí había habido un lago. Podía dibujarles su forma en una pared. Podía guiarlos hasta su ribera, seis mil años atrás.

Si preguntas a un marinero cuál es la más antigua vela conocida, te describirá una trapezoidal colgada del mástil de un barco hecho de caña que puede verse en los dibujos rupestres de Nubia: predinástica. Aún se encuentran arpones en el desierto. Eran gente de mar. Todavía hoy las caravanas parecen un río. Aun así, hoy lo extraño allí es el agua. El agua es la exiliada, que regresa transportada en latas y frascos, el fantasma entre tus manos y tu boca.

Cuando estaba perdido entre ellos, sin saber dónde me encontraba, lo único que necesitaba era el nombre de una pequeña loma, una costumbre local, una célula de aquel animal histórico, y el mapa del mundo volvía a encajar en su sitio.

¿Qué sabíamos la mayoría de nosotros de aquellas partes de África? Los ejércitos del Nilo avanzaban y retrocedían en el desierto por un campo de batalla de mil doscientos kilómetros de profundidad: tanques ligeros, bombarderos Blenheim de mediano alcance, cazas biplanos Gladiator, ocho mil hombres, pero, ¿quién era el enemigo? ¿Quiénes eran los aliados de aquel país: las fértiles tierras de la Cirenaica, las marismas saladas de El Agheila? Toda Europa guerreaba en el África septentrional, en Sidi Rezegh, en Baguoh.

Durante cinco días viajó a obscuras, cubierto con una capota, en una rastra detrás de los beduinos. Iba envuelto en aquella tela empapada en aceite. Después la temperatura bajó de repente. Habían llegado al valle encajonado entre las altas paredes rojas del cañón y se habían reunido con el resto de la tribu del desierto que se desparramaba deslizándose por la arena y las piedras con sus azules túnicas, que oscilaban en el aire como leche pulverizada o como un ala. Le desprendieron la suave tela, pegada al cuerpo. Estaba dentro del útero mayor del cañón. Los buitres, encaramados en el aire por encima de ellos, se abatían, como desde hacía mil años, hasta la grieta de piedra en que habían acampado.

Por la mañana, lo llevaron hasta el extremo del *siq*. Hablaban en voz alta en torno a él. De repente se aclaraba el dialecto. Querían que viera los fusiles enterrados.

Lo llevaron hacia algo, con su vendada cara mirando al frente, y le estiraron la mano un metro más o menos. Después de días de viaje, lo hicieron avanzar aquel único metro, inclinarse y tocar algo para algún fin, sin que le soltaran el brazo y con la palma extendida y hacia abajo. Tocó el cañón del Sten y la mano que guiaba la suya la soltó. Una pausa entre las voces. Querían que les descifrara los fusiles.

«Fusil ametrallador Breda de 12 milímetros: italiano.»

Tiró del cerrojo, insertó el dedo y no encontró bala alguna, lo cerró y apretó el gatillo. *Puht*. «Un fusil excelente», murmuró. Volvieron a inclinarlo hacia adelante.

«Fusil ametrallador ligero Châttelerault de 7,5 milímetros: francés, 1924.

»MG 15 de 7,9 milímetros: del Ejército del Aire alemán.»

Lo colocaron delante de cada uno de los fusiles. Las armas parecían ser de diferentes períodos y de muchos países: un museo en el desierto. Pasaba la mano por la caja y la recámara o tocaba con los dedos la mira. Decía el nombre del fusil y después lo llevaban ante otro. Ocho le presentaron ceremoniosamente. Decía los nombres en voz alta, en francés y después en la propia lengua de la tribu, pero, ¿para qué les interesaba? Tal vez lo importante para ellos no fuera el nombre, sino saber que conocía el fusil.

Volvieron a sujetarlo de la muñeca y le metieron la mano en una caja de cartuchos. En otra caja, a la derecha, había más, de siete milímetros. Y después otros.

En cierta ocasión, de niño, su tía, con la que se había criado, había desparramado las cartas de una baraja sin descubrirlas y le había enseñado a jugar a las parejas. Cada jugador podía descubrir dos cartas e ir emparejándolas de memoria. Era otro paisaje: ríos con truchas, voces de aves que sabía reconocer a partir de un fragmento vacilante, un mundo en el que todo tenía nombre. Ahora, con la cara cubierta por una mascarilla de fibras de hierba, cogía un cartucho y avanzaba con sus porteadores, los guiaba hacia un fusil, introducía la bala, echaba el cerrojo y, sosteniéndolo en el aire, disparaba. Se oía un restallar de mil demonios por todo el cañón. *«Pues el eco es el alma de la voz que se excita en las oquedades.»* Un hombre considerado taciturno y loco había anotado esa frase en un hospital inglés y ahora, en aquel desierto, estaba en sus cabales y, con la cabeza clara, cogía cartas, las emparejaba sin dificultad, al tiempo que dedicaba una sonrisa a su tía, y disparaba cada combinación lograda y los hombres que lo rodeaban iban respondiendo con vítores a cada disparo. Se volvía a mirar en una dirección y después regresaba de nuevo hasta el Breda, esa vez con su extraño palanquín humano, seguido de un hombre con un cuchillo que tallaba un código paralelo en la caja de cartuchos y en la del fusil. Después de la soledad, disfrutaba con el movimiento y los vítores. Con su destreza compensaba a los hombres que lo habían salvado para ese fin.

Viajó con ellos a aldeas en las que no había mujeres. Se transmitían sus conocimientos como prendas de una tribu a otra, compuestas de ocho mil individuos. Se inició en costumbres y música específicas. Con los ojos vendados la mayoría de las veces, oyó las jubilosas canciones de la tribu *mzina* encaminadas a atraer el agua y acompañadas de danzas *dahjiya*, sones de zampoñas, utilizadas para transmitir mensajes en casos de emergencia, y de la flauta doble *makruna* (una de las cuales emite un zumbido constante). Después, en el territorio de las liras de cinco cuerdas, una aldea o un oasis de preludios e interludios, palmas, danza antifonal.

No le quitaban la venda de los ojos hasta el crepúsculo, momento en que podía ver a sus captores y salvadores. Ahora sabía dónde estaba. A unos les dibujaba mapas que superaban los límites de su territorio y a otros les explicaba el mecanismo de los fusiles. Los músicos se sentaban frente a él, al otro lado del fuego. Las notas de la lira *simsimiya*, arrastradas por una ráfaga de brisa, se perdían en la distancia o se dirigían hacia él sobre el fuego. Bailaba un muchacho que, con aquella luz, era el ser más deseable que había visto. Sus delgados hombros eran blancos como el papiro, la luz del fuego reflejaba el sudor en su estómago y por las aberturas de la tela azul que lo cubría, como un señuelo, desde el cuello hasta los tobillos se vislumbraba su desnudez, se revelaba como una línea de relámpago carmelita.

El desierto nocturno, atravesado por un impreciso orden de tormentas y caravanas, los rodeaba. Siempre había secretos y peligros en torno a él, como cuando movió a ciegas la mano y se cortó con un cuchillo de doble filo que había en la arena. A veces no sabía si se trataba de sueños; el corte, limpio, no le dolía y hubo de enjugarse la sangre en el cráneo (el rostro seguía siendo intocable) para señalar la herida a sus captores. La aldea sin mujeres a la que lo habían llevado en completo silencio o el mes entero en que no vio la Luna, ¿los habría imaginado? ¿Los habría soñado cuando estaba envuelto en el fieltro empapado en aceite y en la obscuridad?

Habían pasado ante pozos cuya agua estaba maldita. En ciertos espacios abiertos había ciudades ocultas y, mientras excavaban en la arena para llegar a recintos enterrados o a bolsas de agua, él esperaba. Y la pura belleza de un muchacho inocente que bailaba, como la voz de un niño cantor de coro, que recordaba como el más puro de los sonidos, la más clara de las aguas de río, la más transparente profundidad del mar. Allí, en el desierto, que antiguamente había sido un mar, nada era estable ni permanente, todo evolucionaba: como la tela por el cuerpo del muchacho, como si abrazara un océano o su propia placenta azul o se liberase de ellos. Un muchacho excitándose a sí mismo, con los genitales recortándose sobre el fondo de fuego.

Después apagaron las llamas con arena y su humo se disipó en torno a ellos. La cadencia de los instrumentos musicales como un pulso o la lluvia. El muchacho extendió el brazo sobre el fuego apagado para acallar las zampoñas. Había desaparecido sin dejar huellas, sólo los harapos prestados. Uno de los hombres avanzó reptando y recogió el semen caído en la arena. Se lo llevó al hombre blanco experto en fusiles y lo depositó en sus manos. En el desierto el único objeto digno de exaltación es el agua.

La enfermera estaba ante la pila, la tenía asida, y miraba la pared de estuco. Había retirado todos los espejos y los había apilado en una habitación vacía. Se agarró a la pila y movió la cabeza a un lado y a otro, seguida por la sombra en movimiento. Se mojó las manos y se peinó el cabello con los dedos hasta que estuvo completamente húmedo. Así se refrescó y, cuando salió, agradeció con fruición el azote de la brisa, que apagaba el retumbar del trueno.

II

Casi una ruina

El hombre de las manos vendadas llevaba más de cuatro meses en un hospital de Roma, cuando por casualidad oyó hablar del paciente quemado y la enfermera, oyó el nombre de ésta. Al llegar al portal, dio media vuelta y volvió hasta el grupo de médicos por delante del cual acababa de pasar para averiguar el paradero de aquella muchacha. Llevaba mucho tiempo allí recuperándose y lo tenían por asocial, pero entonces les habló, les preguntó por la persona de ese nombre, cosa que les sorprendió. Hasta aquel momento no había pronunciado palabra, sino que se comunicaba por señas y muecas y de vez en cuando una sonrisa. No había revelado nada, ni siquiera su nombre, se había limitado a escribir su número de identificación, prueba de que había combatido con los Aliados.

Habían verificado su filiación y los mensajes llegados de Londres la habían confirmado. Tenía un cúmulo de cicatrices en el cuerpo, conque los médicos habían vuelto a reconocerlo y habían asentido con la cabeza ante las vendas. Al fin y al cabo, era una celebridad que quería guardar silencio, un héroe de guerra.

Así se sentía de lo más seguro, sin revelar nada, ya se acercaran a él con ternura, subterfugios o cuchillos.

Durante más de cuatro meses no había dicho ni una palabra. Cuando lo habían llevado ante ellos y le habían dado dosis periódicas de morfina para calmarle el dolor de las manos, era un gran animal, casi una ruina. Se sentaba en un sillón en la obscuridad y contemplaba el flujo y reflujo de pacientes y enfermeras que entraban y salían de los pabellones y los depósitos.

Pero ahora, al pasar ante el grupo de doctores en el vestíbulo, oyó el nombre de aquella mujer, aminoró el paso, se volvió, se acercó a ellos y les preguntó en qué hospital trabajaba. Le dijeron que en un antiguo convento, ocupado por los alemanes y convertido en hospital después de que los Aliados lo hubieran asediado, en las colinas al norte de Florencia. Sólo una pequeña parte había sobrevivido a los bombardeos. Carecía de seguridad. Había sido un simple hospital de campaña provisional, pero la enfermera y el paciente se habían negado a marcharse.

¿Por qué no les obligaron a hacerlo?

La enfermera decía que aquel hombre estaba demasiado enfermo para trasladarlo. Desde luego, podríamos haberlo traído aquí sin riesgos, pero en estos tiempos no podemos ponernos a discutir. Ella tampoco estaba para muchos trotes.

¿Está herida?

No. Supongo que algo traumatizada por los bombardeos. Deberían haberla devuelto a su casa. El problema es que aquí ya se ha acabado la guerra. Ya no se puede conseguir que nadie haga nada. Los pacientes se marchan de los hospitales. Los soldados desertan antes de que los envíen de vuelta a casa.

¿Qué villa?, preguntó.

Una que, según dicen, tiene un fantasma en el jardín: San Girolamo. En fin, la muchacha tiene su propio fantasma: un paciente quemado. Tiene cara, pero resulta irreconocible. No le queda ningún nervio activo. Aunque le pasen una cerilla por la cara, no se le dibuja expresión alguna. Tiene el rostro insensibilizado.

¿Quién es?, preguntó.

No sabemos cómo se llama.

¿Se niega a hablar?

El grupo de médicos se echó a reír. No, sí que habla, no para de hablar, pero es que no sabe quién es.

¿De dónde procede?

Los beduinos lo llevaron al oasis de Siwa. Después estuvo un tiempo en Pisa y luego... Es probable que uno de esos árabes lleve puesto el marbete con su nombre. Tal vez lo venda y algún día lo recuperaremos o puede que nunca lo venda. Para ellos son valiosos amuletos. Ningún piloto que cae en el desierto regresa con su chapa de identificación. Ahora está alojado en una villa toscana y la muchacha se niega a abandonarlo. Se niega pura y simplemente. Los Aliados alojaron a cien pacientes en ella. Antes la habían ocupado los alemanes con un pequeño ejército, su último baluarte. Algunas habitaciones están pintadas, cada una con una estación diferente. Cerca de la villa hay una quebrada. Queda a unos treinta kilómetros de Florencia, en las colinas. Necesitará usted un permiso, desde luego. Probablemente podamos conseguir que alguien lo lleve en un vehículo hasta allí. Aún está espantoso todo aquello: ganado muerto, caballos sacrificados a tiros y medio devorados, gente colgada por los pies en los puentes. Los últimos horrores de la guerra. No hay la menor seguridad. Aún no han ido los zapadores a limpiar la zona. Los alemanes fueron enterrando e instalando minas a medida que se retiraban. Un lugar espantoso para un hospital. Lo peor es la fetidez de los muertos. Necesitamos una buena nevada para limpiar este país. Necesitamos la labor de los cuervos.

Gracias.

Salió del hospital al sol, al aire libre, por primera vez desde hacía meses, dejando tras sí las vitreoverdosas habitaciones que tenía como alojadas en la cabeza. Se quedó ahí aspirándolo todo, el ajetreo de todo el mundo. Primero —pensó— necesito zapatos con suela de goma y también un *gelato*.

En el tren, bamboleándose de acá para allá, le resultó difícil conciliar el sueño. Los demás viajeros del compartimento no cesaban de fumar. Se golpeaba con la sien en el marco de la ventana. Todo el mundo iba vestido de negro y el vagón parecía arder con todos los cigarrillos encendidos. Observó que, siempre que el tren pasaba ante un cementerio, todos los viajeros de su compartimento se santiguaban. *Ella tampoco está para muchos trotes.*

Gelato para las amígdalas, recordó. En cierta ocasión había acompañado a una niña, a la que iban a extirpar las amígdalas, y a su padre. Tras echar un vistazo a la sala llena de niños, se negó de plano. Aquella niña, la más dócil y afable que cabía imaginar, se volvió de repente como una roca de firmeza en su negativa, inflexible. Nadie le iba a arrancar nada de la garganta, aunque la ciencia así lo aconsejara. Viviría con ello, fuera cual fuese su aspecto. Él seguía sin saber lo que eran las amígdalas.

Qué extraño —pensó— en ningún momento me tocaron la cabeza. Los peores momentos fueron cuando se puso a imaginar qué le harían, qué le cortarían. En aquellos momentos siempre pensaba en la cabeza.

Una carrerita en el techo, como de ratón.

Apareció con su equipaje en el extremo del pasillo. Dejó la bolsa en el suelo y agitó los brazos por entre la obscuridad y las zonas iluminadas por la luz de las velas. Cuando se acercó a ella, le extrañó que no se oyeron ruidosas pisadas ni sonido alguno en el suelo, le resultó en cierto modo familiar y reconfortante que se acercara así, en silencio, a la intimidad en que se encontraba ella con el paciente inglés.

Las lámparas del largo pasillo, cuando pasaba ante ellas, proyectaban su sombra por delante de él. La muchacha subió la mecha del quinqué, con lo que aumentó el diámetro de luz a su alrededor. Cuando él se acercó y se acuclilló a su lado, como si fuera un tío suyo, estaba sentada, inmóvil y con el libro en el regazo.

«Dime qué son las amígdalas.»

Ella lo miraba fijamente.

«Todavía recuerdo cómo saliste disparada del hospital y seguida por dos adultos.»

Ella asintió con la cabeza.

«¿Está tu paciente ahí? ¿Puedo entrar?»

Negó con la cabeza y no se detuvo hasta que él volvió a hablar.

«Entonces, mañana lo veré. Dime tan sólo dónde puedo instalarme. No necesito sábanas. ¿Hay una cocina aquí? He hecho un viaje muy extraño para encontrarte.»

Cuando él se hubo marchado por el pasillo, la muchacha volvió temblando hasta la mesa y se sentó. Necesitaba aquella mesa, aquel libro a medio acabar, para serenarse. Un hombre, un conocido suyo, había hecho todo el viaje en tren y había caminado pendiente arriba los seis kilómetros desde el pueblo y por el pasillo hasta aquella mesa tan sólo para verla. Unos minutos después, fue a la habitación del inglés y se quedó ahí, mirándolo. Por entre el follaje de las paredes se veía la luz de la Luna. Era la única luz que hacía parecer convincente el trampantojo. Podía, enteramente, arrancar aquella flor y ponérsela en el vestido.

El hombre llamado Caravaggio abrió todas las ventanas del cuarto para poder oír los sonidos de la noche. Se desvistió, se pasó con suavidad las palmas de las manos por el cuello y se quedó un rato tumbado en la cama deshecha. Oyó los árboles, vio los reflejos de la luna como pececillos plateados que saltaban sobre las hojas de los asteres.

La luz de la Luna lo cubría como una piel, como un haz de agua. Una hora después, estaba en el tejado de la villa. Desde allí arriba veía las partes bombardeadas a lo largo del declive formado por los tejados, la hectárea de jardines y huertos destruidos junto a la villa. Contemplaba el lugar en que se encontraban, en Italia.

Por la mañana, junto a la fuente, probaron, cautos, a hablar.

«Ahora que estás en Italia, deberías aprender más cosas sobre Verdi.»

«¿Cómo?» Ella levantó la vista de las sábanas que estaba lavando en la fuente.

Se lo recordó. «Una vez me dijiste que estabas enamorada de él.»

Hana inclinó la cabeza, violenta.

Caravaggio dio una vuelta, miró el edificio por primera vez, se asomó al jardín desde el pórtico.

«Sí, lo adorabas. Nos volvías locos a todos con tus nuevas informaciones sobre Giuseppe. ¡Qué hombre! El mejor en todos los sentidos, según decías. Teníamos que darte la razón todos, dársela a aquella engreída muchacha de dieciséis años.»

«Me gustaría saber qué ha sido de ella.» Extendió la sábana lavada por el borde de la fuente.

«Tenías una voluntad indomable.»

Hana caminó por las losas, en cuyos intersticios crecía la hierba. Él le miró los pies enfundados en medias negras, el fino vestido carmelita. Ella se inclinó sobre la barandilla.

«En efecto, creo que vine aquí impulsada, debo reconocerlo, por una idea, la de Verdi, y, además, tú, claro,
te habías marchado y mi padre se había ido a la guerra...
Mira los halcones. Vienen todas las mañanas. Aquí todo
lo demás está averiado y destrozado. La única agua corriente
en toda la villa es la de esta fuente. Los Aliados desmon-
taron las cañerías cuando se marcharon. Pensaron que así
me obligarían a marcharme.»

«Deberías haberlo hecho. Aún tienen que limpiar esta región. Hay bombas sin detonar por todas
partes.»

Ella se le acercó y le puso los dedos en los labios.

«Me alegro de verte, Caravaggio: a ti y a nadie más.
No vayas a decirme que has venido para intentar con-
vencerme de que debo marcharme.»

«Quisiera encontrar una taberna con un Wurlitzer
y beber sin que estallara una puta bomba, oír cantar a
Frank Sinatra. Tenemos que conseguir música», dijo él.
«A tu paciente le sentará bien.»

«Aún está en África.»

Él la miró, esperó que dijera algo más, pero no había nada más que decir sobre el paciente inglés. Murmuró. «A algunos ingleses les gusta África. Una parte de
su cerebro refleja el desierto precisamente, conque no se
sienten extraños en él.»

La veía asentir con un ligero movimiento de la cabeza. Su cara era delgada y llevaba el pelo corto; había
perdido la máscara y el misterio que le infundía su larga
cabellera. Ahora bien, parecía tranquila en aquel universo
suyo: la fuente que gorgoteaba ahí detrás, los halcones, el
jardín asolado de la villa.

Tal vez sea ésa la forma de recuperarse de una guerra —pensó él—: un hombre quemado al que cuidar, unas sábanas que lavar en una fuente, una habitación pintada como un jardín, como si todo lo que queda fuera una cápsula del pasado, mucho antes de Verdi: los Médicis contemplando, de noche y con una vela en la mano, una barandilla o una ventana delante de un arquitecto —el mejor del siglo XV— invitado, de quien desean algo más satisfactorio para enmarcar esa vista.

«Si te quedas, vamos a necesitar más comida. He plantado verduras y tenemos un saco de alubias, pero necesitamos gallinas», dijo ella con la vista puesta en Caravaggio y aludiendo a su arte del pasado.

«Ya no me atrevo», dijo él.

«Entonces, yo te acompaño», se ofreció Hana. «Lo hacemos juntos. Tú me enseñas a robar, me muestras lo que hay que hacer.»

«No me has entendido. He perdido el valor.»

«¿Por qué?»

«Me atraparon. Estuvieron a punto de cortarme estas puñeteras manos.»

Algunas noches, cuando el paciente inglés estaba dormido o incluso después de haber estado un rato leyendo sola junto a su puerta, iba a buscar a Caravaggio. Estaba en el jardín, tumbado junto al borde de la fuente y mirando las estrellas, o se lo encontraba en una de las terrazas inferiores. Con aquel clima de comienzos del verano le resultaba difícil quedarse dentro de la casa por la noche. Pasaba la mayor parte del tiempo en el tejado junto a la chimenea rota, pero, cuando veía la figura de ella cruzar la terraza en su busca, bajaba sin hacer ruido. Ella lo encontraba cerca de la estatua decapitada de un conde, sobre cuyo cuello truncado solía sentarse uno de los gatos del lugar, solemne y complacido cuando aparecían seres humanos. La hacía pensar siempre que había sido ella quien lo había encontrado, a aquel hombre que conocía la obscuridad, el que, cuando se emborrachaba, solía decir que se había criado en una familia de lechuzas.

Ellos dos en un promontorio, Florencia y sus luces a lo lejos. A veces le parecía exaltado o bien demasiado sereno. De día observaba mejor cómo se movía, observaba los rígidos brazos sobre las manos vendadas, cómo giraba todo su cuerpo y no sólo el cuello, cuando ella señalaba algo en lo alto de la colina, pero no le había dicho nada al respecto.

«Mi paciente cree que con el hueso de pavo real pulverizado se logran curaciones maravillosas.»

Él levantó la vista hacia el cielo nocturno. «Sí.»

«Entonces, ¿fuiste espía?»

«No exactamente.»

Se sentía más cómodo, menos reconocible por ella en el jardín a obscuras, hasta el que bajaba muy tenue, desde el cuarto del paciente, la lucecita de un quinqué. «A veces nos enviaban a robar. Allí me tenían, italiano y ladrón. No acababan de creerse su buena suerte, perdían el culo para aprovechar mi arte. Éramos cuatro o cinco. Por un tiempo me fue bien. Hasta que un día me hicieron una foto fortuita. ¿Te imaginas?

»Por una vez me había vestido de esmoquin para entrar en aquella fiesta y robar unos documentos. La verdad es que seguía siendo un ladrón, no un gran patriota, un gran héroe. Simplemente habían conferido carácter oficial a mi arte, pero una de las mujeres había llevado una cámara y, mientras tomaba instantáneas de los oficiales alemanes, me retrató, con un pie en el aire, cuando cruzaba el salón de baile (con un pie en el aire y la cara, que había girado al oír el disparador, mirando a la cámara), conque de pronto el futuro se presentaba cargado de peligros. Era la amante de un general.

»Todas las fotografías tomadas durante la guerra se revelaban en laboratorios oficiales, inspeccionados por la Gestapo, conque allí iba a aparecer yo, que, evidentemente, no formaba parte de la lista de invitados, y un oficial me iba a archivar, cuando la película llegara al laboratorio de Milán. Tenía, pues, que intentar robar aquella película de algún modo.»

Hana miró al paciente inglés, cuyo cuerpo dormido probablemente estuviera a kilómetros de distancia, en el desierto, recibiendo el tratamiento de un hombre que seguía metiendo los dedos en el tazón formado por las plantas juntas de sus pies y después se inclinaba hacia adelante y untaba la quemada cara con aquella pasta obscura. Ella se imaginó el peso de la mano en su propia mejilla.

Recorrió el pasillo y se subió a la hamaca, que, en cuanto ella abandonaba el suelo, se balanceaba.

Justo antes de dormirse era cuando se sentía más viva: saltaba de un retazo de la jornada a otro, se llevaba a la cama cada uno de los momentos, como un niño los textos escolares y los lápices. El día no parecía tener orden hasta aquel momento, que era como un libro mayor para ella, para su cuerpo lleno de historias y situaciones. Caravaggio, por ejemplo, le había dado algo: su motivo, un drama, y una imagen robada.

Abandonó la fiesta en un coche, que crujía sobre la grava de la senda, suavemente curvada, por la que se salía de la mansión y zumbaba tan sereno como la noche estival. Había pasado el resto de la velada en la Villa Cosima sin apartar la vista de la fotógrafa y dándole la espalda, siempre que levantaba la cámara para fotografiar a alguien junto a él. Ahora que sabía de su existencia, podía eludirla. Se mantenía a poca distancia para captar sus conversaciones: se llamaba Anna y era amante de un oficial que iba a pasar la noche en la villa y por la mañana viajaría hacia el Norte pasando por la Toscana. La muerte de aquella mujer o su desaparición repentina habría levantado sospechas al instante. En aquellos días se investigaba todo lo que resultara fuera de lo común.

Cuatro horas después, corría por la hierba en calcetines con su sombra —voluta pintada por la luna— debajo. Se detuvo en la senda de grava y avanzó despacio por ella. Alzó la vista para contemplar la Villa Cosima, las lunas cuadrangulares de las ventanas: un palacio de guerreras.

Los chorros de luz que lanzaban —como agua una manguera— los faros de un coche iluminaron la alcoba en la que se encontraba y se detuvo —con un pie en el aire una vez más— al ver los ojos de la misma mujer clavados en él, mientras un hombre se movía encima de ella y le pasaba los dedos por entre la rubia cabellera, y sabía que ella lo había visto: aunque ahora estuviese desnudo, era el mismo hombre que había fotografiado antes en la multitudinaria fiesta, pues el azar había querido que ahora se encontrara en la misma posición, volviéndose hacia la luz que había revelado por sorpresa su cuerpo en la obscuridad. Las luces del coche barrieron la alcoba hasta el ángulo y desaparecieron.

Después, la obscuridad. No sabía si moverse, si ella susurraría al hombre que la estaba follando la presencia de una persona en la alcoba: un ladrón desnudo, un asesino desnudo. ¿Debía avanzar —con las manos listas para estrangular— hacia la pareja que estaba en la cama?

Oyó al hombre, que seguía entregado al amor, oyó el silencio de la mujer —ni un susurro—, la oyó recapitular, con los ojos clavados en él a obscuras, o, mejor dicho, *capitular*. La cabeza de Caravaggio se sumió en la reflexión sobre la carga de significado que entraña la simple supresión de una sílaba. Las palabras son, como le dijo un amigo, delicadas, mucho más delicadas que violines. Recordó la rubia cabellera de la mujer, recogida en una cinta negra.

Oyó girar el coche y esperó a que reapareciera la luz otro instante. La mirada que surgió de la obscuridad seguía clavada en él como una flecha. La luz bajó de su cara al cuerpo del general, a la alfombra, y después tocó a Caravaggio y resbaló por su cuerpo una vez más. Él ya no podía verla. Movió la cabeza y después remedó con gestos su propio degüello. Tenía la cámara en la mano para que ella entendiera. Luego volvió a quedar sumido en la sombra. Oyó un gemido de placer destinado a su amante y supo que era la conformidad para con él —sin palabras, sin asomo de ironía, un simple contrato con él, el morse del entendimiento—, conque ya sabía que podía salir sin miedo al mirador y desaparecer en la noche.

Encontrar la alcoba de la mujer había sido más difícil. Había entrado en la villa y había pasado en silencio ante los murales medio en penumbra del siglo XVII que decoraban los pasillos. En algún sitio debía de haber alcobas, como bolsillos obscuros en un traje dorado. La única forma de pasar por delante de los guardias era mostrarse como un cándido. Se había desnudado por entero y había dejado la ropa en una era de flores.

Subió desnudo las escaleras hasta el segundo piso, donde estaban los guardias, riéndose, doblado en dos, de un asunto secreto, con lo que la cabeza le caía a la altura de la cadera, insinuando a los guardias su invitación nocturna: ¿era *al fresco*? ¿O seducción *a cappella*?

Un largo pasillo en el tercer piso, un guardia junto a la escalera y otro en el extremo, a veinte metros —demasiados— de distancia. Era, por tanto, una larga caminata teatral la que Caravaggio debía representar ahora, ante la mirada suspicaz y desdeñosa de los dos guardias, hieráticos y mudos como cariátides, la caminata en pelota viva, haciendo un alto ante una sección del mural para contemplar, curioso, un borrico representado en un huerto. Reclinó la cabeza contra la pared, como si fuera a caerse de sueño, y después volvió a caminar, tropezó y al instante se irguió y adoptó paso militar. La mano izquierda, libre, se alzó hacia los querubines del techo, con el culo al aire como él —saludo de un ladrón, breve vals—, mientras desfilaban ante él retazos de la escena representada en el mural —castillos, *duomos* blancos y negros, santos extáticos— en aquel martes de guerra, para salvar el disfraz y la vida. Caravaggio había salido de parranda para buscar su propia fotografía.

Se dio palmadas en el desnudo pecho como buscándose el salvoconducto, se cogió el pene e hizo ademán de usarlo de llave para introducirse en la alcoba custodiada. Retrocedió riendo y tambaleándose, irritado ante su lamentable error, y se coló canturreando en la habitación contigua.

Abrió la ventana y salió a la galería: una noche obscura y hermosa. Después se descolgó balanceándose hasta la galería del piso inferior. Ahora podía entrar por fin en la alcoba de Anna y su general. Era un simple perfume entre ellos, un pie que no dejaba huella, un ser sin sombra. La historia que contó años atrás al hijo de un conocido sobre la persona que buscaba su sombra, como él ahora su imagen en una película fotográfica.

En la alcoba advirtió de inmediato los inicios del movimiento sexual. Sus manos hurgaron en la ropa de la mujer, tirada sobre respaldos de sillas y por el suelo. Se tumbó y rodó por la alfombra, tocando la piel del cuarto, para ver si notaba algo duro como una cámara. Rodó en silencio formando un abanico, pero no encontró nada. No había ni pizca de luz.

Se puso de pie y buscó a tientas y con cautela, tocó un torso de mármol. Su mano recorrió una mano de piedra —ahora entendía la mentalidad de la mujer—, de la que colgaba la cámara. Entonces oyó el vehículo y al tiempo, cuando se volvió, lo vio la mujer en el súbito haz de luz de los faros.

Caravaggio observó a Hana, que estaba sentada frente a él y lo miraba, intentaba leer, imaginar el raudal de sus pensamientos, como solía hacer su esposa. Observó cómo lo olfateaba, buscaba su rastro, ella. Lo ocultó y volvió a mirarla con ojos —lo sabía— impecables, más claros que río alguno, intachables como un paisaje. La gente —no se le escapaba— se perdía en ellos, porque sabía velarlos a la perfección, pero la muchacha lo miraba burlona, ladeando, inquisitiva, la cabeza, como haría un perro al que hablaran en tono impropio de un ser humano. Estaba sentada frente a él, delante de las obscuras paredes, de color rojo sangre, que a él le desagradaba, y con su pelo negro y aquella mirada, su flaco cuerpo y la tez olivácea que había adquirido con la luz de aquel país, le recordaba a su esposa.

Ahora ya no pensaba en ella, pero sabía que podía cerrar los ojos y evocar hasta el menor de sus gestos, describir hasta el menor detalle de su aspecto, el peso de su muñeca sobre su corazón por la noche.

Estaba sentado con las manos bajo la mesa y miraba a la muchacha comer. Aunque siempre se sentara con Hana durante las comidas, él aún prefería comer solo. Vanidad —pensó—, vanidad mortal. Ella lo había visto desde una ventana comer con las manos, sentado en uno de los treinta y seis escalones contiguos a la capilla, sin tenedor ni cuchillo a la vista, cual si estuviera aprendiendo a hacerlo como un oriental. En su grisácea barba de tres días, en su chaqueta obscura, veía ella por fin al italiano que era. Lo advertía cada vez más.

Él contempló su obscura silueta recortada sobre las paredes de color carmelita rojizo, su piel, su corto cabello negro. La había conocido, junto a su padre, en Toronto, antes de la guerra. Después había sido ladrón, había estado casado, se había movido como pez en el agua en su mundo predilecto, con confianza indolente, con maestría para engañar a los ricos, hechizar a su esposa, Giannetta, o congeniar con la joven hija de su amigo.

Pero ahora apenas si quedaba un mundo a su alrededor y se veían obligados a ensimismarse. Durante aquellos días en el pueblo encaramado en una colina cerca de Florencia, encerrado en la casa cuando llovía, soñando despierto en la única silla cómoda de la cocina, en la cama o en el tejado, no había de pensar en montar conspiraciones, sólo le interesaba Hana y parecía que ésta se había encadenado al moribundo que yacía en el piso superior.

Durante las comidas, se sentaba frente a la muchacha y la observaba comer.

Medio año antes, desde una ventana, al final del largo pasillo del Hospital Santa Chiara de Pisa, Hana había visto un león blanco. Se alzaba solitario en lo alto de las almenas, emparentado en color con el blanco mármol del Duomo y del Camposanto, si bien su tosquedad y su sencilla forma parecían de otra era, como un regalo del pasado que había de aceptarse, y, sin embargo, para ella era lo más aceptable de todo lo que rodeaba aquel hospital. A medianoche, miraba por la ventana y sabía que se alzaba en la obscuridad del toque de queda y que, como ella, aparecería al alba, con el relevo. A las cinco o las cinco y media y después a las seis, alzaba la vista para ver su silueta, cada vez más precisa. Todas las noches era su centinela, mientras ella se movía entre los pacientes. El ejército, mucho más preocupado por el resto del fabuloso edificio

—con la disparatada lógica de su torre inclinada, como una persona traumatizada por la guerra—, lo había dejado allí, incluso durante los bombardeos.

Los edificios del hospital se encontraban en terrenos de un antiguo monasterio. Los arbustos esculpidos durante miles de años por monjes más que meticulosos poco tenían ya que ver con formas animales y, durante el día, las enfermeras paseaban en sillas de ruedas a los pacientes por entre las formas desaparecidas. Parecía que sólo la piedra blanca fuese permanente.

También las enfermeras resultaban traumatizadas por el espectáculo de tantos moribundos a su alrededor o por algo tan pequeño como una carta. Llevaban un brazo cortado por un pasillo o enjugaban sangre que no cesaba de manar, como si la herida fuera un pozo, y empezaban a no creer en nada, no confiaban ya en nada. Se quebraban como un hombre al desactivar una mina en el preciso segundo en que su geografía estallaba. Como Hana en el Hospital Santa Chiara, cuando un oficial recorrió el corredor entre cien camas y le entregó una carta en la que le anunciaban la muerte de su padre.

Un león blanco.

Poco después se había encontrado con el paciente inglés: alguien que parecía un animal quemado, tenso y obscuro, para ella como un estanque. Y entonces, meses después —acabada ya la guerra para ellos por haberse negado los dos a regresar con los demás a la seguridad de los hospitales de Pisa—, era su último paciente en la Villa San Girolamo. En todos los puertos, como Sorrento y Marina di Pisa, multitudes de soldados norteamericanos y británicos esperaban entonces a que los enviaran de vuelta a casa, pero ella lavó su uniforme, lo plegó y se lo devolvió a las enfermeras que se marchaban. La guerra no ha acabado en todas partes, le dijeron. La guerra ha acabado. Esta guerra ha acabado. Esta guerra de aquí. Le dijeron que equivaldría a una deserción. No es una deserción. Me voy a quedar aquí. Le advirtieron que quedaban minas por desactivar, que no había agua ni comida. Subió al piso superior y dijo al hombre quemado, el paciente inglés, que también ella se quedaría.

Él no dijo nada, pues ni siquiera podía mover la cabeza hacia ella, pero deslizó sus dedos en la blanca mano de Hana y, cuando ésta se inclinó hacia él, metió sus obscuros dedos por entre su cabello y sintió frescor en el valle que formaban.

¿Qué edad tienes?

Veinte años.

Él le contó que un duque, cuando estaba agonizando, quiso que lo llevaran hasta media altura de la torre de Pisa para morir contemplando la lejanía.

Un amigo de mi padre quería morir bailando el Shanghai. No sé lo que es. Él mismo acababa de oír hablar de ello.

¿Qué hace tu padre?

Está... está en la guerra.

Tú también estás en la guerra.

Aun después de un mes, más o menos, de cuidarlo y administrarle las inyecciones de morfina, no sabía nada de él. Al principio, se sentían cohibidos los dos, tanto más cuanto que ahora estaban solos. Después vencieron de pronto la timidez. Los pacientes, los doctores, las enfermeras, el equipo, las sábanas y las toallas: todo regresó, colina abajo, a Florencia y después a Pisa. Ella había ido haciendo acopio de morfina y tabletas de codeína. Contempló la partida, la fila de camiones. Bueno, pues adiós. Agitó la mano desde la ventana para despedirse y después cerró las contraventanas.

Detrás de la villa, se alzaba una pared de piedra por encima de la casa. Al oeste del edificio había un largo jardín cercado y, a unos treinta kilómetros, se encontraba, como una alfombra, la ciudad de Florencia, que a menudo desaparecía bajo la bruma del valle. Corría el rumor de que uno de los generales que vivían en la antigua Villa Médicis contigua se había comido un ruiseñor. La Villa San Girolamo, construida para proteger a los habitantes de la diabólica carne, tenía el aspecto de una fortaleza asediada y los bombardeos de los primeros días habían arrancado las extremidades a la mayoría de sus estatuas. Apenas parecía haber línea divisoria entre la casa y el paisaje, entre el edificio dañado y los restos, quemados y bombardeados, de la tierra. Para Hana, los jardines, invadidos por la vegetación eran como otros cuartos de la casa. Trabajaba en sus lindes, atenta siempre a las minas sin estallar. Pese a la tierra quemada, pese a la falta de agua, se puso a cultivar en una zona de suelo fértil contigua a la casa, con una pasión frenética que sólo podía asaltar a quien se hubiera criado en una ciudad. Un día habría una enramada de tilos, habitaciones de luz verde.

Caravaggio entró en la cocina y encontró a Hana sentada e inclinada sobre la mesa. No podía verle la cara ni los brazos, remetidos bajo su cuerpo, sólo la espalda y los brazos desnudos.

No estaba inmóvil ni dormida. Con cada estremecimiento, su cabeza se agitaba sobre la mesa.

Caravaggio se quedó ahí. Quienes lloran consumen más energía con ese acto que con ningún otro. Aún no había amanecido. Su cara se recortaba sobre la obscura madera de la mesa.

«Hana», dijo y ella se inmovilizó, como si la inmovilidad pudiera camuflarla. «Hana.»

Ella empezó a gemir para que el sonido fuese una barrera entre ellos, un río cuya orilla opuesta no pudiese alcanzar él.

Al principio, él vaciló ante la idea de tocarla, desnuda como estaba, dijo «Hana» y después le posó su vendada mano en el hombro. Ella no cesó de estremecerse. La pena más profunda —pensó él— cuando la única forma de sobrevivir es excavarlo todo.

Se levantó con la cabeza aún gacha y después se apretó contra él, como para vencer la atracción —como de imán— de la mesa.

«Si vas a intentar follarme, no me toques.»

Tenía pálida la piel por encima de la falda, su única vestimenta en aquel momento, como si se hubiera levantado de la cama, se hubiese vestido a medias y hubiera ido a la cocina, donde la hubiese arropado el aire fresco, procedente de las colinas, que entraba por la puerta.

Tenía la cara roja y mojada.

«Hana.»

«¿Entiendes?»

«¿Cómo es que lo adoras tanto?»

«Lo quiero.»

«No es que lo quieras, lo adoras.»

«Vete, Caravaggio, por favor.»

«No sé por qué te has atado a un cadáver.»

«Es un santo. Estoy convencida. Un santo desesperado. ¿Existe cosa semejante? Nos inspira el deseo de protegerlo.»

«¡A él ni siquiera le importa!»

«Soy capaz de quererle.»

«¡Una muchacha de veinte años que se aparta del mundo para amar a un espectro!»

Caravaggio hizo una pausa. «Tienes que protegerte de la tristeza. La tristeza está muy próxima al odio. Voy a decirte algo que he aprendido. Si te tomas el veneno de otro, por creer que compartiéndolo puedes curarlo, lo único que conseguirás es almacenarlo dentro de ti. Aquellos hombres del desierto fueron más listos que tú. Consideraron que podía ser útil y lo salvaron, pero, cuando dejó de ser útil, lo abandonaron.»

«Déjame en paz.»

Cuando estaba sola, se sentaba y notaba un cosquilleo en el tobillo, humedecido por las altas hierbas del huerto. Peló una ciruela que había encontrado y se había guardado en el bolsillo de su vestido de algodón obscuro. Cuando estaba sola, intentaba imaginar quién podría llegar por la antigua carretera bajo la verde cúpula de los dieciocho cipreses.

Cuando el inglés se despertó, ella se inclinó sobre su cuerpo y le colocó un tercio de la ciruela en la boca. Él la sujetó con la boca abierta, como si fuera agua, sin mover la mandíbula. Parecía que iba a echarse a llorar de placer. Ella sintió cómo tragaba la ciruela.

Él alzó la mano y se enjugó la última gota del labio, hasta la que no llegaba su lengua, y se llevó el dedo a la boca para chuparlo. Te voy a contar una historia sobre ciruelas —dijo—. Cuando yo era niño...

Después de las primeras noches, tras haber quemado la mayoría de las camas para protegerse del frío, Hana había cogido la hamaca de un muerto y había empezado a usarla. Clavaba escarpias en cualquier pared que le apeteciera, en la habitación en que deseara despertar, flotando por encima de toda la suciedad: la cordita y el agua de los suelos, las ratas que habían empezado a bajar del tercer piso. Todas las noches trepaba a la fantasmal línea caqui de la hamaca que había pertenecido a un soldado muerto, uno de los que ella había atendido.

Un par de zapatillas de tenis y una hamaca eran su único botín en aquella guerra. Se despertaba bajo la transparencia de la luz de la Luna en el techo, envuelta en la vieja camisa que siempre se ponía para dormir, tras dejar su vestido colgado de un clavo junto a la puerta. Ahora hacía más calor y podía dormir así. Antes, cuando arreciaba el frío, habían tenido que quemar algunas cosas.

Su hamaca, sus zapatillas y su vestido. Se sentía segura en el mundo en miniatura que se había construido: los otros dos hombres parecían planetas distantes, cada cual en su esfera de recuerdos y soledad. Caravaggio, que había sido amigo gregario de su padre en el Canadá, podía en aquellos días, sin mover un dedo, causar estragos en la cohorte de mujeres a las que parecía haberse entregado. Ahora yacía en su obscuridad. Se había hecho ladrón a fin de no trabajar para los hombres, de los que no se fiaba; aunque hablaba con ellos, prefería hacerlo con las mujeres y, tan pronto como cambiaba unas palabras con una mujer, quedaba prendido en las redes de una relación. Cuando, al amanecer, Hana volvía a casa a hurtadillas, se lo encontraba dormido en el sillón de su padre, agotado con los robos profesionales o personales.

Pensaba en Caravaggio: había personas a las que no se podía por menos de abrazar, de un modo o de otro, por menos de morder en el músculo, para conservar la salud mental en su compañía. Había que agarrarlas del cabello y mantenerse aferrado a él como un náufrago, para que te llevaran consigo. De lo contrario, podrían venir caminando por la calle hacia ti y, estando casi a punto de saludar con la mano, saltarse una tapia y desaparecer durante meses. Para ella, él había sido el tío que no cesaba de desaparecer.

Caravaggio te perturbaba con el simple gesto de envolverte en sus brazos, en sus alas. Te abrazaba una personalidad, pero entonces yacía en la obscuridad, como ella, en algún punto recóndito de la gran casa. Conque allí estaba Caravaggio y también el inglés del desierto.

Durante toda la guerra, con todos sus pacientes más graves, Hana había sobrevivido manteniendo una frialdad oculta bajo su papel de enfermera. Sobreviviré a esto. No me desmoronaré ante esto. Durante toda la guerra, por todas las ciudades hacia las que se habían acercado lentísimamente y habían dejado atrás —Urbino, Anghiari, Monterchi—, hasta que entraron en Florencia y continuaron adelante y, por último, alcanzaron la otra orilla del mar, cerca de Pisa, no dejó de repetirse esas palabras para sus adentros.

En el hospital de Pisa había visto por primera vez al paciente inglés: un hombre sin rostro, una poza de ébano. Toda posible identificación había quedado consumida por las llamas. Habían rociado algunas partes de su cuerpo y su rostro quemados con ácido tánico, que, al endurecerse, formaba un caparazón protector sobre su piel en carne viva. La zona alrededor de los ojos estaba cubierta por una capa de violeta de genciana. No le quedaba nada reconocible.

A veces se arrebujaba debajo de varias mantas y disfrutaba más con su peso que con el calor que le daban y, cuando la luz de la luna se deslizaba por el techo y la despertaba, se quedaba en la hamaca y dejaba errar sus pensamientos. El reposo en vela le resultaba el estado más placentero. Si hubiera sido escritora, habría cogido sus lápices y libretas y su gato preferido y habría escrito en la cama. Los extraños y los amantes nunca traspasarían la puerta cerrada.

Descansar era aceptar todos los aspectos del mundo sin juzgarlos: bañarse en el mar, follar con un soldado que nunca sabía tu nombre; ternura para con lo desconocido y anónimo, es decir, ternura para consigo misma.

Sus piernas se movían bajo el peso de las mantas militares. Nadaba en la lana, como el paciente inglés se movía en su placenta de tela.

Lo que echaba de menos allí era el atardecer lento, el sonido de los árboles familiares. Durante su adolescencia en Toronto, había aprendido a descifrar las noches estivales. Tumbándose en una cama, saliendo a sentarse en la escalera para incendios con un gato en los brazos, se sentía en su elemento.

Durante su infancia, Caravaggio había sido su escuela. Le había enseñado a dar el salto mortal. Ahora, con las manos siempre en los bolsillos, se limitaba a gesticular con los hombros. A saber en qué país lo habría obligado la guerra a vivir. Ella había recibido su capacitación en el hospital universitario femenino y después la habían enviado a Europa durante la invasión de Sicilia. Había sido en 1943. Mientras la primera división de infantería canadiense iba abriéndose camino hacia el norte de Italia, los cuerpos destrozados hacían el recorrido inverso hacia los hospitales de campaña, como el barro que los constructores de túneles se van pasando hacia atrás en la obscuridad. Cuando las tropas de primera línea retrocedieron después de la batalla de Arezzo, se encontró rodeada, noche y día, de soldados heridos. Después de tres días enteros sin descansar, se tumbó por fin en el suelo, junto a un colchón en el que yacía un cadáver, cerró los ojos para no ver lo que la rodeaba y durmió doce horas seguidas.

Cuando se despertó, cogió unas tijeras del cuenco de porcelana, se inclinó hacia adelante y empezó a cortarse el pelo, sin preocuparse de la forma ni la longitud, sin poder olvidar su presencia en los días anteriores, cuando se había inclinado hacia adelante y su pelo había tocado la sangre de una herida. No quería tener nada que la vinculara, la atase, a la muerte. Tiró del pelo para cerciorarse de que no le quedaban mechas largas y se volvió para afrontar de nuevo las salas llenas de heridos.

No volvió a mirarse en ningún espejo. A medida que arreciaba la guerra, se iba enterando de la muerte de personas a las que había conocido. Temía el día en que, al limpiar de sangre la cara de un paciente, reconociera a su padre o a alguien que le hubiese servido la comida en la barra de un establecimiento de Danforth Avenue. Se fue volviendo dura consigo misma y con los pacientes. Se había perdido lo único que podía salvarlos a todos: la razón. El nivel del termómetro de sangre subía país arriba. ¿Dónde estaba Toronto y qué representaba a aquellas alturas para ella? Se encontraba inmersa en una ópera engañosa. La gente se iba mostrando cada vez más dura con sus semejantes: soldados, médicos, enfermeras, civiles. Hana se acercaba cada vez más a los heridos a los que cuidaba y les hablaba en susurros.

Llamaba «compa» a todo el mundo y se reía al oír este retazo de canción:

Siempre que a Roosevelt veía,
«Hola, compa», iba y me decía.

Limpiaba brazos que no cesaban de sangrar. Había extraído tantas esquirlas de metralla, que tenía la sensación de haber sacado una tonelada de metal del gigantesco cuerpo humano que cuidaba, mientras el ejército avanzaba hacia el Norte. Una noche en que murió uno de los pacientes, se saltó todas las reglas: cogió las zapatillas de tenis que el difunto tenía en su mochila y se las puso. Le venían un poco grandes, pero se encontraba cómoda.

El rostro —aquel con el que iba a encontrarse Caravaggio más adelante— se le fue volviendo más duro y flaco. Estaba delgada, más que nada del cansancio. Tenía hambre permanente y la exasperaba tener que dar la comida a un paciente que no podía o no quería comer y ver desmigajarse el pan y enfriarse la sopa, que ella habría devorado en un segundo. No deseaba nada exótico, sólo pan, carne. El hospital de una de las ciudades tenía una panadería adosada y en sus ratos libres Hana se paseaba entre los panaderos y aspiraba el polvo y la promesa de la comida. Más adelante, cuando se encontraban al este de Roma, alguien le regaló una aguaturma.

Resultaba extraño dormir en las basílicas o los monasterios o dondequiera que hubiesen alojado a los heridos, sin dejar de avanzar hacia el Norte. Cuando uno de ellos moría, Hana rompía la banderita de cartón para que los camilleros lo viesen desde lejos. Después salía del macizo edificio y se iba a pasear, ya fuese primavera, invierno o verano, temporadas todas que parecían arcaicas, como caballeros ancianos que se pasaran la guerra sentados. Hiciera el tiempo que hiciese, salía. Quería aspirar aire que no oliera a nada humano, ver la luz de la Luna, aun cuando tuviese que soportar un aguacero.

Hola, compa; adiós, compa. Los cuidados eran breves. El contrato sólo era válido hasta la muerte. Ni su carácter ni su pasado la habían preparado para ser enfermera, pero el corte del pelo fue un contrato y duró hasta que los instalaron en la Villa San Girolamo, al norte de Florencia. En ella había otras cuatro enfermeras, dos médicos y cien pacientes. La guerra se desplazó más al norte de Italia y ellos quedaron atrás.

Después, durante la celebración de una victoria local, un poco mustia en aquel pueblo encaramado en las colinas, dijo que no regresaría a Florencia ni a Roma ni a ningún otro hospital, la guerra se había acabado para ella. Se quedaría ella sola con el hombre quemado, al que llamaban «el paciente inglés», porque, dada la fragilidad de sus miembros, no era aconsejable —ahora le resultaba claro— trasladarlo. Le pondría belladona en los ojos, le daría baños de sal para la piel, cubierta de queloides y quemaduras extensas. Le dijeron que el hospital —un convento que durante meses había sido un puesto defensivo alemán y que los Aliados habían bombardeado con granadas y bengalas— no era seguro. Se iba a quedar sin nada, sin protección contra los bandidos. Aun así, se negó a marcharse, se quitó el uniforme de enfermera, sacó el vestido estampado de color carmelita que durante meses había llevado en su equipaje y se lo puso junto con las zapatillas de tenis. Se apartó de la guerra. Había ido de acá para allá, a su dictado. Permanecería en aquella villa con el inglés hasta que las monjas la reclamaran. Había algo en él que quería aprender, hacer suyo, algo que podía servirle de escondrijo, permitirle abandonar la vida adulta. La forma en que él le hablaba y pensaba le recordaba a un vals. Quería salvarlo, a aquel inglés sin nombre, casi sin rostro, que había sido uno de los cien heridos, más o menos, confiados a sus cuidados durante la invasión del Norte.

Se marchó de la celebración, a la que había asistido con su vestido estampado. Fue a la habitación que compartía con las demás enfermeras y se sentó. Al hacerlo, vislumbró un parpadeo, que atrajo su atención: era un espejito redondo. Se levantó despacio y se acercó a él. Era muy pequeño, pero, aun así, parecía un lujo. Hacía más de un año que había decidido no mirarse a un espejo, tan sólo veía su sombra de vez en cuando en las paredes. El espejo sólo mostraba su mejilla y tuvo que sostenerlo, con mano temblorosa, en el extremo del brazo extendido. Se vio como retratada en un medallón. Era ella. Por la ventana se oía a los pacientes, que reían y gritaban de entusiasmo en sus sillas, y al personal que los sacaba a la luz del Sol. Sólo permanecían dentro los más graves. Se sonrió. Hola, compa, dijo. Miró su imagen para intentar reconocerse.

Mientras paseaban por el jardín, la obscuridad se interponía entre Hana y Caravaggio. Él empezó a hablar con su lento deje habitual.

«Era una fiesta de cumpleaños, a las tantas de la noche, en Danforth Avenue. En el restaurante The Night Crawler. ¿Recuerdas, Hana? Todo el mundo —tu padre, Gianetta, yo, los amigos— tenía que levantarse y entonar una canción y tú dijiste que también querías hacerlo: por primera vez. Todavía ibas al colegio y habías aprendido aquella canción en una clase de francés.

»Lo hiciste muy en serio: te pusiste de pie en el banco y después diste otro paso y te subiste a la mesa, entre los platos y las velas encendidas.

»*"Alonson fon!"*

»Cantaste con la mano en el corazón. *Alonson fon!* La mitad de los presentes no sabían qué diablos estabas cantando y tal vez tú tampoco supieras el significado exacto de las palabras, pero sabías de qué trataba la canción.

»La brisa que llegaba de la ventana hacía ondear tu falda hasta casi tocar una vela y tus tobillos parecían estar al rojo blanco. Tu padre tenía la vista alzada hacia ti, que, como por un milagro, expresabas en aquella nueva lengua, sin fallos ni vacilaciones y con todo el fervor requerido, el ideal revolucionario, mientras las velas oscilaban y por muy poco no tocaban tu vestido. Al final nos pusimos en pie y saltaste de la tabla a sus brazos.»

«Debería quitarte esas vendas de las manos. Ya sabes que soy enfermera.»

«Son cómodas. Como guantes.»

«¿Cómo ocurrió?»

«Me sorprendieron saltando de la ventana de una mujer. La mujer de que te hablé, la que tomó la foto. No fue culpa suya.»

Ella le cogió el brazo y le dio friegas en el músculo. «Déjame hacerlo.» Le sacó las manos vendadas de los bolsillos de la chaqueta. A la luz del día las había visto grises, pero con aquella luz resultaban casi luminosas.

Mientras Hana deshacía las vendas, él iba retrocediendo, con lo que el blanco salía de sus brazos, como si fuera un truco de magia, hasta que quedó liberado de ellas. Ella se acercó al tío de su infancia, vio en sus ojos la esperanza de que se cruzaran con los suyos para instarla a aplazarlo, por lo que ella lo miró directamente a los ojos.

Caravaggio tenía las manos juntas formando un cuenco. Ella se las cogió, mientras acercaba la cara a su mejilla, y después la apretó contra su cuello. Al tacto parecían firmes, curadas.

«La verdad es que tuve que negociar para que me dejaran esto.»

«¿Cómo?»

«Con las habilidades que entonces tenía.»

«Ah, ya recuerdo. No, no te muevas. No te apartes de mí.»

«Es un momento extraño, el final de una guerra.»

«Sí. Un período de adaptación.»

«Sí.»

Él alzó las manos como para introducir el cuarto de Luna en el cuenco que formaban.

«Me cortaron los dos pulgares, Hana. Mira.»

Le colocó las manos delante de los ojos para enseñarle lo que ella tan sólo había vislumbrado. Volvió una mano como para mostrarle que no era un truco, que lo que parecía una branquia era el punto en el que habían cortado el pulgar. Le acercó la mano a la blusa.

Ella sintió que la tela se levantaba por debajo del hombro, cuando él la cogió con dos dedos y tiró de ella despacio hacia sí.

«Así es como aprecio el algodón.»

«Cuando era niña, siempre te imaginaba como Pimpinela Escarlata y en mis sueños subía de noche a los tejados contigo. Llegabas a casa con fiambres en los bolsillos, estuches de lápices y partituras de piano para mí.»

Hablaba a la cara de él, sumida en la obscuridad, con la boca oculta por la sombra de unas hojas, como el encaje de una mujer rica. «Te gustan las mujeres, ¿verdad? Te gustaban.»

«Me gustan. ¿A qué viene el pretérito?»

«Ahora parece algo carente de importancia, con la guerra y demás.»

Él asintió con la cabeza y la sombra de las hojas dejó de recortarse en su cara.

«Eras como esos artistas que sólo pintan de noche y su luz es la única encendida en la calle. Como los buscadores de gusanos con sus viejas latas de café atadas a los tobillos y la linterna del casco enfocando la hierba: por todos los parques de la ciudad. Me llevaste a aquel sitio, aquel café en el que los vendían. Según dijiste, era como la Bolsa, porque el precio de los gusanos no cesaba de bajar y subir: cinco centavos, diez centavos. La gente se arruinaba o amasaba fortunas. ¿Recuerdas?»

«Sí.»

«Acompáñame hasta la casa, que empieza a hacer frío.»

«Los grandes carteristas nacen con los dedos índice y medio casi de la misma longitud. No necesitan introducirlos demasiado en un bolsillo. ¡Qué diferencia supone media pulgada!»

Se dirigían hacia la casa, bajo los árboles.

«¿Quién te lo hizo?»

«Buscaron a una mujer, una de sus enfermeras, para hacerlo. Les pareció más tajante. Me ataron las muñecas a las patas de la mesa. Cuando me cortaron los pulgares, mis manos los dejaron escapar, impotentes, como un deseo en un sueño, pero el hombre que la mandó llamar (Ranuccio Tommasoni) fue el auténtico responsable. Ella era inocente, nada sabía de mí, ni mi nombre ni mi nacionalidad ni lo que podía haber hecho.»

Cuando llegaron a la casa, el paciente inglés estaba gritando. Hana se apartó de Caravaggio, que la vio subir corriendo la escalera, con sus zapatillas de tenis centelleando, mientras ascendía y giraba a lo largo de la barandilla.

La voz resonaba en toda la casa. Caravaggio entró en la cocina, arrancó un trozo de pan y siguió a Hana escalera arriba. Al acercarse, los gritos se volvieron más intensos. Cuando entró en el cuarto, el inglés estaba mirando un perro, que tenía la cabeza vuelta hacia atrás, como aturdido por los gritos. Hana miró a Caravaggio y sonrió.

«Llevaba años sin ver un perro. En toda la guerra no he visto ninguno.»

Ella se acuclilló y abrazó al animal, le olfateó el pelaje y percibió dentro de él el olor a hierbas de las colinas. Dirigió el perro hacia Caravaggio, que le ofrecía el trozo de pan. Entonces el inglés vio a Caravaggio y se quedó boquiabierto. Debió de parecerle que el perro —ahora oculto por la espalda de Hana— se había convertido en un hombre. Caravaggio cogió en brazos el perro y salió del cuarto.

He estado pensando —dijo el paciente inglés— que ésta debió de ser la habitación de Poliziano y esta que ocupamos su villa. El agua que sale por esa pared es aquella fuente antigua. Es una habitación famosa. Todos ellos se reunían aquí.

Era un hospital —dijo ella en voz baja—; antes, mucho antes, fue un convento. Después lo ocuparon los ejércitos.

Creo que ésta era la Villa Bruscoli. Poliziano: el gran *protégé* de Lorenzo. Hablo de 1483. En Florencia, en la iglesia de la Santa Trinità, se puede ver el retrato de los Médicis con Poliziano, ataviado con capa roja, en primer plano: un hombre tan brillante como terrible, un genio que se abrió camino hasta la cima de la sociedad.

Hacía rato que habían dado las doce de la noche y volvía a estar completamente despierto.

Muy bien, cuéntame —pensó ella—, llévame a alguna parte, sin poder quitarse aún de la cabeza las manos de Caravaggio, quien probablemente estuviera ahora dando algo de comer al perro vagabundo en la cocina de la Villa Bruscoli, si es que se llamaba así.

Era una vida terrible: dagas, política, sombreros pomposos, medias guateadas y pelucas. ¡Pelucas de seda! Naturalmente, después, poco después, apareció Savonarola y encendió su Hoguera de las Vanidades. Poliziano tradujo a Homero. Escribió un gran poema sobre Simonetta Vespucci, ¿sabes quién es?

No, dijo Hana riendo.

Hay retratos de ella por toda Florencia. Murió de tuberculosis a los veintitrés años. Poliziano la hizo famosa con *Le Stanze per la Giostra* y después Botticelli pintó escenas de esa obra y Leonardo también. Todos los días Poliziano daba dos horas de clase en latín por la mañana y dos en griego por la tarde. Tenía un amigo llamado Pico de la Mirandola, personaje desaforadamente mundano que de repente se convirtió y se unió a Savonarola. Ése era mi apodo de niño: Pico.

Sí, creo que sucedieron muchas cosas aquí. La fuente en la pared. Pico, Lorenzo, Poliziano y el joven Miguel Ángel. Sostenían el nuevo mundo en una mano y en la otra el viejo. En la biblioteca figuraban los cuatro últimos libros de Cicerón, tenazmente buscados. Importaron una jirafa, un rinoceronte, un dodó. Toscanelli trazó mapas del mundo basados en la correspondencia con los mercaderes. Se sentaban en este cuarto junto a un busto de Platón y pasaban toda la noche debatiendo.

Y después se elevaron por las calles los gritos de Savonarola: «*¡Arrepentíos, que se acerca el diluvio!*» Barrió con todo: el libre albedrío, la aspiración a la elegancia, la fama, el derecho a venerar a Platón tanto como a Cristo. Llegaron las hogueras: la quema de pelucas, libros, pieles de animales, mapas. Más de cuatrocientos años después abrieron las tumbas. Los huesos de Pico se habían conservado. Los de Poliziano habían quedado reducidos a polvo.

Hana escuchaba al inglés, que pasaba las páginas de su cuaderno de apuntes y leía los pasajes de otros libros que había pegado en ellas: sobre los grandes mapas perdidos en las hogueras y la quema de la estatua de Platón, cuyo mármol se exfolió con el calor, las grietas en el saber cuyas detonaciones en forma de crónicas precisas les llegaban desde la vertiente opuesta del valle, mientras Poliziano olfateaba el futuro en las colinas cubiertas de hierba. También Pico, en algún punto de allá abajo, en su gris celda, lo observaba todo con el tercer ojo de la salvación.

Vertió un poco de agua en un cuenco para el perro, un chucho viejo, más viejo que la guerra.

Se sentó con la garrafa de vino que los monjes del monasterio habían dado a Hana. Era la casa de Hana y él se movía por ella con cautela, sin alterar nada. Advertía su refinamiento en las florecillas silvestres, los regalitos que se hacía a sí misma. Incluso en el jardín invadido por la vegetación se encontraba con medio metro cuadrado cortado con sus tijeras de enfermera. Si él hubiese sido más joven, ese detalle le habría bastado para enamorarse.

Ya no era joven. ¿Cómo lo vería ella? Con sus heridas, su desequilibrio, sus rizos grises en la nuca. Nunca se había considerado un hombre al que la edad pudiera aportar la sabiduría. Habían envejecido todos, pero él seguía considerándose desprovisto de la sensatez que acompaña a la edad.

Se acuclilló para observar cómo bebía el perro. Al erguirse, perdió el equilibrio, se agarró *in extremis* a la mesa y volcó la garrafa de vino.

Te llamas David Caravaggio, ¿verdad?

Lo habían esposado a las gruesas patas de una mesa de roble. En determinado momento, se incorporó abrazando la mesa y chorreando sangre por la mano izquierda e intentó cruzar corriendo con ella la estrecha puerta, pero se cayó. La mujer se detuvo, tiró el cuchillo y se negó a seguir. El cajón de la mesa se deslizó y cayó contra su pecho, con todo lo que contenía, y él pensó que tal vez hubiera una pistola con la que defenderse. Entonces Ranuccio Tommasoni recogió el cuchillo y se le acercó. *Caravaggio, ¿verdad?* Aún no estaba seguro.

Estando bajo la mesa, le cayó en la cara la sangre de las manos y tuvo una súbita idea práctica. Deslizó una esposa fuera de la pata de la mesa, lanzó la silla lejos de un golpe para ahogar el dolor y después se inclinó hacia la izquierda y se sacó la otra esposa. Ahora todo estaba cubierto de sangre. Sus manos habían quedado ya inutilizadas. Durante los meses siguientes se dio cuenta de que sólo miraba los pulgares de la gente, como si el único cambio producido por aquel incidente hubiera sido el de volverlo envidioso, pero, en realidad, le había hecho envejecer, como si, durante la noche que había pasado sujeto a aquella mesa, le hubieran administrado una solución que hubiese reducido su rapidez mental.

Se quedó aturdido junto al perro, junto a la mesa empapada de vino tinto. Dos guardias, la mujer, los teléfonos sonando e interrumpiendo a Tommasoni, quien soltó el cuchillo, murmuró, cáustico: *Disculpadme*, y, tras levantar el auricular con su ensangrentada mano, escuchó. Nada había dicho —pensaba Caravaggio— que pudiera resultarles útil, pero, en vista de que lo dejaron marcharse, tal vez anduviera errado.

Después se había dirigido por la Via di Santo Spirito al único lugar que mantenía oculto en su cabeza. Pasó por delante de la iglesia de Brunelleschi, camino de la biblioteca del Instituto Alemán, donde conocía a alguien que lo atendería. De repente comprendió que ésa era la razón por la que lo habían dejado marcharse y caminar en libertad: para que les revelara ese contacto. Giró por una calle lateral sin mirar atrás en ningún momento. Buscaba una fogata callejera para restañar sus heridas, mantenerlas por encima de una caldera de alquitrán a fin de que el negro humo le envolviese las manos. Se encontraba en el puente de la Santa Trinità. A su alrededor, no había tráfico ni nada, cosa que le extrañó. Se sentó en la tersa balaustrada del puente y después se tumbó. No se oía sonido alguno. Antes, cuando iba caminando con las manos en los bolsillos, había advertido un gran movimiento de tanques y jeeps.

Estando así tumbado, estalló el puente minado y él salió despedido hacia arriba y después cayó, víctima del fin del mundo. Cuando abrió los ojos, vio una cabeza gigantesca a su lado. Aspiró y el pecho se le llenó de agua. Estaba bajo el agua. Tenía a su lado, en las aguas poco profundas del Arno, una cabeza con barba. Alargó la mano hasta ella, pero ni siquiera pudo empujarla. La luz se filtraba dentro del río. Salió nadando a la superficie, parcialmente en llamas.

Cuando contó esa historia a Hana horas más tarde, aquella misma noche, ella dijo:

«Dejaron de torturarte porque se acercaban los Aliados. Los alemanes estaban abandonando la ciudad, al tiempo que volaban los puentes.»

«No sé. Tal vez yo les contara todo. ¿De quién sería aquella cabeza? No cesaba de sonar el teléfono en aquella habitación. Se hacía el silencio, aquel hombre se alejaba de mí y todos ellos lo miraban escuchar el silencio de la *otra* voz, que no podíamos oír. ¿De quién era la voz? ¿De quién la cabeza?»

«Se marchaban, David.»

Hana abrió *El último mohicano* por la página en blanco del final y se puso a escribir en ella.

Está aquí un hombre llamado Caravaggio, un amigo de mi padre. Siempre lo he querido. Es mayor que yo, unos cuarenta y cinco años, me parece. Está sumido en las tinieblas. Por una razón que desconozco, este amigo de mi padre me cuida.

Cerró el libro y después bajó a la biblioteca y lo escondió en uno de los estantes superiores.

El inglés se había quedado dormido y —como siempre, despierto o dormido— respiraba por la boca. Hana se levantó de la silla y le quitó con suavidad la vela encendida que sujetaba en las manos. Se acercó a la ventana y la apagó fuera, para que no entrara el humo en el cuarto. No le gustaba verlo ahí tumbado con una vela en las manos, remedando una postura fúnebre y con la cera cayéndole en la muñeca sin que lo notara. Como si estuviese preparándose, como si deseara meterse en su propia muerte imitando su atmósfera y su luz.

Se quedó junto a la ventana y se agarró el pelo con fuerza y tiró de él. Si cortas una vena en la obscuridad, en cualquier momento después del anochecer, la sangre parece negra.

Tenía que salir del cuarto. De repente se sintió rebosante de energía y claustrofobia. Recorrió el pasillo a grandes zancadas, bajó la escalera saltando y salió a la terraza de la villa, luego alzó la vista, como si intentara divisar la figura de la muchacha de la que acababa de alejarse. Volvió a entrar en el edificio. Empujó la rígida y alabeada puerta, entró en la biblioteca, quitó las tablas que tapaban las puertas vidrieras en el otro extremo de la sala y las abrió para dejar correr el aire de la noche. Ignoraba dónde estaría Caravaggio. Ahora pasaba fuera la mayoría de las noches y solía regresar unas horas antes del amanecer. En cualquier caso, no había rastro de él.

Asió la tela gris que cubría el piano y la arrastró hasta un rincón de la sala, como si fuera un rollo de tela, una red de pesca.

No había luz. Oyó el estruendo lejano de un trueno.

Ahora estaba de pie delante del piano. Sin bajar la vista, sólo las manos, empezó a tocar acordes reduciendo la melodía a un esqueleto. Después de cada grupo de notas, hacía una pausa, como si sacara las manos del agua para ver lo que había atrapado, y después proseguía colocando los huesos principales de la melodía. Aminoró aún más los movimientos de sus dedos. Cuando dos hombres se introdujeron por las puertas vidrieras, colocaron sus fusiles en el extremo del piano y se plantaron delante de ella, tenía la vista clavada en el teclado. Los acordes siguieron resonando en la alterada atmósfera de la sala.

Con los brazos pegados a los costados y un pie descalzo en el pedal de los bajos, siguió interpretando la canción que su madre le había enseñado, que había practicado en cualquier superficie: una mesa de cocina, una pared, mientras subía al piso superior, su propia cama antes de quedarse dormida. En su casa no tenían piano. Solía ir los domingos por la mañana a tocar en el centro comunitario, pero durante la semana practicaba dondequiera que estuviese, aprendía las notas que su madre había dibujado con tiza en la mesa de la cocina y más tarde había borrado. Pese a llevar en la villa tres meses, era la primera vez que tocaba aquel piano, cuyas formas había vislumbrado el primer día a través de las puertas vidrieras. En el Canadá los pianos necesitaban agua. Se levantaba la tapa trasera y se dejaba un vaso lleno de agua y un mes después el vaso estaba vacío. Su padre le había hablado de los enanitos que bebían sólo en los pianos, nunca en los bares. Ella nunca lo había creído, pero al principio había pensado que tal vez se tratara de ratones.

A la luz de un destello de relámpago que recorrió el valle —la tormenta llevaba toda la noche acercándose—, vio que uno de los hombres era un sij. Entonces se detuvo y sonrió, un poco asombrada, pero aliviada, en cualquier caso. El ciclorama de luz detrás de ellos fue tan breve, que sólo pudo vislumbrar su turbante y los lustrosos fusiles mojados. Unos meses antes se habían llevado la tapa trasera para usarla de mesa de hospital, por lo que los fusiles se encontraban sobre el hueco de las cuerdas. El paciente inglés habría podido identificar las armas. ¡Huy! Estaba rodeada de extraños: ninguno italiano puro; idilio en una villa. ¿Qué habría pensado Poliziano de aquella escena de 1945, dos hombres y una mujer a ambos extremos de un piano, con la guerra casi acabada y los fusiles mojados brillando, cuando la luz de los relámpagos se colaba en la sala, ya cada medio minuto, acompañada del crepitar de los truenos por todo el valle, y la inundaba de color y sombras, y la música antifonal, la insistencia de los acordes, *When I take my sugar to tea...?*

¿Conocen la letra?

No se movieron. Abandonó los acordes y dejó en libertad los dedos para que se sumieran en la complejidad melódica y se lanzaran desenfrenados a interpretarla, audaces, al modo del jazz: partiendo las notas y los ángulos del tronco melódico.

Cuando llevo a mi cielito a tomar el té,
Todos los chicos sienten envidia de mí,
Conque nunca la llevo adonde la pandilla va,
Cuando llevo a mi cielito a tomar el té…

Cuando los destellos de relámpago invadían la sala, los hombres, con la ropa empapada, contemplaban sus manos, que ahora acompañaban los relámpagos y truenos o les hacían contrapunto en los intervalos de obscuridad. Había tal concentración en su rostro, que los soldados se sentían invisibles, mientras ella se esforzaba por recordar la mano de su madre rasgando un periódico, mojándolo bajo un grifo de la cocina y usándolo para borrar de la mesa las notas dibujadas, el infernáculo de notas, tras lo cual iba a su clase semanal en la sala de actos del centro comunitario, donde tocaba sin alcanzar aún —estando sentada—, los pedales con los pies, por lo que prefería permanecer de pie con la sandalia veraniega en el pedal izquierdo, mientras el metrónomo marcaba el compás.

No quería terminar, renunciar a aquellas palabras de una canción antigua. Veía los lugares a los que iban, que la pandilla no conocía, invadidos por la aspidistra. Alzó la vista y les hizo una seña con la cabeza para indicar que ya estaba a punto de concluir.

Caravaggio no vio aquella escena. Cuando volvió, encontró a Hana y los dos soldados de una unidad de zapadores preparándose bocadillos en la cocina.

III

En cierta ocasión un fuego

La última guerra medieval fue la que tuvo por escenario Italia en 1943 y 1944. Los ejércitos de nuevos reyes se lanzaron irreflexivos contra ciudades fortificadas, encaramadas en altos promontorios, que diferentes bandos se habían disputado desde el siglo VIII. En torno a los afloramientos de rocas, el trasiego de camillas arrasó los viñedos, donde, si se excavaba bajo los surcos dejados por los tanques, se encontraban hachas y lanzas. Monterchi, Cortona, Urbino, Arezzo, Sansepolcro, Anghiari y después la costa.

Los gatos dormían en las torretas de los cañones mirando hacia el Sur. Ingleses, americanos, indios, australianos y canadienses avanzaban hacia el Norte y las granadas estallaban y, tras dejar un rastro, se disolvían en el aire. Cuando los ejércitos se agruparon en Sansepolcro, ciudad cuyo símbolo es la ballesta, algunos soldados compraron esas armas y las dispararon de noche y en silencio por encima de las murallas de la inexpugnable ciudad. El mariscal de campo Kesselring, del ejército alemán en retirada, acarició en serio la idea de verter aceite hirviendo desde las almenas.

Fueron a buscar a medievalistas en las facultades de Oxford y los enviaron por avión a Umbría. Frisaban en los sesenta años por término medio. Los alojaron con la tropa y, en las reuniones con el mando estratégico, aquellos ancianos olvidaban una y otra vez que se había inventado el aeroplano. Hablaban de las ciudades en función del arte que encerraban. En Monterchi estaba la *Madonna del Parto* de Piero della Francesca, situada en la capilla contigua al cementerio de la ciudad. Cuando por fin se tomó el castillo del siglo XIII durante la lluviosa primavera, la tropa, alojada bajo la alta cúpula de la iglesia, durmió junto al púlpito de piedra en el que aparece representada la muerte de la Hidra a manos de Hércules. El agua no era potable. Muchos murieron de tifus y otras fiebres. Al mirar hacia arriba con sus prismáticos militares en la iglesia gótica de Arezzo, los soldados se encontraban con los rostros de sus contemporáneos en los frescos de Piero della Francesca. La reina de Saba conversando con el rey Salomón. Al lado, una ramita del Árbol del Bien y del Mal en la boca de Adán muerto. Años después, aquella reina iba a comprender que el puente sobre el Siloé estaba hecho con madera de aquel árbol sagrado.

La lluvia y el frío no cesaban y el único orden era el de los grandes mapas del arte, que mostraban manifestaciones de juicio, piedad y sacrificio. El VIII Ejército se tropezaba con un río tras otro cuyos puentes estaban destruidos y sus unidades de zapadores se veían obligadas a descolgarse, desafiando el fuego enemigo, por los declives de las orillas con escalas de cuerda y cruzar el río a nado o vadeándolo. El agua arrastraba tiendas y provisiones. Algunos hombres desaparecían atados a su equipo. Tras haber cruzado el río, intentaban lanzarse fuera del agua. Hundían las manos y las muñecas en la pared de lodo del terraplén y se quedaban así, colgados y esperando que el lodo, al endurecerse, los sostuviese.

El joven zapador sij apoyó la mejilla contra el lodo y pensó en la cara de la reina de Saba, la textura de su piel. El único consuelo en aquel río era el deseo que sentía por ella, que en cierto modo mantenía el calor en su interior. Le alzaría el velo del pelo. Introduciría su mano derecha entre su cuello y la blusa verde olivo. También él estaba cansado y triste, como el rey sabio y la reina culpable que había visto en Arezzo dos semanas antes.

Colgaba por encima del agua con las manos trabadas en el banco de lodo. El carácter, arte sutil, los abandonaba en aquellos días y noches, existía sólo en un libro o una pared pintada. ¿Quién era el más triste en aquel fresco de la cúpula? Enamorado de los ojos abatidos de aquella mujer que un día descubriría la sacralidad de los puentes, se inclinó para descansar en la piel de su delicado cuello.

Por la noche, en el catre, sus brazos se estiraban apuntando a la lejanía, como dos ejércitos. No había promesa de solución ni de victoria, excepto el pacto temporal entre él y los reyes de aquel fresco, que lo olvidarían, nunca tendrían noticia de la existencia de él, un sij, colgado a media altura de una escala de zapador y en plena lluvia, levantando un puente provisional para el ejército que venía tras él, pero recordó el cuadro en que aparecía representada la historia de aquellos reyes. Cuando un mes después llegaron al mar los batallones, tras haber sobrevivido a todo y haber entrado en la ciudad costera de Cattolica, y después de que los ingenieros hubiesen limpiado de minas una franja de playa de veinte metros para que los hombres pudieran meterse desnudos en el mar, se acercó a uno de los medievalistas que había tenido un detalle con él —el de haberle hablado, sencillamente, y haberle cedido parte de una lata de carne— y prometió enseñarle algo a cambio de su amabilidad.

El zapador pidió prestada una moto Triumph, se ató una lámpara roja de emergencia al brazo —con el anciano bien abrigado y abrazado a él— y recorrieron en dirección opuesta el camino por el que habían venido, pasando por las ciudades entonces inocentes, como Urbino y Anghiari, a lo largo de la tortuosa cresta de la cordillera que recorría Italia de Norte a Sur como una espina dorsal y bajaron por la ladera occidental hacia Arezzo. De noche no había soldados en la plaza y el zapador aparcó delante de la iglesia. Ayudó a apearse al medievalista, recogió su equipo y entró en la iglesia: una obscuridad más fría, un vacío mayor, por lo que el ruido de sus botas retumbaba en todo el recinto. Volvió a oler la piedra y la madera antiguas. Encendió tres bengalas. Colgó de las columnas y por encima de la nave un aparejo de polea y después disparó un remache con la cuerda ya enganchada a una alta viga de madera. El profesor lo observaba confuso y de vez en cuando alzaba la vista hacia las alturas en tinieblas. El joven zapador lo ciñó por la cintura y los hombros como con un arnés y le fijó en el pecho con cinta adhesiva una pequeña bengala encendida.

Lo dejó ahí, junto al reclinatorio de la comunión y subió con gran estruendo la escalera hasta el nivel en que se encontraba el extremo de la cuerda. Sujeto a ella, se dejó caer desde la balaustrada a la obscuridad y, simultáneamente, el anciano resultó izado a toda velocidad hasta que, cuando el zapador tocó el suelo, quedó suspendido en el aire y balanceándose tan tranquilo a un metro de los frescos y rodeado por el halo que formaba la bengala. Sin soltar la cuerda, el zapador avanzó hacia adelante para hacer oscilar al anciano hacia la derecha hasta dejarlo delante de *El vuelo del emperador Majencio*.

Cinco minutos después, lo bajó. Encendió una bengala e izó su propio cuerpo hasta la cúpula, hasta el intenso azul del cielo artificial. Recordaba sus estrellas doradas de cuando lo había contemplado con prismáticos. Miró hacia abajo y vio al medievalista sentado en un banco y exhausto. Ahora podía apreciar no la altura, sino la profundidad de aquella iglesia, su dimensión líquida: el vacío y la obscuridad de un pozo. La bengala esparcía luz desde su mano como una varita mágica. Maniobró la polea para izarse hasta el rostro, su Reina de la Tristeza, y su carmelita mano extendida resultaba diminuta contra el gigantesco cuello.

El sij instaló una tienda en la parte más lejana del jardín, donde, según creía Hana, en tiempos había crecido lavanda. Había encontrado hojas secas en esa zona y, tras apreciarlas al tacto, las había identificado. De vez en cuando, reconocía su perfume después de la lluvia.

Al principio, el zapador se negaba rotundamente a entrar en la casa. Pasaba por delante de ella camino de algún cometido relacionado con la desactivación de minas. Siempre cortés, saludaba con una ligera inclinación de la cabeza. Hana lo veía lavarse con agua de lluvia en una palangana ceremoniosamente colocada sobre un reloj de sol. Por el grifo del jardín, que en tiempos se había usado para regar los semilleros, ya no salía agua. Veía su desnudo torso carmelita en el momento en que se echaba agua por encima, como un ave con el ala. Durante el día lo que veía sobre todo eran sus brazos, que sobresalían de la camisa de manga corta del uniforme, y el fusil, del que, pese a que las batallas parecían haber tocado ya a su fin para ellos, nunca se separaba.

Adoptaba diversas posturas con el fusil: media asta, en ángulo para dejar libres los codos cuando lo llevaba al hombro. Se volvía de pronto, al darse cuenta de que ella lo estaba mirando. Era un superviviente de sus miedos, daba un rodeo ante todo lo que le inspiraba sospechas, respondía a la mirada de ella en aquel panorama como indicando que podía afrontarlo todo.

Su actitud, tan independiente, era un alivio para ella, para todos los de la casa, aunque Caravaggio se quejaba de que el zapador no cesaba de tararear las canciones occidentales que había aprendido en los tres últimos años de la guerra. El otro zapador, que había llegado con él durante la tormenta, un tal Hardy, estaba alojado en otra parte, más cerca del pueblo, si bien ella los había visto trabajando juntos, entrando en un jardín con sus varillas y aparatos para limpiarlo de minas.

El perro se había apegado a Caravaggio. El joven soldado, que corría y saltaba con el perro por el sendero, se negaba a darle comida alguna, porque consideraba que debía sobrevivir por sí solo. Si encontraba comida, se la comía él. Su cortesía llegaba sólo hasta cierto límite. Algunas noches dormía en el parapeto que dominaba el valle y sólo si llovía se metía a gatas en su tienda.

Observaba, a su vez, el deambular nocturno de Caravaggio. En dos ocasiones, el zapador había seguido los pasos de Caravaggio a distancia. Pero dos días después Caravaggio lo detuvo y le dijo: No vuelvas a seguirme. Empezó negándolo, pero el hombre mayor le puso la mano en la boca, que mentía, y lo hizo callar. De modo que Caravaggio había notado —comprendió— su presencia dos noches antes. En cualquier caso, aquel seguimiento era un vestigio de un hábito que le habían inculcado durante la guerra, igual que seguía sintiendo deseos de apuntar el fusil y disparar a algún blanco preciso. Apuntaba una y otra vez a la nariz de una estatua o a uno de los halcones carmelitas que evolucionaban por el cielo del valle.

Seguía mostrando actitudes en gran medida juveniles. Se zampaba la comida, a la que sólo dedicaba media hora, con voracidad y se levantaba de un brinco para ir a lavar el plato.

Hana lo había visto trabajar, cauteloso y sin prisas como un gato, en el huerto y dentro del jardín invadido por la vegetación que se extendía pendiente arriba detrás de la casa. Había notado que tenía más obscura la piel de la muñeca y que ésta se le deslizaba con holgura dentro del brazalete que a veces, cuando tomaba una taza de té delante de ella, tintineaba.

Nunca hablaba del peligro que entrañaba esa clase de búsqueda. De vez en cuando una explosión hacía salir precipitadamente de la casa a Hana, con el corazón encogido por el estallido amortiguado, y a Caravaggio. Salía corriendo de la casa o hasta una ventana y veía —junto con Caravaggio, al que vislumbraba por el rabillo del ojo— al zapador en la terraza cubierta de hierbas saludando tan tranquilo, sin siquiera volverse, con la mano.

En cierta ocasión, Caravaggio entró en la biblioteca y vio al zapador encaramado en el techo junto al trampantojo —sólo a Caravaggio se le podía ocurrir entrar en una habitación y mirar a los rincones del techo para ver si estaba solo— y el joven soldado, sin apartar la vista de su objetivo, hizo detenerse a Caravaggio alargando una mano y chasqueando los dedos: era un aviso para que, por su seguridad, saliese del cuarto, mientras desconectaba y cortaba una mecha que había rastreado hasta aquel rincón, oculta encima de la cenefa.

Siempre estaba canturreando y silbando. «¿Quién silba?», preguntó una noche el paciente inglés, que no conocía ni había visto siquiera al recién llegado. Tumbado en el parapeto, éste no cesaba de cantar, mientras contemplaba el desplazamiento de las nubes.

Cuando entraba en la villa, que parecía vacía, siempre hacía ruido. Era el único de ellos que seguía llevando uniforme. Salía de su tienda muy limpio, con las hebillas relucientes, las fajas del turbante perfectamente simétricas y las botas, que retumbaban en los pisos de madera o de piedra de la casa, cepilladas. En una fracción de segundo interrumpía el trabajo que estuviera haciendo y estallaba en carcajadas. Al inclinarse para recoger una rebanada de pan y rozar la hierba con los nudillos, al hacer girar incluso, distraído, el fusil, como si fuera una enorme maza, mientras se dirigía por la vereda bordeada de cipreses a reunirse con los demás zapadores en el pueblo, parecía inconscientemente enamorado de su cuerpo, de su físico.

Parecía despreocupado y contento con el grupito de la villa, como una estrella independiente en la linde de su sistema. Después de lo que había pasado en la guerra con el lodo, los ríos y los puentes, aquella vida era como unas vacaciones para él. Entraba en la casa, simple visitante cohibido, sólo cuando le invitaban, como la primera noche cuando había seguido el vacilante sonido del piano de Hana, se había internado por la vereda de los cipreses y había entrado en la biblioteca.

Lo que lo había movido a acercarse a la villa aquella noche de la tormenta no había sido la curiosidad por la música, sino el peligro que podía correr quien tocaba el piano. El ejército en retirada dejaba con frecuencia minas diminutas dentro de instrumentos musicales. Al regresar a sus casas, los propietarios abrían los pianos y perdían las manos. Volvían a poner en marcha el reloj de un abuelo y una bomba de cristal volaba media pared y a quien se encontrara cerca.

Había seguido, corriendo pendiente arriba con Hardy, el sonido del piano, había saltado la tapia y había entrado en la villa. Mientras no hubiera una pausa, el intérprete no se inclinaría hacia adelante para sacar la lengüeta metálica y con ello poner en marcha el metrónomo. La mayoría de las bombas estaban ocultas en esos aparatos, porque resultaba muy fácil soldar en ellos el hilo metálico. Fijaban bombas en los grifos, en los lomos de los libros, las introducían en los árboles frutales para que una manzana, al caer sobre una rama inferior, o una mano, al agarrar la rama, hicieran estallar el árbol. No podía mirar una habitación o un campo sin pensar en la posibilidad de que encerraran explosivos.

Se había detenido junto a las puertas vidrieras y había apoyado la cabeza contra el marco, antes de introducirse en la sala y permanecer —excepto cuando destellaban los relámpagos— en la obscuridad. Había una muchacha de pie, como esperándolo, con la vista clavada en las teclas que estaba tocando. Sus ojos, antes de fijarse en ella, escudriñaron la sala, la barrieron como las ondas de un radar. El metrónomo estaba ya en marcha, oscilando, inocente, adelante y atrás. No había peligro, no había un hilo metálico diminuto. Se quedó ahí, con el uniforme empapado, sin que al principio la joven advirtiera su presencia.

De los árboles cercanos a su tienda colgaba la antena de un receptor de radio. Mirando con los gemelos de Caravaggio, Hana veía de noche el verde fosforescente del dial, que a veces tapaba de repente el cuerpo del zapador, al cruzar el campo de visión. Durante el día, llevaba encima el aparato portátil, con un auricular en el oído y el otro colgando bajo la barbilla para escuchar ecos del resto del mundo que podían ser importantes para él. Se presentaba en la casa para transmitir alguna información que podía interesar a quienes en ella vivían. Una tarde anunció que había muerto el director de orquesta Glenn Miller, al estrellarse su avión en el trayecto de Inglaterra a Francia.

De modo que se movía entre ellos. Hana lo veía a lo lejos con su varita de zahorí en un jardín abandonado o, si había encontrado algo, desenmarañando el nudo de cables y mechas que, como una carta diabólica, alguien le había dejado.

Se lavaba las manos continuamente. Al principio, Caravaggio pensó que era demasiado escrupuloso. «¿Cómo has podido sobrevivir a una guerra?», le decía riendo.

«Me crié en la India. Allí te lavas las manos todo el tiempo. Antes de todas las comidas. Es una costumbre. Nací en el Punjab.»

«Yo soy de la zona más septentrional de América», dijo ella.

Dormía con medio cuerpo fuera de la tienda. Hana vio que se quitaba el auricular y lo dejaba caer sobre su regazo.

Entonces bajó los gemelos y se volvió.

Estaban bajo la enorme bóveda. El sargento encendió una bengala y el zapador se tumbó en el suelo, miró hacia arriba por la mira telescópica del fusil y fue examinando los rostros de color ocre, como si estuviera buscando a un hermano suyo entre la multitud. El retículo de la mira temblaba al recorrer las figuras bíblicas, mientras la luz bañaba las vestiduras de colores y la carne, obscurecidas por la acción del humo de aceite y velas durante centenares de años. Y ahora aquel humo amarillo del gas, que resultaba —de sobra lo sabían— monstruoso en el santuario, motivo suficiente para expulsar a aquellos soldados y recordarlos por haber abusado del permiso obtenido para ver la Gran Sala, hasta la que habían llegado después de vadear cabezas de playa y pasar por mil escaramuzas, el bombardeo de Monte Cassino, recorrer en respetuoso silencio las Stanze de Rafael y acabar por fin allí, diecisiete hombres que habían desembarcado en Sicilia y se habían abierto paso combatiendo por la bota italiana hasta allí, donde les habían mostrado una simple sala en gran parte a obscuras. Como si la simple presencia en el lugar fuera suficiente.

Y uno de ellos había dicho: «¡Maldita sea! ¿Y si pusiéramos un poco más de luz, sargento Shand?» Y el sargento soltó la lengüeta de la bengala y la sostuvo con el brazo extendido, mientras el niágara de luz se derramaba desde su puño, y se quedó ahí, así, hasta que se consumió. Los demás contemplaron con la vista hacia arriba las figuras y los rostros apiñados en el techo que aparecían a la luz, pero el joven zapador ya estaba tumbado boca arriba y con el fusil apuntando y su ojo casi rozaba las barbas de Noé y Abraham y los diversos demonios hasta que la visión del gran rostro —un rostro como una lanza, sabio, implacable— lo dejó paralizado.

Oyó gritar a los guardas en la entrada y después acudir corriendo, cuando ya sólo faltaban treinta segundos para que se apagara la bengala. Se revolvió y pasó el fusil al capellán. «Ése. ¿Quién es? En las tres en punto, Noroeste. ¿Quién es? Rápido, que se apaga la bengala.»

El capellán se colocó el fusil en el hombro y lo giró hacia el rincón y en aquel momento se apagó la bengala.

Devolvió el fusil al joven sij.

«La verdad es que vamos a tener un disgusto todos por haber iluminado con estas armas la Capilla Sixtina. Yo no debería haber venido aquí, pero también he de dar las gracias al sargento Shand, ha sido una heroicidad por su parte. Supongo que no habremos causado ningún daño.»

«¿La ha visto? La cara. ¿Quién era?» «Ah, sí, es un rostro admirable.» «Lo ha visto.»

«Sí. Era Isaías.»

Cuando el VIII Ejército llegó a Gabicce, en la costa oriental, el zapador iba al mando de una patrulla nocturna. La segunda noche recibió por radio la comunicación de que había movimientos del enemigo en el agua. La patrulla lanzó una granada, que produjo una erupción en el agua, una severa advertencia. No acertaron, pero con el haz blanco de la explosión distinguió una silueta más obscura en movimiento. Alzó el fusil y la tuvo en la mira durante todo un minuto, pero prefirió no disparar y ver si había otros movimientos cerca. El enemigo seguía acampado más al Norte, a las afueras de Rímini. Tenía la sombra en la mira, cuando se iluminó de repente la aureola de la Virgen María. Salía del mar.

Iba de pie en una barca. Dos hombres remaban. Otros dos la sostenían derecha y, cuando tocaron la playa, los habitantes de la ciudad empezaron a aplaudir desde sus obscuras ventanas abiertas.

El zapador veía la cara blanca y la aureola que formaban las lamparitas, alimentadas con pilas. Estaba tumbado en el fortín de hormigón, entre la ciudad y el mar, y la miraba, cuando los cuatro hombres bajaron de la barca y alzaron la estatua de yeso de metro y medio de altura. Cruzaron la playa sin detenerse, sin vacilar por miedo a las minas. Tal vez hubieran visto cómo las enterraban los alemanes y supiesen dónde se encontraban. Sus pies se hundían en la arena. Era en Gabicce Mare, el 29 de mayo de 1944: la fiesta de la Virgen María, Reina de los Mares.

Las calles estaban invadidas de adultos y niños. También habían aparecido hombres con uniformes de la banda, aunque ésta no tocaba para no violar el toque de queda, pero los instrumentos, inmaculados y brillantes, formaban también parte de la ceremonia.

Salió de la obscuridad, con el cañón del mortero atado a la espalda y el fusil en las manos. Su turbante y sus armas los sobresaltaron. No se esperaban que fuese a surgir también él de la tierra de nadie que era la playa.

Alzó el fusil y enfocó la cara de la Virgen en el punto de mira: sin edad, asexuada, las obscuras manos de los hombres en primer plano intentando llegar hasta su luz, la graciosa inclinación de las veinte bombillitas. La figura llevaba un manto azul pálido y tenía la rodilla izquierda ligeramente alzada para sugerir el efecto del ropaje.

No eran personas románticas. Habían sobrevivido a los fascistas, los ingleses, los galos, los godos y los alemanes. Habían estado sometidos tan a menudo, que ya nada significaba para ellos, pero aquella cara de yeso azul y blanco había llegado del mar y la colocaron en un camión de la vendimia lleno de flores, mientras la banda la precedía en silencio. Fuera cual fuese la protección que había de dar el zapador a aquella ciudad, carecía de sentido. No podía pasearse con sus armas por entre los niños vestidos de blanco.

Se trasladó a una calle paralela y caminó al paso de la procesión para llegar al mismo tiempo a los cruces, donde alzaba el fusil y encuadraba una vez más el rostro de la Virgen en el punto de mira. Acabaron en un promontorio desde el que se dominaba el mar y donde la dejaron y regresaron a sus hogares. Ninguno de ellos advirtió la constante presencia del zapador en la periferia.

Su rostro seguía iluminado. Los cuatros hombres que la habían traído en la barca estaban sentados alrededor de ella, como centinelas. La pila que llevaba fijada a la espalda empezó a fallar; se descargó hacia las cuatro y media de la mañana. En aquel momento el zapador miró su reloj. Observó a los hombres con el telescopio del fusil.

Dos estaban dormidos. Alzó la mira hasta el rostro de la Virgen y lo escrutó de nuevo. Con la luz que se iba apagando a su alrededor, tenía expresión diferente: una cara que en la obscuridad se parecía más a la de alguien que conocía, una hermana, algún día una hija. Si hubiera podido llevársela, el zapador habría dejado algo a modo de ofrenda, pero, al fin y al cabo, tenía su propio credo.

Caravaggio entró en la biblioteca. Entonces pasaba la mayoría de las tardes en ella. Como siempre, los libros eran seres místicos para él. Sacó uno y lo abrió por la página del título. Cuando llevaba cinco minutos en la sala, oyó un ligero gemido.

Se volvió y vio a Hana dormida en el sofá. Cerró el libro y se recostó contra la consola situada bajo los anaqueles. Hana estaba acurrucada, con la mejilla izquierda sobre el polvoriento brocado y el brazo derecho dirigido hacia su rostro, como un puño contra su mejilla. Se le movieron las cejas, mientras su rostro se concentraba en el sueño.

Cuando había vuelto a verla después de todo ese tiempo, tenía expresión tensa y recursos físicos apenas suficientes para afrontar la situación con eficacia. Su cuerpo había pasado por una guerra y, como en el amor, había usado todo su ser.

Caravaggio estornudó ruidosamente y, cuando volvió a alzar la cabeza, la vio despierta, con los ojos abiertos y clavados en él.

«Adivina qué hora es.»

«Sobre las cuatro y cinco. No, las cuatro y siete», respondió ella.

Era un antiguo juego entre un hombre y una niña. Él salió de la sala para ir a buscar el reloj y, por la seguridad de sus movimientos, ella comprendió que acababa de tomar morfina y se sentía nuevo y entero, con su aplomo habitual. Cuando volvió moviendo la cabeza de admiración por su exactitud, ella se irguió y sonrió.

«Nací con un reloj de sol en la cabeza, ¿verdad?»

«¿Y de noche?»

«¿Existirán relojes de luna? ¿Habrán inventado uno? Tal vez todos los arquitectos, al construir una villa, oculten un reloj de luna para los ladrones, como un diezmo obligatorio.»

«Menuda preocupación para los ricos.»

«Nos vemos, David, en el reloj de luna, lugar en el que los débiles pueden codearse con los ricos.»

«¿Como el paciente inglés y tú?»

«Hace un año estuve a punto de tener un hijo.»

Ahora que la droga despejaba y daba precisión a su cabeza, Caravaggio podía seguir a Hana en sus escapadas, acompañarla con el pensamiento. Ella se estaba mostrando muy abierta, sin darse cuenta del todo de que estaba despierta y charlando, como si aún hablara en sueños, como si el de él hubiera sido un estornudo en un sueño.

Caravaggio conocía ese estado. Se había reunido a menudo con gente en el reloj de luna, al molestarla a las dos de la mañana con el desplome, provocado por un falso movimiento, de todo un ropero en una alcoba. Esos sobresaltos —según había descubierto— contribuían a que se mostraran menos temerosos y violentos. Cuando los dueños de casas en las que estaba robando lo descubrían, se ponía a dar palmas y a hablar a la desesperada, al tiempo que lanzaba al aire un reloj caro y volvía a atraparlo con las manos y los asediaba a preguntas sobre la ubicación de las cosas que le interesaban.

«Perdí el niño. Quiero decir que hube de perderlo. El padre ya había muerto. Estábamos en guerra.»

«¿Estabas en Italia?»

«En Sicilia, más o menos cuando sucedió eso. No dejé de pensar en ello durante todo el período en que subimos Adriático arriba tras las tropas. Conversaba sin cesar con el niño. Trabajaba denodadamente en los hospitales y me aparté de todos los que me rodeaban, excepto del niño, con el que lo compartía todo: en mi cabeza. Hablaba con él mientras bañaba y cuidaba a los pacientes. Estaba un poco loca.»

«Y después murió tu padre.»

«Sí. Después murió Patrick. Cuando me enteré, estaba en Pisa.»

Estaba completamente despierta y sentada.

«Lo sabías, ¿eh?»

«Recibí una carta de casa.»

«¿Por eso viniste aquí? ¿Porque lo sabías?»

«No.»

«Mejor. No creo que Patrick creyera en velatorios y demás. Según solía decir, quería que, cuando muriese, dos mujeres interpretaran un dúo con instrumentos musicales (concertina y violín) y nada más. Era tan rematadamente sentimental.»

«Sí. Podías conseguir de él lo que quisieras. Si le ponías delante una mujer en apuros, estaba perdido.»

El viento que se alzó en el valle llegó hasta su colina y agitó los cipreses que bordeaban los treinta y seis escalones contiguos a la capilla. Las primeras gotas de lluvia empezaron a insinuarse con su tictac sobre ellos, sentados en la balaustrada contigua a la escalera. Era bastante después de la medianoche. Ella estaba tumbada en el antepecho de hormigón y él se paseaba o se asomaba al valle. Sólo se oía el sonido de la lluvia que caía.

«¿Cuándo dejaste de hablar con el niño?»

«De repente, anduvimos de cabeza. Las tropas estaban entrando en combate en el puente sobre el Moro y después en Urbino. Tal vez fuera en Urbino donde dejé de hacerlo. Tenías la sensación de que en cualquier momento podía acertarte un disparo, aunque no fueras soldado, aunque fueses sacerdote o enfermera. Aquellas calles estrechas y en pendiente eran como conejeras. No cesaban de llegar soldados con el cuerpo hecho trizas, se enamoraban de mí durante una hora y morían. Era importante recordar sus nombres, pero yo no dejaba de ver al niño, siempre que morían, siempre que los barrían. Algunos se erguían e intentaban desgarrarse todas las vendas para poder respirar mejor. Algunos, cuando morían, estaban preocupados por pequeños rasguños en los brazos y después venía el borboteo en la boca: la burbuja final. Una vez me incliné a cerrar los ojos de un soldado y los abrió y dijo con una mueca de desprecio: "¿Es que no puedes esperar a que me haya muerto? ¡*Cacho puta!*" Se irguió y tiró al suelo de un manotazo todo lo que llevaba en la bandeja. ¡Lo furioso que estaba! ¿Quién desearía morir así? Morir con esa rabia. ¡*Cacho puta!* Después, siempre esperaba al borboteo en la boca. Ahora conozco la muerte, David.

Conozco todos los olores. Sé cómo hacerles olvidar la ago-
nía, cuándo ponerles una rápida inyección de morfina en
una vena grande, o la solución salina para hacerlos eva-
cuar el vientre antes de morir. Todo puñetero general debería haber pasado por mi trabajo, todo puñetero general. Debería haber sido el requisito previo para dar la orden
de cruzar un río. ¿Quién demonios éramos nosotros para
que se nos encomendara aquella responsabilidad? ¿Para que
se esperase que tuviéramos el saber de sacerdotes ancianos a fin de guiarlos hacia algo que ninguno deseaba y en
cierto modo consolarlos? Nunca pude creerme los servicios que se oficiaban por los muertos, su vulgar retórica.
¡Cómo se atrevían! ¡Cómo podían hablar así sobre la muerte de un ser humano!»

No había luz, todas las lámparas estaban apagadas y
casi todo el cielo cubierto de nubes. Más valía olvidarse de
que existía un mundo civilizado y con casas confortables.
Estaban habituados a moverse por la casa a obscuras.

«¿Sabes por qué el ejército no quería que te quedaras
aquí, con el paciente inglés?»

«¿Un matrimonio desconcertante? ¿Mi complejo de
Electra?» Le sonrió.

«¿Cómo está ese hombre?»

«Sigue nervioso por lo del perro.»

«Dile que lo traje yo.»

«Tampoco está seguro de que tú vayas a quedarte
aquí. Cree que podrías marcharte con la vajilla.»

«¿Crees que le gustaría tomar un poco de vino? Hoy
he conseguido agenciarme una botella.»

«¿Dónde?»

«¿La quieres o no?»

«Vamos a tomárnosla ahora. Olvidémonos de él.»

«¡Ah, el gran paso!»

«Nada de gran paso. Me hace mucha falta una bebida de verdad.»

«Veinte años de edad. Cuando yo tenía veinte años...»

«Sí, sí, ¿por qué no te agencias un gramófono un día? Por cierto, creo que eso se llama saqueo.»

«Mi país me enseñó todo eso. Es lo que hice por él durante la guerra.»

Entró en la casa por la capilla bombardeada.

Hana se irguió, un poco mareada, le costaba conservar el equilibrio. «Y mira lo que te hicieron», se dijo.

Durante la guerra apenas hablaba, ni siquiera con aquellos con los que trabajaba más estrechamente. Necesitaba a un tío, a un miembro de la familia. Necesitaba al padre del niño, mientras esperaba a emborracharse por primera vez en varios años, mientras en el piso superior un hombre quemado se había sumido en sus cuatro horas de sueño y un antiguo amigo de su padre estaba ahora desvalijándole el botiquín, rompiendo la punta de la ampolla de cristal, ciñéndose un cordón al brazo e inyectándose la morfina rápidamente, en el tiempo que tardaba en darse la vuelta.

Por la noche, en las montañas que los rodeaban, incluso a las diez, sólo la tierra estaba obscura. Un cielo gris claro y colinas verdes.

«Estaba harta de pasar hambre, de no inspirar otra cosa que deseo carnal, conque me retiré: de las citas, los paseos en jeep, los amoríos. Los últimos bailes antes de que murieran... me consideraban una esnob. Trabajaba más que los demás. Turnos dobles y bajo el fuego: hacía lo que fuera por ellos, vaciaba todos los orinales. Me volví una esnob, porque no quería salir a gastar su dinero. Quería volver a mi tierra y ya no tenía a nadie en ella y estaba harta de Europa, de que me trataran como a un objeto precioso por ser mujer. Salí con un hombre que murió y el niño murió. La verdad es que el niño no murió precisamente, sino que acabé yo con él. Después de aquello, me retraje tanto, que nadie podía acercárseme... y menos con charlas de esnobs ni con la muerte de alguien. Entonces lo conocí, al hombre quemado y con la piel renegrida, que, visto de cerca, resultó ser inglés.

»Hace mucho tiempo, David, que no he pensado en el contacto con un hombre.»

Cuando el zapador llevaba una semana por los alrededores de la villa, se adaptaron a sus hábitos alimentarios. Estuviera donde estuviese —en la colina o en el pueblo—, hacia las doce y media regresaba y se reunía con Hana y Caravaggio, sacaba de la bolsa el hatillo hecho con su pañuelo azul y lo extendía sobre la mesa junto a la comida de ellos: sus cebollas y sus hierbas, que fue cogiendo —sospechaba Caravaggio— en el huerto de los franciscanos, cuando estuvo rastreándolo en busca de minas. Pelaba las cebollas con el mismo cuchillo que utilizaba para pelar el revestimiento de una mecha. Después venía la fruta. Caravaggio sospechaba que, desde que habían desembarcado, no había probado ni una sola vez el rancho de las cantinas.

En realidad, siempre había hecho cola, como Dios manda, al amanecer, con la taza en la mano para recoger el té inglés, que le encantaba y al que añadía leche condensada de sus provisiones particulares. Se lo bebía despacio, de pie y al sol, para poder contemplar el lento movimiento de los soldados, que, si no iban a proseguir la marcha aquel día, a las nueve de la mañana estaban ya jugando a la canasta.

Ahora, al amanecer, bajo los devastados árboles de los jardines semidestruidos de la Villa San Girolamo, bebía un trago de agua de su cantimplora. Echaba polvo dentífrico en el cepillo de dientes e iniciaba una calmosa sesión de higiene dental, al tiempo que se paseaba y miraba el valle, aún envuelto en la bruma, más curioso que embelesado ante la vista por encima de la cual el azar lo había llevado a vivir. Desde su infancia, el cepillado de los dientes había sido para él una actividad al aire libre.

El paisaje que lo rodeaba era algo temporal, carecía de permanencia. Se contentaba con registrar la posibilidad de que lloviera o apreciar cierto olor de un arbusto, como si, aun en reposo, fuese su mente un radar y sus ojos localizaran la coreografía de los objetos inanimados en un radio de cuatrocientos metros, es decir, aquel en que resultan mortales los proyectiles de armas pequeñas. Examinaba con cuidado las dos cebollas que había sacado de la tierra, pues sabía que los ejércitos en retirada habían minado también los huertos.

En el almuerzo, Caravaggio miraba con expresión afectuosa los objetos situados sobre el pañuelo azul. Probablemente existiera —pensaba— algún raro animal que comiese los mismos alimentos que aquel joven soldado, quien se los llevaba a la boca con los dedos de la mano derecha. Sólo utilizaba el cuchillo para pelar la piel de la cebolla y para trocear la fruta.

Los dos hombres bajaron en carro hasta el valle para recoger un saco de harina. Además, el soldado tenía que entregar en el cuartel general de San Domenico los mapas de las zonas limpiadas. Como les resultaba difícil hacerse preguntas personales, hablaron de Hana. El zapador hubo de hacer muchas preguntas antes de que el de más edad reconociera que la había conocido antes de la guerra.

«¿En el Canadá?»

«Sí. Allí la conocí.»

Pasaron ante numerosas hogueras al borde de la carretera y Caravaggio aprovechó para cambiar de conversación. El apodo del zapador era Kip. «Llamad a Kip.» «Aquí llega Kip.» Le habían puesto ese apodo en circunstancias curiosas. En su primer informe sobre desactivación de bombas en Inglaterra el papel tenía una mancha de mantequilla y el oficial había exclamado: «¿Qué es esto? ¿Grasa de arenque *(kipper)*?» Y todo el mundo se echó a reír. El joven sij no tenía idea de lo que era un arenque, pero había quedado metamorfoseado en un pescado salado inglés. Al cabo de una semana, todo el mundo había olvidado su nombre auténtico: Kirpal Singh. No le importó. Lord Suffolk y su equipo de demolición se aficionaron a llamarlo por su apodo, cosa que él prefería a la costumbre inglesa de llamar a las personas por su apellido.

Aquel verano el paciente inglés tenía puesto el audífono, gracias al cual podía estar al corriente de todo lo que sucedía en la casa. La concha ambarina fijada en su oído le transmitía los ruidos casuales: el chirrido de la silla en el pasillo, las pisadas del perro junto a su alcoba, que le hacían aumentar el volumen y oír hasta su puñetera respiración, o los gritos del zapador en la terraza, por lo que, pocos días después de la llegada del joven zapador, se había enterado de su presencia en los alrededores de la casa, si bien Hana los mantenía separados, pues suponía que no harían buenas migas.

Pero un día, al entrar en el cuarto del inglés, se encontró con el zapador. Estaba al pie de la cama, con los brazos colgados del fusil, que descansaba en sus hombros. No le gustó esa forma negligente de sostener el arma ni el modo como se había girado, como con desgana, al oírla entrar, como si su cuerpo fuera el eje de una rueda, como si tuviese cosida el arma a los hombros y los brazos y a sus obscuras muñequitas.

El inglés se volvió hacia ella y dijo: «¡Nos estamos entendiendo de maravilla!»

Le molestó que el zapador hubiera entrado como si tal cosa en aquel ámbito, que pareciese rodearla, estar en todas partes. Al enterarse por Caravaggio de que el paciente sabía de fusiles, Kip había subido a su cuarto y se había puesto a hablar con él de la búsqueda de bombas. Había descubierto que el inglés era un pozo de información sobre el armamento aliado y el del enemigo. No sólo conocía las absurdas espoletas italianas, sino también la topografía detallada de aquella región de Toscana. No tardaron en ponerse a ilustrar sus afirmaciones dibujando croquis de bombas y a exponer los aspectos teóricos de cada circuito concreto.

«Las espoletas italianas parecen ir colocadas verticalmente y no siempre en la cola.»

«Eso depende. Las fabricadas en Nápoles son así, pero las fábricas de Roma siguen el sistema alemán. Naturalmente, si nos remontamos al siglo XV, Nápoles...»

Como el joven soldado no estaba acostumbrado a permanecer quieto y callado, se impacientaba, al escuchar la tortuosa forma de hablar del inglés, y no dejaba de interrumpir las pausas y silencios que éste se concedía para intentar acelerar la cadena de ideas. El soldado echaba la cabeza hacia atrás y miraba al techo.

«Lo que deberíamos hacer es fabricarle un arnés», dijo pensativo y dirigiéndose a Hana, que acababa de entrar, «para trasladarlo por la casa».

Ella los miró a los dos, se encogió de hombros y salió del cuarto.

Cuando Caravaggio se cruzó con ella en el pasillo, Hana iba sonriendo. Se quedaron escuchando la conversación que se estaba produciendo en el cuarto.

¿Te he contado mi concepción del hombre virgiliano, Kip? Mira...

¿Tienes puesto el audífono?

¿Qué?

Ponlo en marcha...

«Creo que ha hecho un amigo», dijo Hana a Caravaggio.

Hana salió al sol del patio. Al mediodía, los grifos vertían agua en la fuente de la villa durante veinte minutos. Se quitó los zapatos, se subió al pilón y esperó.

A aquella hora todo quedaba invadido por el olor del heno. Los moscardones vacilaban en el aire y chocaban con las personas, como contra una pared, y después se retiraban indiferentes. Advirtió que las arañas de agua habían anidado bajo la pila superior de la fuente, cuyo saledizo dejaba en la sombra su rostro. Le gustaba sentarse en aquella cuna de piedra, le gustaba el olor a aire fresco y oculto que emanaba del caño, aún vacío, que tenía a su lado, como el aire de un sótano abierto por primera vez al final de la primavera, que contrasta con el calor exterior. Se sacudió el polvo de los brazos y de los dedos de los pies, se acarició la marca que le había dejado la presión de los zapatos y se estiró.

Demasiados hombres en la casa. Se acercó la boca al hombro desnudo. Olió su piel, su intimidad, sus propios sabor y aroma. Recordó cuándo había tenido por primera vez conciencia de ellos, en algún punto de su adolescencia —más que una época le parecía un lugar—, al aplicarse los labios al antebrazo para practicar el arte de besar, al olerse las muñecas o inclinarse hasta su muslo, al respirar en sus propias manos juntas en forma de taza para que el aliento rebotara hacia su nariz. Se frotó su blanco pie desnudo contra el revestimiento moteado de la fuente. El zapador le había hablado de estatuas que había conocido durante la guerra, le había contado que había dormido junto a una que representaba a un ángel abatido, mitad hombre y mitad mujer, que le había parecido hermoso. Se había recostado a mirar el cuerpo y por primera vez en toda la guerra se había sentido en paz.

Olfateó la piedra, su fresco olor a polilla.

¿Se habría debatido su padre al morir o habría muerto en calma? ¿Habría descansado con actitud tan imponente como la del paciente inglés en su catre? ¿Lo habría cuidado una persona a la que no conociera? Un hombre que no es de tu misma sangre puede hacer que te abras a las emociones más que alguien de tu familia, como si, al caer en brazos de un extraño, descubrieras el reflejo de tu elección. A diferencia del zapador, su padre nunca estuvo del todo cómodo en el mundo. Al hablar, la timidez le hacía comerse algunas sílabas. De las frases de Patrick siempre te perdías —se había quejado su madre— dos o tres palabras decisivas, pero a Hana le gustaba eso: no parecía tener el menor rasgo de un espíritu feudal. Había en él una vaguedad, una incertidumbre, que le infundían cierto encanto. No se parecía a la mayoría de los hombres. Incluso el herido paciente inglés tenía la habitual resolución del estilo feudal, pero su padre era un espectro hambriento y le gustaba que quienes lo rodeaban fueran decididos, estridentes incluso.

¿Se habría acercado a su muerte con la misma sensación fortuita de asistir a un accidente? ¿O con furia? Era el hombre menos violento que había conocido, detestaba las discusiones: si alguien hablaba mal de Roosevelt o de Tim Buck o elogiaba a ciertos alcaldes de Toronto, se limitaba a salirse de la habitación. Nunca en su vida había intentado convertir a nadie, sino que se limitaba a amortiguar o celebrar los acontecimientos que se producían a su alrededor y nada más. La novela es un espejo que se pasea por un camino. Había leído esa frase en uno de los libros recomendados por el paciente inglés y así recordaba —siempre que repasaba los recuerdos de él—: a su padre deteniendo a medianoche el coche bajo determinado puente de Toronto, al norte de Pottery Road, y contándole que allí era donde los estorninos y las palomas compartían, incómodos y no precisamente contentos, las vigas por la noche. Conque una noche de verano habían hecho un alto allí y habían sacado la cabeza para apreciar la barahúnda de ruidos y piídos soñolientos.

Me dijeron que Patrick murió en un palomar, comentó Caravaggio.

Su padre amaba una ciudad inventada por él mismo, cuyas calles, paredes y límites habían pintado sus amigos y él.

Nunca salió del todo de aquel mundo. Hana comprendió que todo lo que sabía del mundo real lo había aprendido por su cuenta o por Caravaggio o —durante el tiempo en que vivieron juntas— por su madrastra, Clara, que, como —por haber sido en tiempos actriz— sabía expresarse con claridad, había manifestado su rabia cuando todos partieron para la guerra. Durante todo su último año en Italia había llevado consigo las cartas de Clara, que había escrito —lo sabía— sobre una roca rosada de una isla de Georgian Bay, contra el viento que llegaba del agua y agitaba las hojas de su cuaderno, hasta que por fin arrancaba las páginas y las metía en un sobre para Hana. Las llevaba en su maleta, cada una de ellas con una esquirla de aquella roca rosada y un recuerdo de aquel viento, pero nunca las había contestado. Había echado de menos a Clara con pesar, pero, después de todo lo que le había sucedido, no podía escribirle. No podía soportar la idea de hablar de la muerte de Patrick ni la de aceptar siquiera su evidencia.

Y ahora, en aquel continente, como la guerra se había desplazado a otras zonas, los conventos y las iglesias, convertidos por un breve período en hospitales, estaban solitarios, aislados en las colinas de Toscana y Umbría. Conservaban los restos de las sociedades guerreras, pequeñas morrenas dejadas por un vasto glaciar. Ahora los rodeaba completamente el bosque sagrado.

Se metió los pies bajo su ligero vestido y descansó los brazos a lo largo de los muslos. Todo estaba en calma. Oía el habitual borboteo sordo, incansable, del caño enterrado en la columna central de la fuente; después silencio. Luego, al irrumpir el agua a su alrededor, hubo de repente un estrépito.

Las historias que Hana había leído al paciente inglés, los viajes con el viejo vagabundo en Kim o con Frabrizio en La cartuja de Parma, los habían embriagado y los habían arrastrado a un torbellino de ejércitos, caballos y carretas: los que huían de una guerra y los que se dirigían a ella. Hana tenía, apilados en un rincón de su alcoba, otros libros, que le había leído y por cuyos paisajes ya habían paseado.

Muchos libros se iniciaban con una garantía de orden por parte del autor. Entrabas en sus aguas con el quedo movimiento de un remo.

Comienzo mi obra en la época en que era cónsul Servio Galba. (...) Las historias de Tiberio, Calígula, Claudio y Nerón escritas cuando ocupaban el poder fueron falsificadas mediante el terror y, después de su muerte, se escribieron otras inspiradas por el odio.

Así iniciaba Tácito sus *Anales*.

Pero las novelas comenzaban con indecisión o en pleno caos. Los lectores nunca disfrutaban de equilibrio. Se abría una puerta, un cerrojo, una esclusa, y de súbito aparecían con un pez en una mano y un sombrero en la otra.

Cuando Hana comenzaba un libro, entraba por pórticos en amplios patios. Parma, París y la India extendían sus alfombras.

Estaba sentado —contraviniendo las ordenanzas municipales— a horcajadas sobre el cañón Zam-Zammah, que se alzaba en su plataforma de ladrillo frente al antiguo Ajaib-Gher, la Casa de las Maravillas, como llamaban los nativos el Museo de Lahore. Quien tuviera en su poder el Zam-Zammah, el «dragón del aliento de fuego», dominaba el Punjab, pues ese gran cañón de bronce verde era siempre el primer botín de los conquistadores.

«Léelo despacio, querida niña; a Kipling hay que leerlo despacio. Fíjate bien en dónde se encuentran las comas y descubrirás las pausas naturales. Era un autor que escribía con pluma y tintero. Como la mayoría de los escritores que viven solos, levantaba con frecuencia, según tengo entendido, la vista de la página, miraba por la ventana y escuchaba los pájaros. Algunos no saben los nombres de los pájaros, pero él sí. Tus ojos son demasiado rápidos, norteamericanos. Piensa en el ritmo de su pluma. De lo contrario, parecerá un primer párrafo ampuloso y anticuado.»

Ésa fue la primera lección del paciente inglés sobre la lectura. No volvió a interrumpirla. Si se quedaba dormido, Hana proseguía, sin levantar la vista ni un momento, hasta que ella misma se sentía cansada. Si el inglés se había perdido la trama de la última media hora, simplemente iba a quedar a obscuras una habitación en una historia que probablemente ya conociera. Se sabía el mapa de la historia: al Este quedaba Benarés y al norte del Punjab,

Chilianwallah. (Todo aquello ocurría antes de que el zapador entrara, como procedente de ese relato, en sus vidas, como si hubieran frotado las páginas de Kipling por la noche, al modo de una lámpara maravillosa: un remedio prodigioso.)

Había pasado del final de *Kim*, con sus exquisitas y sagradas frases —ahora leídas con dicción clara—, al cuaderno de notas del paciente, el libro que, a saber cómo, había logrado salvar del fuego. Así abierto, éste tenía casi el doble de su grosor original.

Había una fina página arrancada de una Biblia y pegada en el texto.

El rey David era ya viejo y entrado en años y, por más que lo cubrían con ropas, no lograba entrar en calor.

Entonces sus servidores dijeron: «Hay que buscar para el Rey, nuestro señor, una joven virgen que lo cuide y duerma en sus brazos para que entre en calor.»

Conque buscaron por toda la tierra de Israel una muchacha hermosa, hallaron a la sunamita Abisag y la llevaron ante el Rey y la muchacha cuidó al Rey y le sirvió, pero el Rey no la conoció.

La tribu ———, que había salvado al piloto quemado, lo llevó a la base británica de Siwa en 1944. Lo trasladaron del Desierto Occidental a Túnez en el tren ambulancia de medianoche y después por barco a Italia. En aquel momento de la guerra, había centenares de soldados que habían perdido la conciencia de su identidad, sin que se tratara de un engaño. Los que afirmaban no estar seguros de su nacionalidad fueron agrupados en un campamento en Tirrenia, donde se encontraba el hospital del mar. El piloto quemado era un enigma más: sin identificación e irreconocible. En el cercano campamento para criminales, se encontraba —encerrado en una jaula— el poeta americano Ezra Pound, quien ocultaba en su cuerpo y en sus bolsillos —y la cambiaba de sitio todos los días para, según creía, mayor seguridad— la vaina de eucalipto que había recogido, cuando lo detuvieron, en el jardín de quien lo traicionó. *«El eucalipto es bueno para la memoria.»*

«Deberían intentar confundirme», dijo el piloto quemado a sus interrogadores, «hacerme hablar alemán, lengua que, por cierto, domino, preguntarme por Don Bradman, preguntarme por Marmite, la gran Gertrude Jekyll». Sabía dónde se hallaban todos y cada uno de los cuadros de Giotto en Europa y la mayoría de los lugares en que se podían encontrar trampantojos convincentes.

Habían instalado el hospital del mar en las cabinas de baño que los turistas alquilaban en la playa a finales de siglo. Cuando apretaba el calor, colocaban una vez más las antiguas sombrillas con anuncios de Campari en los huecos de las mesas y los vendados, los heridos y los comatosos se sentaban bajo ellas a disfrutar de la brisa marina, mientras hacían lentamente algún comentario, se quedaban con la mirada perdida o hablaban por los codos. El hombre quemado se fijó en la joven enfermera, separada de las demás. Conocía aquellas miradas mortecinas, sabía que era más paciente que enfermera. Cuando necesitaba algo, sólo hablaba con ella.

Volvieron a interrogarlo. Todo en él era muy inglés, excepto su piel negra como el alquitrán, una momia histórica entre los oficiales que lo interrogaban.

Le preguntaron en qué parte de Italia se encontraban los Aliados y dijo que habrían tomado —suponía— Florencia, pero no habrían podido superar los pueblos encaramados en las colinas, al norte de sus posiciones: la línea gótica. «Su división está bloqueada en Florencia y no puede superar bases como Presto y Fiésole, por ejemplo, porque los alemanes se han atrincherado en villas y conventos excelentemente defendidos. Es algo que viene de lejos: los cruzados cometieron el mismo error contra los sarracenos, y, como ellos, ustedes necesitan ahora las ciudades fortificadas. Nunca han quedado abandonadas, excepto cuando ha habido epidemias de cólera.»

Había seguido así, volviéndolos locos con sus divagaciones, y nunca podían estar seguros de si se trataba de un traidor o un aliado.

Ahora, meses después, en la Villa San Girolamo, en el pueblo encaramado en una colina al norte de Florencia, en el cuarto decorado como un cenador que le servía de alcoba, descansaba como la escultura del caballero muerto en Rávena. Hablaba fragmentariamente de pueblos situados en oasis, de los últimos Médicis, del estilo de Kipling, de una mujer que lo había mordido. Y en su libro de citas, su edición de la *Historia* de Heródoto de 1890, había otros fragmentos: mapas, entradas de diario, escritos en numerosas lenguas, párrafos recortados de otros libros. Lo único que faltaba era su nombre. Seguía sin haber una clave para averiguar quién podía ser en realidad: sin nombre ni grado, batallón ni escuadrón. Todas las referencias que figuraban en su libro databan de antes de la guerra, los desiertos de Egipto y Libia en el decenio de 1930, entremezcladas con referencias al arte rupestre o al arte de los museos o notas de diario de su diminuta caligrafía. «Ninguna de las Madonnas florentinas», dijo el paciente inglés a Hana, cuando ésta se inclinó sobre él, «es morena».

Se había quedado dormido con el libro en las manos. Ella lo recogió y lo dejó en la mesilla de noche. Lo dejó abierto y se quedó ahí, de pie, leyéndolo. Se prometió no pasar la página.

Mayo de 1936.

Te voy a leer un poema, dijo la esposa de Clifton, con su voz de persona muy cumplida, que es lo que siempre parece, a no ser que seas un íntimo. Estábamos todos en el campamento meridional, junto al fuego.

> *Caminaba por un desierto.*
> *Y grité:*
> *«¡Ay, Dios, sácame de aquí!»*
> *Una voz dijo: «No es un desierto.»*
> *Yo grité: «Ya, pero...*
> *La arena, el calor, el horizonte vacío.»*
> *Una voz dijo: «No es un desierto.»*

Nadie dijo nada.

Ella dijo: «Es de Stephen Crane, quien nunca visitó el desierto.»

«Sí que lo visitó», dijo Madox.

Julio de 1936.

En la guerra hay traiciones que, comparadas con nuestras traiciones humanas en época de paz, resultan infantiles. El nuevo amor irrumpe en los hábitos del otro. Todo queda destruido y se ve

desde una nueva perspectiva. Para ello se recurre a frases nerviosas
o tiernas, aunque el corazón es un órgano de fuego.

Una historia de amor no versa sobre aquellos cuyos cora-
zones se extravían, sino sobre quienes tropiezan con ese hosco
personaje interior y comprenden que el cuerpo no puede engañar
a nadie ni nada: ni la sabiduría del sueño ni el hábito de la cor-
tesía. Es un consumirse de uno mismo y del pasado.

La habitación verde estaba casi sumida en la obscuridad. Hana se volvió y advirtió que tenía el cuello entu-
mecido por la inmovilidad. Había estado concentrada y
absorta en la enrevesada caligrafía del grueso volumen de
mapas y textos. Había incluso un pequeño helecho pegado. *Los nueve libros de la Historia.* No cerró el libro, no lo
había tocado después de dejarlo sobre la mesilla. Se alejó
de él.

Cuando encontró la gran mina, Kip estaba en un campo
al norte de la villa. Al cruzar el huerto, se torció el pie con
el que estuvo a punto de pisar el cable verde, perdió el equilibrio y cayó de rodillas. Levantó el cable hasta tensarlo y
después lo recorrió, zigzagueando entre los árboles.

Al llegar al punto del que partía el cable, se sentó con
la bolsa de lona en las rodillas. Aquella mina le impresionó.
La habían cubierto con hormigón. Habían derramado
cemento líquido sobre el explosivo para camuflar su mecanismo y su potencia. A unos cuatro metros de distancia,
había un árbol desnudo y otro a unos diez metros. La bola
de hormigón estaba cubierta por la hierba crecida durante
dos meses.

Abrió la bolsa, sacó unas tijeras y cortó la hierba. Rodeó la bomba con una pequeña malla de cuerda y, después de atar una cuerda y una polea a una rama del árbol, alzó despacio la bola en el aire. Dos cables la unían a la tierra. Se sentó, se recostó en el árbol y la examinó. Ya no había razón para apresurarse. Sacó de la bolsa el receptor de radio y se colocó los auriculares. La música americana de la emisora AIF no tardó en llenarle los oídos: dos minutos y medio, por término medio, para cada canción o número de baile. Recibía la música de fondo subconscientemente, pero, si rememoraba *A String of Pearls*, *C-Jam Blues* y otras melodías, podía calcular cuánto tiempo llevaba allí.

El ruido no importaba. Con aquella clase de bomba no iba a haber débiles tictacs ni chasquidos que indicaran el peligro. La distracción de la música lo ayudaba a discurrir con claridad sobre la posible estructura de la mina, sobre la personalidad que había dispuesto la red de hilos y después había vertido cemento líquido sobre ella.

La estabilización de la bola de hormigón en el aire, reforzada con una segunda cuerda, garantizaba que, por fuerte que la golpease, no arrancaría los dos cables. Se puso en pie y empezó a raspar suavemente con un escoplo la mina camuflada; soplaba la cascarilla o la apartaba con el plumero y desportillaba el hormigón. Sólo se interrumpía cuando había una variación en la longitud de las ondas y tenía que mover el dial para volver a oír con claridad las melodías de *swing*. Sacó muy despacio el haz de cables. Había seis cables enmarañados, atados entre sí y pintados todos de negro.

Quitó el polvo de la tabla sobre la que descansaban los cables.

Seis cables negros. Cuando era niño, su padre había juntado los dedos y, dejando al descubierto sólo las puntas, le había preguntado cuál era el más largo. Tocó con su meñique el elegido, su padre desplegó la mano como una flor y reveló el error del niño. Desde luego, se podía hacer que un cable rojo fuera negativo, pero su oponente no sólo los había cubierto de hormigón, sino que, además, había pintado de negro todos los caracteres. Kip se veía arrastrado a un torbellino psicológico. Empezó a raspar la pintura con el cuchillo y aparecieron uno rojo, otro azul y otro verde. ¿Los habría invertido también su oponente? Iba a tener que preparar un puente con su propio cable negro para averiguar si el circuito era positivo o negativo. Después comprobaría en qué punto fallaba la corriente y sabría dónde radicaba el peligro.

Hana estaba trasladando un gran espejo por el pasillo. Hizo un alto por el peso y después reanudó la marcha con el gastado rosa obscuro del pasillo reflejado en el espejo.

El inglés quería verse. Antes de entrar en el cuarto, Hana volvió con cuidado el reflejo hacia ella para que la luz de la ventana no se reflejase indirectamente en la cara del paciente.

Los únicos colores claros que se le veían, tumbado ahí con su obscura piel, eran la palidez del auricular en el oído y la aparente llamarada del almohadón. Apartó las sábanas con sus manos. Sigue, hasta abajo, dijo, al tiempo que las empujaba, y Hana las recogió hasta la base de la cama.

Se subió a una silla al pie de la cama e inclinó despacio el espejo hacia él. Estaba en esa posición, con las manos estiradas delante de sí, cuando oyó unos gritos apagados.

Al principio, no atendió. Con frecuencia llegaban hasta la casa ecos del valle. Cuando vivía sola con el paciente inglés, siempre la desconcertaban los megáfonos utilizados por los militares que daban instrucciones.

«Mantén el espejo inmóvil, mi amor», dijo él.

«Me ha parecido oír gritos. ¿Los oyes?»

Con la mano izquierda aumentó el volumen del audífono.

«Es el muchacho. Más vale que vayas a ver qué le pasa.»

Apoyó el espejo contra la pared y salió corriendo por el pasillo. Se detuvo fuera a esperar el próximo grito. Cuando lo oyó, se lanzó por el jardín hacia los campos situados por encima de la casa.

El zapador tenía las manos alzadas por encima de su cabeza, como si sostuviera una gigantesca tela de araña. Agitaba la cabeza para soltarse los auriculares. Al verla correr hacia él, le gritó que diera un rodeo por la izquierda, porque había cables de minas por todos lados. Ella se detuvo. Muchas veces había paseado por allí sin tener sensación de peligro. Se alzó la falda y avanzó con la vista clavada en sus pies, que se introducían por entre la alta hierba.

Cuando llegó hasta él, tenía aún las manos levantadas. Había caído en una trampa y había acabado sosteniendo dos cables activos, que no podía soltar sin la protección de un elemento de contrapunto. Necesitaba una tercera mano para anular uno de ellos y tenía que volver de nuevo hasta la espoleta. Le pasó los cables con cuidado y bajó los brazos, por los que volvió a circular la sangre.

«Dentro de un momento vuelvo a cogerlos.»

«No te preocupes.»

«Sobre todo no te muevas.»

Abrió la mochila para buscar el contador Geiger y el imán. Pasó el cuadrante a lo largo de los cables que ella sostenía. No hubo oscilación alguna de la aguja hacia el polo negativo, ninguna pista, nada. Retrocedió, al tiempo que se preguntaba dónde estaría la trampa.

«Mira, voy a pegar ésos con cinta adhesiva al árbol y ya puedes marcharte.»

«No. Te los sostengo. No van a llegar hasta el árbol.»

«No.»

«Kip... puedo sostenerlos.»

«Estamos en un callejón sin salida. Vaya broma. No sé por dónde seguir. No sé hasta dónde llegará la trampa.»

Se separó de ella y corrió hasta el punto en el que había visto por primera vez el cable. Lo levantó y esa vez lo siguió por todo su recorrido con el contador Geiger. Luego se acuclilló a unos diez metros de ella y se puso a pensar: de vez en cuando levantaba la vista hacia ella, sin verla, y miraba sólo los dos ramales de cable que sostenía. No sé, dijo en voz alta y lenta, *no sé*. Creo que debo cortar el cable de tu mano izquierda. Tienes que marcharte. Se puso los auriculares para que volviera a llegarle el sonido enteramente y lo ayudara a pensar con claridad. Se representó los diferentes trayectos del cable y se desvió por las circunvoluciones de sus nudos, los giros repentinos, los interruptores enterrados que lo convertían de positivo en negativo: un polvorín. Recordó el perro con ojos como platos. Recorrió, al ritmo de la música, los cables, sin dejar de mirar las manos de la muchacha, que los sostenían muy quietas.

«Más vale que te vayas.»

«Necesitas otra mano para cortarlo, ¿no?»

«Puedo atarlo al árbol.»

«Yo te lo sostengo.»

Le cogió el cable de la mano izquierda como si fuera una víbora muy delgada y después el otro. Ella no se apartó. Él no dijo nada más, ahora tenía que pensar con la mayor claridad posible, como si estuviera solo. Ella se le acercó y volvió a coger uno de los cables. Él no se dio cuenta, se le había borrado la presencia de Hana. Volvió a recorrer todo el camino hasta la espoleta, acompañado por la mente que había imaginado aquella coreografía, tocando todos los puntos decisivos, radiografiando todo el conjunto, mientras la música invadía todos los demás resquicios.

Antes de que se le desdibujara el teorema, se acercó a ella y cortó el cable que colgaba de su mano izquierda con un chasquido como de mordisco. Vio el obscuro estampado de su vestido a lo largo de su hombro y contra su cuello. La bomba estaba desactivada. Dejó caer las cizallas y le puso la mano en el hombro, porque necesitaba tocar algo humano. Ella estaba diciendo algo que él no podía oír, por lo que alargó la mano y le quitó los auriculares y entonces se hizo el silencio: la brisa y un murmurio. Kip se dio cuenta de que no había oído el ruido seco del corte, sólo lo había sentido, al quebrarse, como la rotura de un huesecillo de conejo. No retiró la mano, sino que se la bajó por el brazo y tiró de los quince centímetros de cable que ella tenía aún apretados en la mano.

Lo miraba inquisitiva, mientras esperaba la respuesta a lo que acababa de decir, pero él no la había oído. Hana movió la cabeza y se sentó. Él se puso a recoger diversos objetos a su alrededor y a guardarlos en su mochila. Ella levantó la vista hacia el árbol y después, sólo por azar, la bajó y vio que estaba en cuclillas y que le temblaban las manos, tensas y rígidas como las de un epiléptico, y tenía la respiración acelerada.

«¿Has oído lo que te he dicho?»

«No. ¿Qué?»

«Pensaba que iba a morir. Quería morir. Y he pensado que, si iba a morir, lo haría contigo. Alguien como tú, joven como yo, como tantos que he visto morir en el pasado año. No he sentido miedo, pero no ha sido por valentía, desde luego. He pensado para mis adentros: tenemos esta villa, esta hierba, deberíamos habernos tumbado juntos, abrazados, antes de morir. Quería tocar ese hueso que tienes en el cuello, la clavícula, y que es como una alita dura bajo tu piel. Quería tocarlo con los dedos. Siempre me ha gustado la carne del color de los ríos y las rocas o como la mota central de las margaritas amarillas, ¿sabes a cuáles me refiero? ¿Las has visto alguna vez? Estoy tan cansada, Kip, quiero dormir. Quiero dormir bajo este árbol, pegar mis ojos a tu clavícula, sólo quiero cerrar los ojos y no pensar en los demás. Quiero encontrar un hueco en un árbol, subirme a él y dormir. ¡Qué capacidad de concentración! Saber qué cable cortar. ¿Cómo lo has sabido? No cesabas de decir: no sé, no sé, pero lo has sabido. ¿Verdad? No tiembles, tienes que ser un lecho tranquilo para mí, déjame acurrucarme, como si fueras un tierno abuelo al que pudiese abrazar, me gusta la palabra "acurrucar", una palabra que no se puede decir precipitadamente...»

Hana tenía la boca pegada a la camisa de él, que estaba tumbado junto a ella con toda la quietud necesaria y los ojos despejados y clavados en una rama y oía su profunda respiración. Cuando le rodeó el hombro con el brazo, ya estaba dormida, pero lo había agarrado y lo había apretado contra sí. Al bajar la vista, Kip vio que aún tenía el cable en la mano, debía de haberlo cogido de nuevo.

Lo más vivo en ella era la respiración. Su peso parecía tan leve, que debía de haber desplazado la mayor parte de su cuerpo. ¿Cuánto tiempo iba a poder estar tumbado así, sin poder moverse ni volver al trabajo? Era esencial permanecer quieto, como las estatuas de las que se había valido durante los meses en que avanzaban costa arriba combatiendo hasta ocupar y rebasar cada una de las ciudades fortificadas que ya no se distinguían unas de otras, con las mismas calles estrechas en todas que se convertían en alcantarillas de sangre, lo que le hacía pensar que, si perdía el equilibrio, resbalaría con el líquido rojo de aquellas pendientes y se precipitaría por el barranco hacia el valle. Todas las noches había entrado, indiferente al frío, a una iglesia capturada y había encontrado una estatua para que fuera su centinela durante la noche. Sólo había otorgado su confianza a esa raza de piedras, se acercaba lo más posible a ella en la obscuridad: un ángel abatido cuyo muslo era un muslo perfecto de mujer y cuyas formas y sombras parecían muy suaves. Reclinaba la cabeza en el regazo de aquellos seres y se entregaba al alivio del sueño.

De repente se volvió más pesada sobre él. Y ahora su respiración se hizo más profunda, como el sonido de un violonchelo. Contempló la cara dormida de ella. Seguía molesto por que la muchacha se hubiese quedado con él, cuando desactivó la bomba, como si con ello lo hubiera puesto en deuda para con ella, lo hubiese hecho sentirse retrospectivamente responsable de ella, aunque en el momento no lo había pensado, como si eso pudiera influir positivamente en su manipulación de una mina.

Pero ahora se sentía parte de algo, tal vez un cuadro que había visto en algún sitio el año anterior: una pareja tranquila en un campo. Cuántas había visto durmiendo, perezosas, sin pensar en el trabajo ni en los peligros del mundo. A su lado tenía los movimientos como de ratón que provocaba la respiración de Hana; sus cejas se encrespaban como en una discusión, una ligera irritación en sueños. Apartó la vista y la alzó hacia el árbol y el cielo de nubes blancas. Su mano se aferraba a él como el barro en la orilla del río Moro, cuando tenía hundido el puño en la tierra mojada para no volver a resbalar hasta el torrente que acababa de cruzar.

Si hubiera sido la figura de un cuadro, habría podido aspirar a un merecido sueño, pero, como había dicho incluso ella, él era el color carmelita de una roca, de un cenagoso río crecido con la tormenta y algo en su interior lo incitaba a retraerse incluso ante la ingenua inocencia de semejante comentario. La desactivación con éxito de una bomba ponía fin a una novela. Hombres blancos, juiciosos y paternales, estrechaban manos, recibían agradecimientos y se retiraban cojeando a su soledad, de la que los habían sacado con halagos tan sólo para esa ocasión especial, pero él era un profesional y seguía siendo el extranjero, el sij. Su único contacto humano y personal era con el enemigo que había fabricado aquella bomba y se había marchado barriendo tras sí sus huellas con ayuda de una rama.

¿Por qué no podía dormir? ¿Por qué no podía volverse hacia la muchacha y dejar de pensar que todo seguía medio encendido, que acechaba el fuego en rescoldo? En un cuadro por él imaginado, el campo que rodeaba aquel abrazo habría estado en llamas. En cierta ocasión había seguido con prismáticos la entrada de otro zapador en una casa minada. Lo había visto rozar, al pasar, una caja de cerillas al borde de una mesa y quedar envuelto por la luz medio segundo antes de que el atronador ruido de la bomba llegara hasta él. A eso recordaban los relámpagos en 1944. ¿Cómo iba a poder confiar siquiera en aquella cinta elástica que ceñía la manga del vestido al brazo de la muchacha? ¿Ni en el resonar de su respiración más íntima, tan profunda como los cantos en el lecho de un río?

Cuando la oruga pasó del cuello de su vestido a su mejilla, se despertó y abrió los ojos y lo vio acuclillado a su lado. El zapador quitó la oruga de la cara, sin tocarle la piel y la dejó en la hierba. Hana advirtió que ya había recogido todo su instrumental. Kip retrocedió y se sentó, apoyado en el árbol, y la observó volverse boca arriba y después estirarse y prolongar aquel instante lo más posible. Por la posición del Sol, debía de ser la tarde. Echó la cabeza hacia atrás y lo miró.

«¡Debías tenerme abrazada!»

«Lo he hecho. Hasta que te has apartado.»

«¿Cuánto tiempo me has tenido abrazada?»

«Hasta que te has movido, hasta que has necesitado moverte.»

«No te habrás aprovechado de mí, ¿verdad?» Y, al ver que él empezaba a ruborizarse, añadió: «Hablaba en broma.»

«¿Quieres volver a la casa?»

«Sí, tengo hambre.»

Cegada por el sol como estaba y con las piernas cansadas, apenas si podía sostenerse en pie. Seguía sin saber cuánto tiempo habían estado allí. No podía olvidar la profundidad de su sueño, la levedad de la caída.

Cuando Caravaggio exhibió el gramófono que había encontrado en algún sitio, improvisaron una fiesta en el cuarto del paciente inglés.

«Voy a enseñarte a bailar con él, Hana, ritmos que ese joven amigo tuyo no conoce. He visto bailes a los que he dado la espalda, pero esta canción, *How Long Has This Been Going On*, es una de las más hermosas, porque la melodía introductoria es más pura que la propia canción. Y sólo los grandes del jazz lo han entendido. Bien, podemos celebrar esa fiesta en la terraza, lo que nos permitiría invitar al perro, o podemos invadir el cuarto del inglés. Ayer tu joven amigo, que no bebe, consiguió botellas de vino en San Domenico. No tenemos sólo música. Dame el brazo. No, primero hemos de marcar el suelo con tiza y practicar. Tres pasos principales: uno-dos-tres. Bien, dame el brazo. ¿Qué te ha ocurrido hoy?»

«Kip ha desactivado una bomba, una muy difícil. Que te lo cuente él.»

El zapador se encogió de hombros, no por modestia, sino como dando a entender que era demasiado complicado para explicarlo. La noche cayó deprisa, invadió el valle y después las montañas y los obligó una vez más a recurrir a las linternas.

Se dirigieron por los pasillos hacia la alcoba del paciente inglés. Caravaggio llevaba el gramófono y con una mano sujetaba el brazo y la aguja.

«Mira, antes de que empieces con tus historias», dijo a la estática figura tumbada en la cama, «te voy a presentar *My Romance*».

«Escrita, según creo, en 1935 por Lorenz Hart», murmuró el inglés.

Kip estaba sentado en el alféizar de la ventana y Hana dijo que quería bailar con el zapador.

«Primero tengo que enseñarte, sinvergonzona.»

Hana miró extrañada a Caravaggio: ésa era la calificación cariñosa que le daba su padre. Él la estrechó con su pesado abrazo de oso, al tiempo que volvía a llamarla «sinvergonzona», y comenzaron la clase de baile.

Ella se había puesto un vestido limpio, pero sin planchar. Siempre que giraban, veía al zapador cantando la letra por lo bajito. Si hubiera habido electricidad, habrían podido tener una radio, habrían podido recibir noticias de la guerra. Lo único que tenían era el receptor de Kip, pero había tenido la cortesía de dejarlo en su tienda. El paciente inglés estaba hablando de la desgraciada vida de Lorenz Hart. Tras asegurar que le habían cambiado algunas de sus mejores estrofas de *Manhattan*, se puso a recitar estos versos:

Nos bañaremos en Brighton,
los peces huirán de espanto,
al vernos entrar.

Ante tu bañador, tan fino,
almejas y langostillos
se sonreirán.

«Unos versos admirables, y eróticos, pero Richard Rodgers debía de desear —es de suponer— más seriedad.»

«Mira, tienes que adivinar mis movimientos.»

«¿Y por qué no adivinas tú los míos?»

«Lo haré cuando sepas lo que debes hacer. De momento soy yo el único que lo sabe.»

«Seguro que Kip lo sabe.»

«Puede que lo sepa, pero no lo hará.»

«Me gustaría tomar un poco de vino», dijo el paciente inglés.

El zapador cogió un vaso de agua, tiró su contenido por la ventana y sirvió vino para el inglés.

«Hacía un año que no tomaba una copa.»

Se oyó un ruido amortiguado y el zapador se volvió raudo y miró por la ventana a la obscuridad. Los otros se quedaron paralizados. Podría haber sido una mina. Se volvió y les dijo: «No hay problema, no era una mina. Parecía proceder de una zona limpiada.»

«Da la vuelta al disco, Kip. Ahora os voy a presentar *How Long Has This Been Going On*, escrita por...»

Calló para que interviniera el paciente inglés, pero éste, que lo ignoraba, negó con la cabeza, al tiempo que sonreía con la boca llena de vino.

«Este alcohol seguramente acabará conmigo.»

«Nada puede acabar contigo. Eres puro carbón.»

«¡Caravaggio!»

«George e Ira Gershwin. Escuchad.»

Hana y él se deslizaban hacia la tristeza del saxo. Tenía razón Caravaggio: un fraseo tan lento, tan prolongado, que Hana tenía la sensación de que el músico no deseaba salir del diminuto vestíbulo de la introducción y entrar en la melodía, quería permanecer y permanecer allí, donde aún no había empezado la historia, como enamorado de una criada en el prólogo. El inglés murmuró que esa clase de introducciones se llamaban «estribillos».

Tenía apoyada la mejilla en los músculos del hombro de Caravaggio. Sentía aquellas terribles zarpas en la espalda, contra su vestido limpio, mientras se movían en el limitado espacio comprendido entre la cama y la puerta, entre la cama y el hueco de la ventana, en el que seguía sentado Kip. De vez en cuando, al girar, le veía la cara. Tenía las rodillas levantadas y los brazos descansando sobre ellas. O lo veía mirar por la ventana a la obscuridad.

«¿Conoce alguno de vosotros un baile llamado "el abrazo del Bósforo"?», preguntó el inglés.

«En mi vida he oído hablar de semejante cosa.»

Kip contempló las grandes sombras desplazarse por el techo, por la pared pintada. Se levantó con gran esfuerzo, se acercó al paciente inglés para llenarle la copa y tocó, a modo de brindis, el borde de la suya con la botella. El viento del Oeste se colaba en el cuarto. Y de repente se volvió, irritado. Le había llegado un tenue tufo de cordita, que aún impregnaba ligeramente el aire, y después salió del cuarto, haciendo gestos de cansancio, y dejó a Hana en brazos de Caravaggio.

Ninguna luz lo alumbraba mientras corría por el pasillo en penumbra. Recogió rápido la mochila, salió de la casa, bajó corriendo los treinta y seis peldaños hasta la carretera y siguió corriendo y apartando de su cuerpo la idea de agotamiento.

¿Habría sido un zapador o un civil? Sentía el olor a flores y hierbas a lo largo de la pared de la carretera y las punzadas que comenzaban en el costado. Había sido obra del azar o una actuación equivocada. Los zapadores se relacionaban muy poco con los demás. Eran un grupo de carácter extraño, semejantes en parte a los que trabajaban las joyas o las piedras; eran duros y clarividentes y sus decisiones asustaban incluso a otros de su gremio. Kip había advertido esa característica entre los talladores de gemas, pero nunca en sí mismo, si bien sabía que otros la notaban. Los zapadores nunca intimaban entre sí. Cuando hablaban, sólo transmitían informaciones: sobre nuevos artefactos y hábitos del enemigo. Entraban en el Ayuntamiento, donde estaban alojados los demás zapadores, y sus ojos advertían las tres caras y la ausencia del cuarto o bien estaban los cuatro y en un campo yacía el cadáver de un anciano o una niña.

Al entrar en el ejército, Kip había aprendido diagramas, esquemas cada vez más complicados, como grandes nudos o partituras musicales. Descubrió que estaba dotado de una visión tridimensional, la mirada astuta que podía centrarse en un objeto o una página de información y reordenarla, captar todos los datos superfluos. Era cauteloso por naturaleza, pero también podía imaginar los peores artefactos, las posibilidades de accidentes en una habitación: una ciruela en una mesa, un niño que se acercaba y se tragaba el hueso asesino, un hombre que entraba en una habitación a obscuras y, antes de reunirse con su mujer en la cama, rozaba un quinqué de petróleo y lo hacía caer de su repisa. Cualquier habitación estaba llena de semejante coreografía. La mirada astuta podía ver el cable oculto bajo la superficie, acertar con la urdimbre de un nudo invisible. Dejó de leer novelas de intriga, porque le irritaba la facilidad con que descubría a los criminales. Con quienes más a gusto se encontraba era con los hombres que tenían la locura de la abstracción, propia de los autodidactas, como su mentor, lord Suffolk, como el paciente inglés.

Aún no tenía fe en los libros. Recientemente, Hana lo había visto sentado junto al paciente inglés y esa escena le había parecido una inversión de *Kim*. Ahora el joven estudiante era un indio y el anciano y sabio maestro era un inglés, pero quien se quedaba por la noche con el anciano, quien lo guiaba por las montañas hasta el río sagrado, era Hana. Habían leído incluso ese libro juntos y la voz de Hana aminoraba la marcha cuando el viento movía la llama de la vela que tenía a su lado y la página quedaba momentáneamente en penumbra.

Se acuclilló en un rincón de la bulliciosa sala de espera, ajeno a cualquier otro pensamiento y con las manos juntas en el regazo y las pupilas contraídas como puntas de alfiler. Tenía la sensación de que al cabo de un minuto —de medio segundo más— iba a encontrar la solución para el tremendo rompecabezas (...).

Y en cierto modo, durante aquellas largas noches dedicadas a leer y escuchar, se habían preparado —suponía ella— para la llegada del joven soldado, el niño convertido en adulto, que iba a reunirse con ellos, pero Hana era el muchacho de la historia y Kip, de ser alguien, era el oficial Creighton.

Un libro, un mapa de nudos, un tablero con espoletas, una habitación con cuatro personas en una villa abandonada e iluminada sólo por velas y de vez en cuando los destellos de los relámpagos o el posible resplandor de una explosión. Las montañas, las colinas y Florencia a ciegas, sin electricidad. La luz de las velas no llega más allá de cincuenta metros. Desde una distancia mayor nada había allí que perteneciera al mundo exterior. Con el breve baile de aquella noche en el cuarto del paciente inglés habían celebrado sus sencillas aventuras: Hana, su sueño; Caravaggio, su «hallazgo» del gramófono; Kip, una desactivación difícil, aunque ya casi había olvidado semejante trance. Era de los que se sentían incómodos en las celebraciones, en las victorias.

A apenas cincuenta metros de distancia carecían de representación ante el mundo, ni un sonido ni una visión de ellos llegaban al ojo del valle, mientras las sombras de Hana y Caravaggio se deslizaban por las paredes, Kip permanecía sentado en el cómodo hueco de la ventana y el paciente inglés sorbía su vino y sentía que el alcohol se filtraba en su desacostumbrado cuerpo, por lo que lo emborrachaba rápidamente y su voz emitía el silbido de un zorro del desierto, el aleteo del tordo inglés que, según decía, sólo se encontraba en Essex, pues medraba junto a la lavanda y el ajenjo. El zapador, sentado en el hueco de piedra, pensó para sus adentros que todo el deseo del hombre quemado se localizaba en el cerebro. Después giró la cabeza de pronto y, al oír el sonido, comprendió perfectamente, sin la menor duda. Había vuelto a mirarlos y por primera vez en su vida había mentido («No hay problema, no era una mina. Parecía proceder de una zona limpiada») y se dispuso a esperar a que llegara hasta él el olor a cordita.

Horas después, Kip estaba sentado de nuevo en el hueco de la ventana. Si hubiera podido recorrer los siete metros del cuarto del inglés y tocar a Hana, se habría sentido en sus cabales. Había muy poca luz en el cuarto, tan sólo la vela en la mesa a la que estaba sentada, pero aquella noche no leía; pensó que tal vez estuviera achispada.

Había vuelto del lugar en el que había estallado la mina y había encontrado a Caravaggio dormido en el sofá de la biblioteca con el perro en brazos. Éste lo miró, cuando se detuvo en la puerta abierta, y movió el cuerpo sólo lo necesario para que se viera que estaba despierto y guardando el lugar. Su apagado gruñido se oía un poquito más que los ronquidos de Caravaggio.

Se quitó las botas, ató los cordones y se las colgó del hombro, mientras subía al piso superior. Había empezado a llover y necesitaba una lona para su tienda. Desde el pasillo vio la luz aún encendida en el cuarto del paciente inglés.

Hana estaba sentada en el sillón, con un codo apoyado en la mesa, sobre la que derramaba su luz un cabo de vela, y la cabeza echada hacia atrás. Kip dejó las botas en el suelo y entró en silencio en el cuarto, donde tres horas antes se había celebrado la fiesta. El aire olía a alcohol. Al verlo entrar, ella se llevó un dedo a los labios y después señaló al paciente, pero éste no podía oír los sigilosos pasos de Kip. El zapador volvió a sentarse en el hueco de la ventana. Si hubiera podido cruzar el cuarto y tocarla, se habría sentido en sus cabales. Pero entre ellos mediaba un trayecto traicionero y complicado, un mundo muy amplio, y el inglés se despertaba con el menor sonido, pues, para poder sentirse seguro, ponía al máximo el volumen de su audífono. Los ojos de la muchacha recorrieron rápidos el cuarto y, al dar con él en el hueco de la ventana, se detuvieron.

Había localizado el cadáver de Hardy, su segundo, y lo que quedaba de él y lo habían enterrado. Y después siguió pensando en lo que había hecho la muchacha aquella tarde, aterrado por ella de repente, irritado con ella por haber participado en la operación. Había puesto en peligro su vida como si tal cosa. Ella lo miraba fijamente. Su última comunicación había sido con el dedo en los labios. El zapador se inclinó hacia adelante y se limpió la mejilla contra el cordón que le pasaba por el hombro.

Había vuelto caminando por el pueblo y bajo la lluvia que caía en los desmochados árboles de la plaza, sin podar desde el comienzo de la guerra, y había pasado por delante de la extraña estatua de dos hombres a caballo y dándose la mano. Y ahora estaba en aquel cuarto, en el que las oscilaciones de la luz de la vela alteraban el aspecto de Hana, por lo que no podía saber qué sentimientos traslucía: si sabiduría o tristeza o curiosidad.

Si hubiera estado leyendo o inclinada sobre el inglés, le habría hecho una seña con la cabeza y probablemente se habría marchado, pero ahora estaba mirando a Hana y la veía joven y sola. Aquella noche, al contemplar la escena resultante de la explosión de la mina, había empezado a temer la presencia de ella durante la desactivación de aquella tarde. Tenía que apartarla de su cabeza o, si no, la tendría a su lado cada vez que se acercara a una espoleta. La llevaría dentro de sí. Cuando trabajaba, se henchía de claridad y música y el mundo humano se extinguía. Ahora la tenía dentro de sí o sobre su hombro, como la cabra viva que un oficial llevaba cargada —había visto en cierta ocasión— para sacarla de un túnel que intentaban inundar.

No.

No era cierto. Quería el hombro de Hana, quería colocar su palma sobre él, como había hecho a la luz del Sol, cuando estaba dormida y él había estado tumbado ahí, como en el punto de mira de un fusil, cohibido ante ella: en el cuadro del pintor imaginario. No deseaba solicitud alguna para sí, pero deseaba colmar a la muchacha de atenciones, guiarla fuera de aquel cuarto. Se negaba a creer en sus propios defectos y en ella no había encontrado defecto alguno al que amoldarse. Ninguno de los dos deseaba dejar traslucir semejante posibilidad al otro. Hana estaba sentada y muy quieta. Lo miró y la vela osciló y alteró su aspecto. Él no sabía que no era para ella sino una silueta, que su esbelto cuerpo y su piel formaban parte de la obscuridad.

Antes, cuando ella había visto que Kip había abandonado el hueco de la alcoba, se había enfurecido. Sabía que los estaba protegiendo de la mina como a niños. Se había apretado más a Caravaggio. Había sido un insulto. Y aquella noche la excitación en aumento de la velada le había impedido leer después de que Caravaggio se hubiera ido a la cama, no sin antes detenerse a desvalijarle el botiquín, y de que el paciente inglés la hubiese llamado con el dedo y la hubiera besado, cuando ella se inclinó, en la mejilla.

Había apagado las demás velas, había encendido sólo el cabo de la mesilla de noche y se había sentado ahí, con el cuerpo del inglés delante y en silencio, tras apaciguarse el frenesí de sus peroratas embriagadas. *Un día caballo seré y otro día perro, cerdo, oso decapitado, y un día fuego.* Oía la cera derramarse en la bandeja de metal que tenía al lado. El zapador había ido hasta el punto de la colina en el que se había producido la explosión, pasando por el pueblo, y su innecesario silencio seguía irritándola.

No podía leer. Permanecía sentada en el cuarto con su eterno agonizante y seguía sintiéndo dolorida la rabadilla por el golpe que se había dado contra la pared, mientras bailaba con Caravaggio.

Si ahora se le hubiera acercado él, lo habría mirado fijamente y le habría pagado con un silencio semejante. Que adivinara, que diese el primer paso. No era el primer soldado que se le insinuaba.

Pero él hizo lo siguiente. Estaba en el centro del cuarto, con la mano metida hasta la muñeca en la mochila abierta y aún colgada del hombro. Avanzó sin hacer ruido. Giró y se detuvo junto a la cama. Cuando el paciente inglés concluyó una de sus largas exhalaciones, cortó el cable de su audífono con las cizallas y volvió a guardarlas en la mochila. Se volvió y le sonrió.

«Mañana por la mañana volveré a conectarlo.»

Le puso la mano izquierda en el hombro.

«David Caravaggio: ¡qué nombre más absurdo para ti!»

«Al menos tengo un nombre.»

«Sí.»

Caravaggio estaba sentado en la silla de Hana. El sol vespertino inundaba el cuarto y revelaba las motas de polvo que en él flotaban. La obscura y flaca cara del inglés, con su descarnada nariz, parecía la de un halcón envuelto en sábanas: el ataúd de un halcón, pensó Caravaggio.

El inglés se volvió hacia él.

«Hay un cuadro de Caravaggio, pintado al final de su vida, *David con la cabeza de Goliat*, en el que el joven guerrero sostiene en el extremo de su brazo extendido la cabeza, devastada por los años, de un Goliat anciano, pero lo más triste de ese cuadro no es eso. Se supone que la cara de David es un retrato de Caravaggio de joven y la de Goliat es su retrato de viejo, del momento en que lo pintó. La juventud juzgando a la vejez en el extremo de su mano extendida, el juicio de su propia mortalidad. Cuando veo a Kip al pie de mi cama, pienso que es mi David.»

Caravaggio estaba ahí sentado en silencio y sus pensamientos se perdían entre las motas de polvo suspendidas. La guerra lo había desequilibrado y, tal como se encontraba, con aquellos brazos falsos prometidos por la morfina, no tenía un mundo al que regresar. Era un hombre de mediana edad que nunca se había acostumbrado a la vida familiar. Durante toda su vida había eludido la intimidad permanente. Hasta aquella guerra había sido mejor amante que marido. Había sido un hombre que se escabullía, como los amantes que dejan tras sí el caos, como los ladrones que dejan tras sí casas desvalijadas.

Contemplaba al hombre que estaba en la cama. Necesitaba saber quién era aquel inglés procedente del desierto y revelarlo, por consideración para con Hana, o quizás inventarle una piel, como el ácido tánico camufla la carne viva de un hombre quemado.

Cuando trabajaba en El Cairo, en los primeros días de la guerra, lo habían adiestrado para inventarse agentes dobles o fantasmas que debían cobrar vida. Tuvo a su cargo a un agente mítico llamado «Cheese» y pasó semanas atribuyéndole aventuras, confiriéndole rasgos caracteriales, como codicia y debilidad por la bebida, cuando propalaba rumores falsos entre el enemigo. Igual que algunos para los que trabajaba en El Cairo inventaban pelotones enteros en el desierto. Había vivido un período de guerra en el que lo único que había ofrecido a quienes lo rodeaban había sido una mentira. Se había sentido como un hombre en la obscuridad de un cuarto imitando los reclamos de un pájaro.

Pero allí se despojaban de la piel. No podían imitar sino lo que eran. La única defensa era buscar la verdad en los otros.

Hana sacó el ejemplar de *Kim* de su estante en la biblioteca y, apoyada en el piano, se puso a escribir en una de las guardas posteriores.

Dice que el cañón —el Zam-Zammah— sigue allí, delante del Museo de Lahore. Había dos cañones, hechos con el metal de tazas y cuencos recogidos en todas las casas hindúes de la ciudad, como jizya o tributo. Los fundieron y con su metal se hicieron los cañones. Los utilizaron en muchas batallas de los siglos XVIII y XIX contra los sijs. El otro cañón se perdió en una batalla, en el cruce del río Chenab...

Cerró el libro y, tras subirse a una silla, lo colocó en su alto anaquel invisible.

Entró en la alcoba pintada con un nuevo libro y anunció el título.

«Dejemos los libros de momento, Hana.»

Ella lo miró. Aun ahora, le parecían hermosos sus ojos. Todo sucedía ahí, en esa gris mirada que sobresalía de entre su obscuridad. Como si numerosas miradas parpadearan ante ella por un momento, antes de apagarse como los sucesivos destellos de un faro.

«Dejemos los libros. Dame el de Herodoto simplemente.»

Puso el grueso y sucio volumen en sus manos.

«He visto ediciones de la *Historia* con un retrato del autor en la portada, cierta estatua encontrada en un museo francés, pero yo nunca me he imaginado a Heródoto así. Lo veo más bien como uno de esos enjutos hombres del desierto que viajan de oasis en oasis comerciando con leyendas, como si se tratara de semillas, consumiéndolo todo sin recelo, juntando las piezas de un espejismo. "Esta historia mía", dice Heródoto, "ha buscado desde el principio el complemento del asunto principal". Lo que encontramos en él son callejones sin salida en el movimiento de la Historia: cómo se traicionan los hombres en pro de las naciones, cómo se enamoran... ¿Qué edad me has dicho que tenías?»

«Veinte años.»

«Yo tenía muchos más cuando me enamoré.»

Hana hizo una pausa. «¿De quién?»

Pero ahora sus ojos se habían apartado de ella.

«Los pájaros prefieren los árboles con ramas muertas», dijo Caravaggio. «Disfrutan de panoramas completos desde sus alcándaras. Pueden lanzarse al vuelo en cualquier dirección.»

«Si te refieres a mí», dijo Hana, «no soy un pájaro. El que lo es de verdad es ese hombre de ahí arriba».

Kip intentó imaginarla como un pájaro.

«Dime: ¿es posible amar a alguien que no sea tan inteligente como tú?» Caravaggio, al que los efectos de la morfina habían puesto de talante combativo, tenía ganas de discutir. «Eso es algo que me ha preocupado en la mayor parte de mi vida sexual, que, por cierto, empezó —debo anunciar a esta selecta compañía— tarde. Del mismo modo que no conocí el placer sexual de la conversación hasta que estuve casado. Nunca me habían parecido eróticas las palabras. A veces me gusta más, la verdad, hablar que follar. Frases: montones sobre esto, montones sobre aquello y después montones sobre esto otra vez. Lo malo de las palabras es que puedes acabar arrinconándote a ti mismo, mientras que follando no puedes acabar así.»

«Ésa es una opinión típica de un hombre», murmuró Hana.

«La verdad es que a mí no me ha ocurrido», prosiguió Caravaggio, «tal vez a ti sí, Kip, cuando bajaste a Bombay de las montañas, cuando fuiste a Inglaterra para recibir la formación militar. Me gustaría saber si habrá acabado alguien acorralado follando. ¿Qué edad tienes, Kip?».

«Veintiséis años.»

«Más que yo.»

«Más que Hana. ¿Podrías enamorarte de ella, si no fuese más inteligente que tú? No quiero decir que no sea menos inteligente que tú, pero, ¿es importante para ti *pensar* que es más inteligente que tú para enamorarte? Piénsalo. Puede estar obsesionada con el inglés, porque éste sabe más. Cuando hablamos con ese tipo, nos desborda. Ni siquiera sabemos si es inglés. Probablemente no lo será. Mira, creo que es más fácil enamorarse *de él* que *de ti*. ¿Por qué? Porque lo que queremos es *saber* cosas, cómo encajan las piezas. Los conversadores seducen, las palabras nos arrinconan. Más que ninguna otra cosa, queremos crecer y cambiar. Un mundo feliz.»

«No lo creo», dijo Hana.

«Yo tampoco. Te voy a hablar de la gente de mi edad. Lo peor es que los demás dan por sentado que a esta edad ya has desarrollado del todo tu personalidad. Lo malo de la edad mediana es que creen que estás del todo formado. Mirad.»

Entonces Caravaggio alzó las manos con las palmas vueltas hacia Hana y Kip. Ella se levantó, fue detrás de él y le rodeó el cuello con su brazo.

«No sigas con eso. ¿Vale, David?»

Envolvió suavemente las manos de Caravaggio con las suyas.

«Ya tenemos ahí arriba un charlatán disparatado.»

«Míranos... aquí sentados, como los asquerosos ricos en sus asquerosas villas encaramadas en asquerosas colinas, cuando en la ciudad hace demasiado calor. Son las nueve de la mañana: ese de ahí arriba está durmiendo. Hana está obsesionada con él. Yo estoy obsesionado con la salud mental de Hana, estoy obsesionado con mi "equilibrio", y Kip probablemente saldrá volando un día de éstos. ¿Por qué? ¿A beneficio de qué? Tiene veintiséis años. El ejército británico le ha enseñado unas técnicas y los americanos le han enseñado otras y el equipo de zapadores ha asistido a conferencias, ha recibido condecoraciones y después lo han enviado a las colinas de los ricos. Te están utilizando, chaval. No me voy a quedar aquí mucho tiempo. Quiero llevarte a casa, echando leches de Dodge City.»

«Basta ya, David. Kip va a sobrevivir.»

«¿Cómo se llamaba el zapador que salió volando la otra noche?»

Kip no abrió la boca.

«¿Cómo se llamaba?»

«Sam Hardy.» Kip abandonó la conversación, se acercó a la ventana y se asomó.

«El problema de todos nosotros es que estamos donde no debemos. ¿Qué estamos haciendo en África, en Italia? ¿Qué hace Kip desactivando bombas en huertos, por el amor de Dios? ¿Qué hace participando en guerras inglesas? Un agricultor del frente occidental no puede podar un árbol sin destrozar la sierra. ¿Por qué? Por la cantidad de metralla que le metieron dentro en la *última* guerra. Hasta los árboles están cargados de enfermedades que hemos provocado. Los ejércitos te adoctrinan y te dejan aquí y se van a tomar por culo y a armar follón en otra parte, *inky-dinky parlez-vous?* Deberíamos largarnos todos juntos.»

«No podemos abandonar al inglés.»

«El inglés se marchó hace meses, Hana: está con los beduinos o en algún jardín inglés con su césped y toda la leche. Probablemente no recuerde siquiera a la mujer que da vueltas por su cabeza, aquella de la que intenta hablarnos. No sabe dónde cojones se encuentra.

»Crees que estoy enfadado contigo, ¿verdad?, porque te has enamorado. ¿No? Un tío celoso de su sobrina. Me da terror tu situación. Quiero matar al inglés, porque eso es lo único que puede salvarte, sacarte de aquí, y está empezando a caerme bien. Deserta de tu puesto. ¿Cómo va a poder amarte Kip, si no eres lo bastante lista para hacer que deje de arriesgar la vida?»

«Porque sí, porque cree en un mundo civilizado. Es un hombre civilizado.»

«Primer error. La iniciativa correcta es la de montar a un tren, largaros y tener hijos. ¿Queréis que vayamos a preguntar al inglés, el pájaro, qué le parece?

»¿Por qué no eres más lista? Los ricos son los únicos que no pueden permitirse el lujo de ser listos. Están comprometidos. Quedaron encerrados hace años en una vida de privilegio. Tienen que proteger sus posesiones. Nadie es más mezquino que los ricos. Te lo digo yo, pero tienen que seguir las normas de su putrefacto mundo civilizado. Declaran la guerra, tienen honor y no pueden marcharse, pero vosotros dos, nosotros tres, somos libres. ¿Cuántos zapadores mueren? ¿Por qué no has muerto tú aún? No seas responsable. La suerte no es eterna.»

Hana estaba vertiendo leche en su taza. Cuando acabó, pasó el borde de la jarra sobre la mano de Kip y siguió vertiendo la leche sobre su carmelita mano y por su brazo hasta el codo. Él no la apartó.

Había dos niveles de jardín, largo y estrecho, al oeste de la casa: una terraza propiamente dicha y, más arriba, el jardín más obscuro, en el que los peldaños de piedra y las estatuas de cemento casi desaparecían bajo el verde moho provocado por la lluvia. En él tenía montada su tienda el zapador. Caía la lluvia y la bruma se alzaba del valle y de las ramas de ciprés y abeto caía otra lluvia sobre ese trecho medio despejado en la ladera de la colina.

Sólo las hogueras podían secar el jardín superior, permanentemente húmedo y umbrío. Los desechos de tablas y vigas resultantes de anteriores bombardeos, las ramas arrastradas, la maleza que Hana arrancaba por las tardes, la hierba y las ortigas segadas: todo eso lo llevaban allí y lo quemaban al atardecer. Las húmedas hogueras humeaban y ardían y el humo con olor a plantas se metía entre los arbustos, subía hasta los árboles y después se extinguía en la terraza delante de la casa. Llegaba a la ventana del paciente inglés, que oía retazos de la charla y de vez en cuando risas procedentes del jardín humeante. Identificaba el olor y se remontaba hasta lo que habían quemado: Romero —pensaba—, vencetósigo, ajenjo, había ahí algo más, sin aroma, tal vez diente de perro o el falso girasol, que gustaba del suelo, ligeramente ácido, de aquella colina.

El paciente inglés aconsejaba a Hana lo que debía cultivar.

«Pide a tu amigo italiano que te consiga semillas, parece apto para eso. Lo que necesitas es hojas de ciruelo, también claveles de la India y claveles reventones: si quieres el nombre latino para decírselo a tu amigo latino, es *Silene virginica*. También va bien la ajedrea roja. Si quieres que acudan pinzones, planta avellanos y cormieras.»

Hana lo anotó todo. Después metió la estilográfica en el cajón de la mesita en que guardaba el libro que le estaba leyendo, dos velas y cerillas. En aquel cuarto no había material médico. Lo escondía en otros cuartos. No quería que Caravaggio molestara al inglés, al buscarlo. Se metió la hoja de papel con los nombres de las plantas en el bolsillo del vestido para dársela a Caravaggio. Ahora que la atracción física había alzado la cabeza, había empezado a sentirse incómoda en compañía de los tres hombres; si es que era atracción física, si es que todo aquello tenía algo que ver con el amor a Kip.

Le gustaba descansar la cara contra la parte superior de su brazo, río carmelita obscuro, y despertarse sumergida en él, contra el pulso de una vena no visible en su carne junto a ella, la vena que debería localizar y en la que habría de inyectar una solución salina, si estuviera agonizando.

A las dos o las tres de la mañana, después de separarse del inglés, se dirigía cruzando el jardín hasta donde se encontraba el quinqué del zapador, colgado del brazo de San Cristóbal. Entre la luz y ella había una absoluta obscuridad, pero conocía cada arbusto y cada matorral por el camino, la situación de la hoguera junto a la que pasaba, baja y rosada y a punto de extinguirse. A veces cubría con la mano el cristal del quinqué, soplaba y apagaba la llama y otras veces la dejaba ardiendo, pasaba por debajo de ella, entraba a gatas en la tienda y se apretaba contra el cuerpo de él, el brazo que deseaba, y le ofrecía su lengua en lugar de un algodón, su diente en vez de una aguja, su boca en lugar de la máscara con las gotas de codeína para dormirlo, para aminorar el inmortal tictac de su cerebro hasta reducirlo al sopor. Doblaba su vestido estampado y lo colocaba sobre sus zapatillas de tenis. Sabía que para él el mundo se consumía en llamas a su alrededor con arreglo a unas mínimas reglas decisivas. Había que substituir el TNT por vapor, había que drenarlo, había que... sabía que todo eso daba vueltas en la cabeza de él, mientras dormía junto a él, virtuosa como una hermana.

La tienda y el obscuro bosque los rodeaban.

Sólo habían avanzado un paso respecto del consuelo que había dado ella a otros en los hospitales provisionales de Ortona o Monterchi. Su cuerpo como último calor, su susurro como consuelo, su aguja para dormir, pero el cuerpo del zapador no permitía que entrara en él nada procedente de otro mundo. Era un muchacho enamorado que se negaba a comer los alimentos que ella recolectaba, que no necesitaba ni deseaba la droga en una aguja que ella podría haberle inyectado en el brazo, como hacía Caravaggio, o los ungüentos inventados en el desierto que el inglés anhelaba, ungüentos y polen para que se recuperara, como los que le había preparado el beduino, tan sólo para que gozara del consuelo que aporta el sueño.

Kip disponía ornamentos a su alrededor. Ciertas hojas que ella le había dado, un cabo de vela y, en su tienda, el receptor de radio y la bolsa, llena con el instrumental de su disciplina, que llevaba al hombro. Había salido de los combates con una calma que, aun cuando fuera falsa, significaba orden para él. Continuaba dando muestras de rigor, seguía el halcón que flotaba por el valle en la V de su punto de mira, abriendo una bomba y nunca apartando la vista de lo que estaba escudriñando, al tiempo que se acercaba un termo, lo destapaba y bebía, sin mirar siquiera una sola vez la taza de metal.

Los demás somos simple periferia —pensaba ella—, sus ojos sólo están atentos al peligro, su oído a lo que esté ocurriendo en Helsinki o en Berlín y que le llega por la onda corta. Incluso cuando se comportaba como un amante tierno y ella lo sujetaba con su mano izquierda por encima del *kara*, donde se tensaban los músculos de su antebrazo, ella se sentía invisible ante aquella mirada perdida hasta que llegaba el gemido y su cabeza caía contra el cuello de ella. Todo lo demás, aparte del peligro, era periférico. Ella le había enseñado a manifestarse así, ruidosamente, había deseado que lo hiciera y, si en algún momento, pasados los combates, estaba relajado, por poco que fuese, era sólo en ése, como si por fin estuviese dispuesto a indicar su posición en la obscuridad, manifestar su placer con un sonido humano.

No sabemos hasta qué punto estaba enamorada ella de él o él de ella o hasta qué punto se trataba de un juego de secretos. A medida que intimaban, aumentaba el espacio que los separaba durante el día. A ella le gustaba la distancia que él le dejaba, el espacio que, a su juicio, les correspondía. Infundía a los dos una energía particular, un código de aire entre ellos, cuando él pasaba bajo su ventana y sin decir palabra camino del pueblo, donde se reunía con los otros zapadores. Él le pasaba un plato o comida en las manos. Ella le colocaba una hoja en su carmelita muñeca o trabajaban con Caravaggio en la cimentación de un muro a punto de derrumbarse. El zapador cantaba sus canciones occidentales, con las que Caravaggio, aunque no lo reconociera, disfrutaba.

«*Pennsylvania six-five-oh-oh-oh!*», cantaba jadeando el joven soldado.

Ella iba aprendiendo a distinguir todas las variedades de su obscura piel, el color de su antebrazo en comparación con el de su cuello, el color de sus palmas, su mejilla, la piel bajo el turbante, la obscuridad de los dedos al separar cables rojos y negros o en contraste con el pan que cogía de la bandeja de bronce que aún utilizaba para la comida. Después se ponía en pie. Su independencia les parecía descortés, aunque él la consideraba sin lugar a dudas el colmo de la educación.

Los que más le gustaban eran los colores que cobraba su cuello con el agua, cuando se bañaba, y el de su pecho cubierto de sudor, al que se aferraban los dedos de ella cuando lo tenía encima, y el de los obscuros y fuertes brazos en las tinieblas de su tienda o, cierta vez, en el cuarto de ella, cuando entre ellos surgió, como el crepúsculo, la luz procedente del pueblo situado en el valle, al fin liberada del toque de queda, e iluminó el color de su cuerpo.

Más adelante Hana iba a comprender que ni él ni ella habían accedido nunca a verse comprometidos el uno para con el otro. Vería esa palabra en una novela, la sacaría del libro e iría a consultarla en un diccionario. *Comprometido: que ha contraído un compromiso u obligación.* Y él nunca había accedido —y Hana lo sabía— a eso. Si ella cruzaba los doscientos metros de jardín obscuro para reunirse con él, lo hacía por su propia voluntad y podía encontrarlo dormido, no por falta de amor, sino por necesidad, para afrontar con la mente despejada los objetos traicioneros del día siguiente.

A él ella le parecía extraordinaria. Se despertaba y la veía en el haz de luz de la lámpara. Lo que más le gustaba era la inteligente expresión de su cara o por las noches le gustaba su voz, cuando discutía una tontería de Caravaggio. Y la forma como entraba a gatas en su tienda y se apretaba contra su cuerpo, como una santa.

Hablaban y la voz ligeramente cantarina de él resonaba entre el olor a lona de la tienda que lo había acompañado durante toda la campaña italiana y que tocaba alargando sus finos dedos como si formara también parte de su cuerpo, un ala de color caqui que plegaba sobre sí durante la noche. Era su mundo. Durante aquellas noches, ella se sentía muy lejos del Canadá. Él le preguntaba por qué no podía dormir. Ella estaba tumbada ahí e irritada por su independencia, por la facilidad con la que se apartaba del mundo. Ella quería un techo de hojalata para guarecerse de la lluvia, dos álamos que se estremecieran ante su ventana, un ruido que acunara su sueño, los árboles y los techos bajo los que dormía en el extremo oriental de Toronto, donde se crió, y después, durante un

par de años, con Patrick y Clara a orillas del río Skootamatta y posteriormente en la Georgian Bay. Ni siquiera
en la densidad de aquel jardín había encontrado un árbol
bajo el que dormir.

«Bésame. De tu boca, de tus dientes, es de lo que estoy más puramente enamorada.» Y más tarde, cuando su
cabeza había caído a un lado, hacia la corriente que entraba por la abertura de la tienda, le había susurrado en
voz alta estas palabras, que sólo había oído ella misma:
«Tal vez deberíamos preguntar a Caravaggio. Mi padre
me dijo una vez que Caravaggio estaba siempre enamorado. No sólo caía en el amor, sino que, además, se hundía
dentro de él. Siempre confuso, siempre feliz. ¿Kip? ¿Me
oyes? Me siento tan feliz contigo, tan feliz de estar contigo así.»

Lo que más deseaba ella era un río en el que pudieran nadar. En la natación había un ceremonial que le
parecía como el de una pista de baile. Pero él tenía una
idea diferente de los ríos, se había metido en el Moro en
silencio tirando del arnés de cables atados al puente portátil y los paneles de acero remachados se deslizaban tras
él dentro del agua como un ser vivo y entonces se había
iluminado el cielo con el fuego de obuses y alguien estaba hundiéndose a su lado en el centro del río. Los zapadores se sumergían una y otra vez en busca de las poleas
perdidas y recogían los garfios en el agua y las llamaradas
del fósforo en el cielo iluminaban el barro, la superficie y
los rostros.

Durante toda la noche lloraron, gritaron y se ayudaron
mutuamente a no volverse locos. Con la ropa empapada

en el río invernal, consiguieron que el puente fuera encarri-
lándose poco a poco por encima de sus cabezas y dos días
después otro río. Todos los ríos a los que llegaban carecían
de puentes, como si hubieran borrado sus nombres, como
si el cielo no tuviese estrellas ni las casas puertas. Las unidades de zapadores se metían con cuerdas en ellos, trasladaban
cables sobre los hombros, encajaban los pernos, cubiertos
de grasa para que no chirriara el metal, y después pasaba
el ejército. Pasaba con sus vehículos y los zapadores seguían
en el agua.

Con mucha frecuencia los sorprendían en plena corriente los obuses, que fulguraban en las orillas cenago-
sas y hacían trizas el acero y el hierro. Entonces nada había para protegerlos, el río resultaba tan fino como la seda
contra los metales que lo rasgaban.

Kip se lo quitaba de la cabeza. Se daba maña para
dormirse al instante y apartarse de aquella mujer, que tenía sus propios ríos y se perdía en ellos.

Sí, Caravaggio le explicaría cómo podía hundirse en
el amor, cómo hundirse incluso en el amor cauto. «Quiero llevarte al río Skootamatta, Kip», decía Hana. «Quiero
enseñarte el lago Smoke. La mujer a la que mi padre amó
vive en los lagos, se desplaza más en canoa que en coche.
Añoro los truenos que cortaban la electricidad. Quiero
que conozcas a Clara, la mujer de las canoas, la única de
mi familia que aún vive. Ya no queda nadie más. Mi padre la abandonó para irse a la guerra.»

Caminaba sin dar un paso en falso ni vacilar hacia la
tienda en la que él pasaba la noche. Los árboles tamizaban
la luz de la Luna, como si se encontrara bajo un globo de

luces de una sala de baile. Entraba en la tienda, pegaba el oído a su pecho dormido y escuchaba los latidos de su corazón, igual que él escuchaba el reloj de una mina. Las dos de la mañana. Todo el mundo dormía, menos ella.

IV

El Cairo meridional, 1930-1938

Después de Heródoto, el mundo occidental pasó centenares de años sin apenas interesarse por el desierto. Desde 425 a.C. hasta comienzos del siglo XX, no se fijó en él. Hubo silencio. El siglo XIX fue una época de exploradores de ríos y después, en el decenio de 1920, hubo un epílogo positivo de esa historia en esa zona de la Tierra, compuesto sobre todo de expediciones financiadas por particulares y a las que seguían conferencias modestas en la Sociedad Geográfica de Londres, en Kensington Gore. Las pronunciaban hombres quemados por el sol y exhaustos que, como los marinos de Conrad, no se sentían demasiado cómodos con el ceremonial de los taxis y el ocurrente, pero pesado, humor de los cobradores de autobús.

Cuando viajaban en trenes de cercanías desde los suburbios hacia Knightsbridge para asistir a las sesiones de la Sociedad, se perdían con frecuencia, extraviaban los billetes, atentos exclusivamente a no perder sus viejos mapas y sus notas para la conferencia, escritas lenta y laboriosamente y guardadas en las omnipresentes mochilas que siempre serían como partes de sus cuerpos. Aquellos hombres de todas las nacionalidades viajaban a última hora de la tarde, las seis, iluminados por la luz de los solitarios.

Era una hora anónima, cuando la mayoría de los habitantes de la ciudad volvían a sus casas. Los exploradores llegaban demasiado temprano a Kensington Gore, cenaban en Lyons Corner House y después entraban en la Sociedad Geográfica, donde se sentaban en la sala del primer piso, junto a la gran canoa maorí, a repasar sus notas. A las ocho comenzaban las sesiones.

Cada dos semanas había una conferencia. Una persona hacía una presentación y otra expresaba agradecimiento. El orador final solía poner objeciones o someter a prueba la consistencia de la exposición, se mostraba pertinentemente crítico, pero nunca impertinente. Los oradores principales se atenían —según daban todos por descontado— a los hechos y presentaban con modestia hasta las hipótesis más osadas.

Mi viaje por el desierto de Libia, desde Sokum, en la costa mediterránea, hasta El Obeid, en el Sudán, trascurrió por una de las pocas rutas de la superficie terrestre que presentan diversos problemas geográficos interesantes.

En aquellas salas revestidas de madera de roble nunca se mencionaban los años de preparación, investigación y acopio de fondos. El conferenciante de la semana anterior había citado la pérdida de treinta vidas en el hielo de la Antártida. Se anunciaban con panegíricos mínimos pérdidas similares a consecuencia del calor extremo o de los huracanes. Toda consideración relativa al comportamiento humano y financiero resultaba absolutamente ajena a la cuestión que se examinaba, a saber, la superficie de la Tierra y sus «interesantes problemas geográficos».

¿Serían otras depresiones de esa región, además de la tan debatida de Wadi Ryan, utilizables con miras al riego o al drenaje del delta del Nilo? ¿Están disminuyendo gradualmente los recursos hídricos procedentes de pozos artesianos? ¿Por dónde hemos de buscar la misteriosa Zerzura? ¿Queda algún otro oasis perdido por descubrir? ¿Dónde están las marismas de las tortugas de que habla Ptolomeo?

John Bell, director del Departamento de Estudios sobre el Desierto en Egipto, formuló esas preguntas en 1927. En el decenio de 1930 las comunicaciones se volvieron aún más modestas. *«Quisiera añadir unas observaciones a algunas de las tesis expuestas en el interesante debate sobre la "Geografía prehistórica del oasis de Jarga".»* A mediados del mismo decenio, Ladislaus de Alamásy y sus compañeros encontraron el oasis de Zerzura.

En 1939 tocó a su fin el gran decenio de expediciones por el desierto de Libia y esa vasta y silenciosa zona de la Tierra pasó a ser uno de los escenarios de la guerra.

En la alcoba decorada como un cenador, el paciente quemado podía contemplar un panorama muy lejano. Como el caballero muerto de Rávena, cuyo cuerpo de mármol parece vivo, casi líquido, tiene la cabeza alzada sobre un cojín de piedra para que pueda contemplar el panorama por encima de sus pies: más allá de la lluvia, tan deseada, en África, hacia todas sus vidas en El Cairo, sus trabajos y sus días.

Hana, sentada junto a su cama, lo acompañaba, como un escudero, en aquellos viajes.

En 1930 habíamos empezado a cartografiar la mayor parte de la meseta del Gilf Kebir en busca del oasis perdido llamado Zerzura: la Ciudad de las Acacias.

Éramos europeos del desierto. En 1917, John Bell había avistado el Gilf, luego Kermal, el Din; después Bagnold, que se abrió paso por el Sur hasta el Mar de Arena. Otros eran Madox, Walpole, del Departamento de Estudios sobre el Desierto, Su Excelencia Wasfi Bey, el fotógrafo Casparius, el geólogo Dr. Kadar y Bermann. Y el Gilf Kebir —la gran meseta del tamaño de Suiza, como gustaba de recordar Madox, situada en el desierto de Libia— era nuestro meollo y sus escarpas se precipitaban hacia el Este y el Oeste, mientras que la meseta descendía gradualmente hacia el Norte. Se alzaba, en medio del desierto, a setecientos kilómetros al oeste del Nilo.

Los antiguos egipcios suponían que al oeste de las ciudades-oasis no había agua. El mundo acababa allí. El interior carecía de agua, pero en el vacío de los desiertos siempre estás rodeado por la historia perdida. Las tribus tebu y senussi habían recorrido esas regiones y poseían pozos que conservaban en gran secreto. Corrían rumores sobre tierras fértiles situadas en el interior del desierto y escritores árabes del siglo XIII hablaron de Zerzura. «El Oasis de los Pajaritos.» «La Ciudad de las Acacias.» En *El libro de los tesoros ocultos*, el *Kitab al Kanuz*, Zerzura aparece descrita como una ciudad blanca, «blanca como una paloma».

Si se observa un mapa del desierto de Libia, se ven nombres: Kemal el Din, que en 1925 llevó a cabo, prácticamente solo, la primera gran expedición moderna; Bagnold, 1930-1932; Almásy-Madox, 1931-1937. Un poco al norte del Trópico de Cáncer.

Éramos un grupito perteneciente a una misma nación que entre las dos guerras mundiales cartografiaba y recorría las rutas de exploraciones anteriores. Nos reuníamos en Dajla y Kufra, como si fueran bares o cafés: una sociedad de los oasis, como la llamaba Bagnold. Conocíamos nuestras respectivas vidas íntimas, nuestras capacidades y fallos mutuos. Perdonábamos todo a Bagnold por su descripción de las dunas. *«Las estrías y la arena ondulada se parecen a la cavidad del paladar de un perro.»* Ése era el Bagnold auténtico, un hombre capaz de meter su investigadora mano entre las fauces de un perro.

1930. Nuestro primer viaje desde Jaghbub hacia el Sur y por el interior del desierto, por entre el territorio de las tribus zwaya y majabra: un viaje de siete días hasta El Taj. Madox y Bermann y cuatro más. Unos camellos, un caballo y un perro. Cuando partimos, nos contaron el viejo chiste: «Comenzar un viaje con una tormenta de arena trae buena suerte.»

La primera noche acampamos a unos treinta kilómetros al Sur. La mañana siguiente nos despertamos y salimos de nuestras tiendas a las cinco. El frío era tan intenso, que nos impedía dormir. Nos acercamos a los fuegos y nos sentamos ante su luz en la obscuridad más extensa. Sobre nosotros estaban las últimas estrellas. El amanecer iba a tardar aún dos horas más. Nos pasábamos vasos de té caliente. Dábamos de comer a los camellos, que masticaban, aún medio dormidos, los dátiles con sus huesos y todo. Desayunábamos y después bebíamos tres vasos más de té.

Horas después, nos encontrábamos envueltos en una tormenta de arena procedente de la nada que nos ocultaba la clara mañana. La brisa había ido refrescando y arreciando gradualmente. Cuando por fin pudimos mirar más abajo, la superficie del desierto había cambiado. Pásame el libro... aquí. Ésta es la maravillosa crónica que de semejantes tormentas de arena hace Hassanein Bey:

Es como si la superficie descansara sobre conductos de vapor con miles de orificios que despidieran diminutos chorros de vapor. La arena salta con brinquitos y remolinos mínimos. La pertubación aumenta pulgada a pulgada a medida que arrecia el viento. Parece como si toda la superficie del desierto se alzase obedeciendo a cierta fuerza subterránea que la impulsara hacia arriba. Los guijarros te golpean en las espinillas, las rodillas, los muslos. Los granos de arena te suben por el cuerpo hasta azotarte la cara y seguir por encima de la cabeza. El cielo está cubierto, todos los objetos, menos los más cercanos, desaparecen de la vista, el universo está colmado.

Teníamos que continuar en movimiento. Si te paras, la arena se va acumulando, como en torno a todo lo que esté inmóvil, y te encierra. Te pierdes para siempre. Una tormenta de arena puede durar cinco horas. Hasta cuando, en años posteriores, viajábamos en camiones, teníamos que seguir avanzando sin ver nada. Los peores terrores sobrevenían de noche. En cierta ocasión, al norte de Kufra, nos asaltó una tormenta en la obscuridad, a las tres de la mañana. La tormenta arrancó las tiendas de sus amarras y rodamos con ellas, al tiempo que nos llenábamos de arena —como un barco, al hundirse, se llena de agua—, abrumados, sofocándonos, hasta que un camellero cortó las ataduras y nos liberó.

Pasamos por tres tormentas durante nueve días. No dimos con las aldeas del desierto en las que esperábamos obtener más provisiones. El caballo desapareció. Tres de los camellos murieron. Durante los dos últimos días carecimos de comida, sólo teníamos té. El último vínculo con cualquier otro mundo era el tintineo de la tetera ennegrecida por el fuego, la larga cuchara y el vaso que llegaban hasta nosotros en la obscuridad de las mañanas. Después de la tercera noche, dejamos de hablar. Lo único que importaba era el fuego y el mínimo líquido carmelita.

Por pura suerte nos topamos con El Taj, un pueblo del desierto. Me paseé por el zoco, por la avenida en la que resonaban los carillones de los relojes, hasta la calle de los barómetros, pasé por delante de los puestos de venta de cartuchos para fusil, los de salsa de tomate italiana y otros alimentos enlatados procedentes de Benghazi, percal de Egipto, adornos hechos con cola de avestruz, los dentistas callejeros, los vendedores de libros. Seguimos mudos y cada cual por su camino. Tardamos en reaccionar ante aquel nuevo mundo, como si hubiéramos estado a punto de ahogarnos. En la plaza central de El Taj nos sentamos a comer cordero, arroz y pasteles de *badawi* y bebimos leche con pulpa de almendra machacada. Todo ello después de la larga espera de los tres vasos de té ceremoniales, aromatizados con ámbar y menta.

En 1931, me uní a una caravana de beduinos y me dijeron que en ella iba otro de nuestro grupo. Resultó ser Fenelon-Barnes. Fui a su tienda. Había salido a pasar el día fuera, una pequeña expedición para catalogar árboles fosilizados. Eché un vistazo a su tienda: el fajo de mapas, las fotos de su familia que siempre llevaba consigo, etcétera. Cuando me marchaba, vi un espejo colgado en lo alto de la pared de piel y en él reflejada la cama. Parecía haber un bultito, un perro tal vez, bajo las sábanas. Levanté la chilaba y debajo había una niñita árabe atada y dormida.

Hacia 1932, Bagnold había acabado y Madox y los demás andábamos por doquier: buscando el ejército perdido de Cambises, buscando Zerzura. 1932, 1933 y 1934.

Sin vernos durante meses. Sólo los beduinos y nosotros cruzando y volviendo a cruzar la Ruta de los Cuarenta Días. Las tribus del desierto, los seres humanos más hermosos que he conocido en mi vida, formaban como ríos. Nosotros éramos alemanes, ingleses, húngaros, africanos, insignificantes todos para ellos. Poco a poco nos fuimos despegándonos de las naciones. Llegué a odiar las naciones. Los Estados-nación nos deforman. Madox murió por culpa de las naciones.

No se podía reclamar ni poseer el desierto: era un trozo de tela arrastrado por los vientos, nunca sujeto por piedras y que mucho antes de que existiera Canterbury, mucho antes de que las batallas y los tratados redujesen a Europa y el Este a un centón, había recibido cien nombres efímeros. Sus caravanas, extraños vagabundeos compuestos de fiestas y culturas, nada dejaban detrás, ni una pavesa. Todos nosotros, incluso los que teníamos hogares e hijos lejos, en Europa, deseábamos quitarnos la ropa de nuestros países. Era un lugar en el que reinaba la fe. Desaparecíamos en el paisaje: fuego y arena. Abandonábamos los puertos de los oasis, los lugares a los que llegaba y tocaba el agua... *Ain*, *Bir*, *Wadi*, *Foggara*, *Jottara*, *Shaduf*. No quería que mi nombre sonase junto a nombres tan hermosos. ¡Borrar el apellido! ¡Borrar las naciones! Ésas fueron las enseñanzas que me aportó el desierto.

Aun así, algunos querían dejar su huella en él: en aquel lecho de río, en este montículo pedregoso; pequeñas vanidades en aquella parcela de terreno al noroeste del Sudán, al sur de la Cirenaica. Fenelon-Barnes quería que los árboles fosilizados que descubría llevaran su nombre. Quería incluso que una tribu llevase su nombre y pasó un año celebrando negociaciones para ello. Después Bauchan lo superó, al hacer que se bautizara con su nombre un tipo de arena, pero yo quería borrar mi nombre y el lugar del que procedía. Cuando llegó la guerra, tras diez años en el desierto, me resultaba fácil cruzar las fronteras clandestinamente, no pertenecer a nadie, a ninguna nación.

1933 o 1934. He olvidado el año. Madox, Casparius, Bermann y yo, más dos conductores sudaneses y un cocinero. Entonces viajábamos ya en coches cubiertos Ford modelo A y en aquella ocasión utilizamos por primera vez grandes neumáticos hinchables llamados ruedas de aire. Eran mejores para la arena, pero estaba por ver si resistirían los campos pedregosos y las rocas astilladas.

Partimos de Jarga el 22 de marzo. Bermann y yo habíamos lanzado la hipótesis de que Zerzura estaba compuesta por tres *wadis* sobre los que había escrito Williamson en 1838.

Al sudoeste del Gilf Kebir había tres macizos graníticos aislados que se alzaban en la llanura: Gebel Arkanu, Gebel Uweinat y Gebel Kissu. Distaban veinte kilómetros unos de otros. En varias de las gargantas había agua potable, aunque la de los pozos de Gebel Archanu era amarga y se reservaba sólo para casos de emergencia. Williamson dijo que Zerzura estaba formada por tres *wadis*, pero nunca los localizó y su teoría acabó considerada una leyenda. Sin embargo, un solo oasis de lluvia en aquellas colinas con forma de cráteres habría resuelto el enigma de que Cambises y su ejército pudieran emprender la travesía de semejante desierto y el de las incursiones de los senussi durante la Gran Guerra, cuando aquellos gigantescos jinetes negros cruzaban un desierto que, según se decía, carecía de agua y pasto. Era un mundo civilizado desde hacía siglos, con miles de sendas y caminos.

En Abu Ballas encontramos tinajas con la forma clásica de las ánforas griegas. Herodoto habla de esas jarras.

En el vestíbulo de piedra de la fortaleza de El Jof, que en tiempos había sido la biblioteca del gran jeque senussi, Bermann y yo hablamos con un misterioso anciano que se parecía a una serpiente, un viejo tebu, guía de caravanas de profesión, que hablaba árabe con acento. Más adelante Bermann dijo, citando a Heródoto: «Como los chillidos de los murciélagos.» Hablamos con él todo el día y toda la noche y no soltó prenda. El credo senussi, su doctrina primordial, seguía siendo el de no revelar los secretos del desierto a los extranjeros.

En Wadi el Melik vimos aves de una especie desconocida.

El 5 de mayo, escalé un risco de piedra y me acerqué a la meseta de Uweinat desde una nueva dirección. Llegué a un gran *wadi* lleno de acacias.

Hubo un tiempo en que los cartógrafos bautizaban los lugares por los que viajaban con los nombres de sus amantes y no con los suyos: una mujer de una caravana del desierto a la que había visto bañarse, mientras ocultaba su desnudez con muselina sujeta ante sí por una de sus manos; la mujer de un anciano poeta árabe, cuyos hombros de blanca paloma lo movieron a bautizar un oasis con su nombre. El odre vertió el agua sobre la mujer, que se envolvió en la tela, y el anciano escriba apartó la vista de ella para ponerse a describir Zerzura.

Así, en el desierto un hombre puede deslizarse en un nombre como en un pozo que haya descubierto y en el frescor de su sombra sentir la tentación de no abandonar nunca semejante recinto. Yo sentí el profundo deseo de permanecer allí, entre aquellas acacias. No estaba paseando por un lugar por el que nadie lo hubiera hecho antes, sino por un lugar en el que había habido poblaciones repentinas y breves a lo largo de los siglos: un ejército del siglo XIV, una caravana tebu, los jinetes senussi de 1915. Y entre esos períodos... nada había. Cuando no llovía, las acacias se marchitaban, los *wadis* se secaban... hasta que, cincuenta o cien años después, reaparecía el agua de repente: apariciones y desapariciones esporádicas, como las leyendas y los rumores a lo largo de la Historia.

En el desierto, las aguas más amadas, como el nombre de una amante, cobran color azul en las manos que las recogen, entran en la garganta. Tragas ausencia. Una mujer en El Cairo alza la sinuosa blancura de su cuerpo y se asoma a la ventana para que su desnudez reciba la lluvia de una tormenta.

Al notar su desvarío, Hana se inclinó hacia adelante, y lo contempló sin decir palabra. ¿Quién era esa mujer?

Los confines de la Tierra nunca son los puntos en un mapa que los colonizadores hacen retroceder para ampliar su esfera de influencia: por una parte, sirvientes y esclavos, el flujo y el reflujo del poder y la correspondencia con la Sociedad Geográfica; por otra, el primer paso de un blanco en la otra orilla de un gran río, la primera visión —por los ojos de un blanco— de una montaña que ha estado ahí desde siempre.

Cuando somos jóvenes, no nos miramos en los espejos. Lo hacemos cuando somos viejos y nos preocupa nuestro nombre, nuestra leyenda, lo que nuestras vidas significarán en el futuro. Nos envanecemos con nuestro nombre, con nuestro derecho a afirmar que nuestros ojos fueron los primeros en ver determinado panorama, que nuestro ejército fue el más fuerte, nuestro astuto comerciar el más provechoso. Al envejecer es cuando Narciso desea una imagen esculpida de sí mismo.

Pero nos interesaba saber en qué sentido podían nuestras vidas significar algo para el pasado. Éramos jóvenes. Sabíamos que el poder y las grandes finanzas eran cosas pasajeras. Herodoto era el libro de cabecera de todos nosotros. *«Pues las ciudades que fueron grandes en épocas pasadas han de haber perdido su importancia ahora y las que eran grandes en mi época eran pequeñas en la anterior. (...) La buena fortuna del hombre nunca permanece en el mismo lugar.»*

En 1936 un joven llamado Geoffrey Clifton se encontró en Oxford con un amigo que le habló de lo que estábamos haciendo. Se puso en contacto conmigo, se casó el día siguiente y dos semanas después se trasladó en avión a El Cairo con su esposa.

Aquella pareja entró en nuestro mundo, el formado por nosotros cuatro: Príncipe Kemal el Din, Bell, Almásy y Madox. El nombre que aún no nos quitábamos de la boca era Gilf Kebir. En algún punto del Gilf se encontraba Zerzura, cuyo nombre aparece en escritos árabes en época tan temprana como el siglo XIII. Cuando se viaja hasta tan lejos en el tiempo, se necesita un avión y el joven Clifton, que era rico, tenía un avión y sabía pilotarlo.

Clifton se reunió con nosotros en El Jof, al norte de Uweinat. Estaba sentado en su avión de dos plazas y nos dirigimos hacia él desde el campamento. Se puso en pie en la carlinga y se sirvió un trago de su frasco. Su esposa estaba sentada a su lado.

«Bautizo este lugar con el nombre de Club de Campo Messaha», anunció.

Vi una afable incertidumbre en la cara de su esposa, que, cuando se quitó el casco de cuero, reveló una melena de leona.

Eran jóvenes, podrían haber sido nuestros hijos. Saltaron del avión y nos dimos la mano.

Era 1936, el comienzo de nuestra historia...

Saltaron desde el ala del Moth. Clifton se dirigió hacia nosotros con el frasco de licor en la mano y todos probamos el alcohol caliente. Le encantaban las ceremonias. Había bautizado su avión con el nombre de *Rupert Bear*. No creo que le gustara el desierto, pero sentía hacia él un afecto inspirado por la admiración de nuestro austero orden, en el que quería encajar: como un alegre universitario que respeta el silencio de una biblioteca. No esperábamos que trajera a su esposa, pero nos mostramos —supongo— corteses al respecto. Ahí la teníamos recogiendo arena en su melena.

¿Qué éramos para aquella joven pareja? Algunos de nosotros habíamos escrito libros sobre la formación de las dunas, la desaparición y reaparición de los oasis, la cultura perdida de los desiertos. Parecía que sólo nos interesaban cosas que no podían comprarse ni venderse, carentes de interés para el mundo exterior. Debatíamos sobre latitudes o sobre un acontecimiento sucedido setecientos años atrás; los teoremas de la exploración: como el de que Abd el Malik Ibrahim el Zaya, quien vivía en el oasis de Zuck dedicado al pastoreo de camellos, había sido el primer hombre de aquellas tribus que había entendido el concepto de fotografía.

La luna de miel de los Clifton tocaba a su fin. Yo me separé de ellos y de los demás, fui a ver a un hombre de Kufra y pasé días con él poniendo a prueba teorías que no había expuesto a los demás miembros de la expedición. Regresé al campamento de El Jof tres noches después.

El fuego del desierto estaba entre nosotros: los Clifton, Madox, Bell y yo. Si uno de nosotros se echaba hacia atrás unos centímetros desaparecía en las tinieblas. Katharine Clifton se puso a recitar y mi cabeza abandonó la aureola que rodeaba el fuego de ramitas en el campamento.

Su rostro tenía reminiscencias clásicas. Sus padres eran famosos, al parecer, en el mundo de la Historia del Derecho. Yo soy una persona que no disfrutó con la poesía hasta que oyó a una mujer recitármela. Y en aquel desierto ella revivió su época universitaria ante nosotros para describir las estrellas, del mismo modo que Adán se las enseñó con ternura a una mujer valiéndose de metáforas elegantes.

Esos astros, aun invisibles en lo profundo de la noche,
No brillan, pues, en vano; no pienses que, aunque hombres
No hubiera, carecería de espectadores el Cielo y de

Alabanzas; millones de criaturas espirituales recorren la
Tierra invisibles, cuando en vela estamos y cuando
Dormimos; todas ellas sin cesar de alabarlo día y noche
Sus obras contemplan: cuántas veces desde la falda de
Una colina o un bosquecillo en que el eco resuena voces
Hemos oído celestiales en el aire de la medianoche,
Solas o respondiéndose, que cantaban a su Creador…

Aquella noche me enamoré de una voz, sólo una voz.
No quería oír nada más. Me levanté y me marché.

Aquella mujer era un sauce. ¿Qué aspecto tendría en
invierno, a mi edad? La veo aún, siempre, con los ojos de
Adán: sus torpes miembros al saltar de un avión, al aga-
charse entre nosotros para avivar el fuego, su codo alzado
y apuntado hacia mí al beber de una cantimplora.

Unos meses después, un día en que habíamos salido
en grupo, estaba bailando conmigo un vals en El Cairo.
Aunque ligeramente bebida, la expresión de su cara era
impenetrable. Incluso ahora creo que nunca se mostró
más revelador su rostro que en aquella ocasión, en que los
dos estábamos medio bebidos y no éramos amantes.

Durante todos estos años he estado intentando descubrir qué quería transmitirme con aquella mirada. Parecía desprecio. Ésa fue mi impresión. Ahora creo que
estaba estudiándome. Era una persona inocente y algo en
mí le extrañaba. Yo estaba comportándome como suelo
hacerlo en los bares, pero aquella vez no con la compañía
idónea. Soy de los que no mezclan los códigos de comportamiento. Me había olvidado de que ella era más joven
que yo.

Estaba *estudiándome*, pura y simplemente y yo la observaba para descubrir un falso movimiento en su mirada como de estatua, algo que la traicionara.

Dame un mapa y te construiré una ciudad. Dame un lápiz y te dibujaré una habitación en El Cairo meridional, con mapas del desierto en la pared. El desierto estaba siempre entre nosotros. Al despertar, podía alzar los ojos y ver el mapa de los antiguos asentamientos a lo largo de la costa mediterránea —Gazala, Tobruk, Mersa Matruth— y al Sur los *wadis* pintados a mano, rodeados por los matices de amarillo que invadíamos, en los que intentábamos perdernos. *«Mi tarea consiste en describir brevemente las diversas expediciones que han abordado el Gilf Kebir. Después el doctor Bermann nos trasladará al desierto, tal como era hace miles de años.»*

Así hablaba Madox a otros geógrafos en Kensigton Gore, pero en las actas de la Sociedad Geográfica no se menciona el adulterio. Nuestro cuarto nunca apareció en los detallados informes en que se describía todo montículo y todo incidente de la historia.

En la calle de El Cairo en que se vendían los loros importados, aves exóticas y casi dotadas de la palabra amonestaban a los transeúntes. Gritaban y silbaban en filas, como una avenida emplumada. Yo sabía qué tribu había recorrido determinada ruta de la seda o de los camellos y las había traído en sus pequeños palanquines por los desiertos: viajes de cuarenta jornadas, después de que las hubieran capturado los esclavos o las hubiesen recogido, como si fueran flores, en jardines ecuatoriales y después las hubiesen metido en jaulas de bambú para que entraran en el río del comercio. Parecían novias en un cortejo medieval.

Nos paseábamos entre ellos. Estaba enseñándole una ciudad que ella no conocía.

Me tocó la muñeca con la mano.

«Si te ofreciera mi vida, la rechazarías, ¿verdad?»

No dije nada.

V

Katharine

La primera vez que soñó con él, despertó chillando junto a su marido.

Se quedó ahí, en su alcoba, boquiabierta y mirando fijamente la sábana. Su marido le puso la mano en la espalda.

«Una pesadilla. No te preocupes.»

«Sí.»

«¿Te traigo un vaso de agua?»

«Sí.»

No quería moverse. No quería volver a tumbarse en esa parte de la cama que habían ocupado.

El sueño había ocurrido en aquella habitación: la mano de él en su cuello (ahora ella la tocaba), la ira que había sentido en él las primeras veces que se habían visto. No, ira no: falta de interés, irritación por que hubiera entre ellos una mujer casada. Estaban doblados como animales y él le había tirado del cuello hacia atrás y no le dejaba respirar en plena excitación.

Su marido le trajo el vaso sobre un platillo, pero ella no pudo levantar los brazos: los tenía débiles y temblorosos. Él le llevó torpemente el vaso hasta la boca para que pudiera tragar el agua clorada, parte de la cual le corrió por la barbilla y le cayó en el estómago. Cuando volvió a tumbarse, apenas tuvo tiempo de pensar en lo que había presenciado, se quedó al instante profundamente dormida.

Ésa había sido la primera señal. El día siguiente, lo recordó en algún momento, pero, como estaba ajetreada, se negó a demorarse largo rato preguntándose por su significado y lo desechó; era una colisión accidental en una noche muy concurrida, nada más.

Un año después, aparecieron los otros sueños, más peligrosos, plácidos y durante el primero de ellos recordó incluso las manos en su cuello y esperó a que la calma entre ellas se mudara en violencia.

¿Quién arrojaba aquellas migas tentadoras? A un hombre que nunca le había interesado. Un sueño y más adelante otra serie de sueños.

Posteriormente, él explicó que se trataba de la proximidad: la proximidad en el desierto. Es lo que ocurre aquí, dijo. Le gustaba esa palabra: la proximidad del agua, la proximidad de dos o tres cuerpos en un coche recorriendo el Mar de Arena durante seis horas. La rodilla sudada de ella junto a la caja de cambios del camión, su rodilla apartándose, alzándose con los baches. En el desierto tienes tiempo para mirar a todas partes, para teorizar sobre la coreografía de todas las cosas que te rodean.

Cuando hablaba así, ella lo odiaba: su mirada seguía siendo cortés, pero sentía deseos de abofetearlo. Siempre deseaba abofetearlo y comprendió que hasta eso tenía carácter sexual. Para él, todas las relaciones respondían a categorías. La proximidad o la distancia te marcaba. De igual modo que las historias de Heródoto ilustraban, para él, todas las sociedades. Se imaginaba que era experto en los usos del mundo que esencialmente había abandonado años atrás para esforzarse desde entonces por explorar un mundo, a medias inventado, del desierto.

En el aeródromo de El Cairo cargaron el equipo en los vehículos, mientras su marido se quedaba a comprobar el circuito del carburante del Moth, antes de que los tres hombres partieran, la mañana siguiente. Madox fue a una de las embajadas a enviar un cable y *él* iba a ir a la ciudad a emborracharse, la habitual velada de despedida en El Cairo: primero al Casino Ópera de Madame Badin y después desaparecería en las calles situadas detrás del hotel Pasha. Antes de iniciar la velada, haría el equipaje, lo que le permitiría subir al camión la mañana siguiente, aun con la resaca.

Conque la llevó en coche a la ciudad. El aire estaba húmedo y el tráfico, a esa hora, denso y lento.

«Hace tanto calor que necesito una cerveza. ¿Quieres una también?»

«No, he de hacer muchos recados en las dos próximas horas. Tendrás que disculparme.»

«No te preocupes», dijo ella. «No quiero entretenerte.»

«Cuando vuelva, me tomaré una cerveza contigo.»

«Dentro de tres semanas, ¿verdad?»

«Más o menos.»

«Me gustaría acompañaros.»

Él no respondió nada. Cruzaron el puente Bulaq y el tráfico empeoró: demasiados carros, demasiados peatones, dueños de las calles. Tomó un atajo bordeando el Nilo hacia la zona meridional, donde se encontraba, justo después del cuartel, el hotel Semíramis, en el que se alojaba ella.

«Esta vez vas a encontrar Zerzura, ¿verdad?»

«Esta vez voy a encontrarla.»

Se estaba comportando como en las primeras ocasiones en que se habían visto. Mientras conducía, apenas la miraba, ni siquiera cuando el tráfico los obligaba a permanecer parados más de cinco minutos.

En el hotel estuvo excesivamente educado. Cuando se comportaba así, a ella le gustaba aún menos; todos tenían que aparentar que se trataba de cortesía, elegancia. Le recordaba a un perro vestido. Que se fuera a paseo. Si su marido no hubiese tenido que trabajar con él, habría preferido no volver a verlo.

Sacó la maleta de ella del maletero y ya se disponía a llevarla hasta el vestíbulo.

«Dame, ya puedo llevarla yo.» Cuando bajó del asiento del pasajero, ella tenía la camisa empapada.

El portero se ofreció a llevar la maleta, pero él dijo: «No, quiere llevarla ella.» Ella volvió a sentirse irritada por su presunción. El portero se separó de ellos. Ella se volvió hacia él, quien le pasó la bolsa, y se quedó mirándolo, al tiempo que con las dos manos alzaba torpemente su pesada maleta.

«Bueno, pues adiós. Buena suerte.»

«Sí. No temas por ellos, yo me encargo de que no les ocurra nada.»

Ella asintió con la cabeza. Estaba en la sombra y él —como si no notara su violencia— en el sol.

Entonces se acercó un poco más a ella, lo que la hizo pensar por un instante que iba a abrazarla, pero se limitó a adelantar el brazo derecho y retirarlo al instante, al tiempo que rozaba ligeramente el cuello de ella con todo su húmedo antebrazo.

«Adiós.»

Volvió hasta el camión. Ella sentía ahora su sudor, como sangre dejada por una cuchilla que el gesto del brazo de él parecía haber imitado.

Ella tomó un cojín y se lo colocó en el regazo, como para escudarse de él. «Si me haces el amor, no mentiré para ocultarlo y, si te lo hago yo, tampoco.»

Se llevó el cojín al corazón, como si deseara sofocar esa parte de sí que se había desmandado.

«¿Qué es lo que más detestas?», preguntó él.

«La mentira. ¿Y tú?»

«La posesividad», dijo él. «Cuando me dejes, olvídame.»

El puño de ella salió disparado hacia él y le golpeó con fuerza en el hueso debajo del ojo. Se vistió y se marchó.

Todos los días, al volver a casa, se miraba el cardenal en el espejo. Le entró curiosidad, no tanto por el cardenal cuanto por la forma de su cara. Las largas cejas en las que nunca se había fijado en realidad, las primeras canas en su rojizo pelo. Llevaba años sin mirarse así en un espejo. ¡Qué ceja más larga!

Nada podía apartarlo de ella.

Cuando no estaba en el desierto con Madox o con Bermann en las bibliotecas árabes, se reunía con ella en el parque Groppi, junto a los jardines de ciruelos, abundantemente regados. Allí era donde ella se encontraba más a gusto, pues echaba de menos la humedad, siempre le habían gustado los setos verdes y los helechos, mientras que para él tanto verdor era como un carnaval.

Desde el parque Groppi daban un rodeo para entrar en la ciudad antigua, El Cairo meridional, mercados a los que pocos europeos acudían. Las paredes de sus cuartos estaban cubiertas de mapas y, pese a sus intentos de amueblar el piso, seguía dando la impresión de un campamento.

Yacían abrazados, con el pulso y la sombra del ventilador por encima de ellos. Él había pasado toda la mañana trabajando con Bermann en el museo arqueológico, cotejando textos árabes e historias europeas para intentar reconocer ecos, coincidencias, cambios de nombre: remontándose desde Heródoto hasta el *Kitab al Kanuz*, en el que Zerzura recibe el nombre de la mujer que se baña junto a una caravana del desierto. Y también allí había el lento parpadeo de la sombra de un ventilador y aquí también el intercambio íntimo y el eco de una historia de la infancia, una cicatriz, una forma de besar.

«No sé qué hacer. ¡No sé qué hacer! ¿Cómo puedo ser tu amante? Él se va a volver loco.»

Una lista de heridas.

Los diversos colores del cardenal: de rojizo intenso a carmelita. El plato que, tras cruzar el cuarto con él y tirar su contenido, ella le rompió en la cabeza, de la que brotó la sangre y tiñó su azafranado cabello. El tenedor que le entró por detrás del hombro y le dejó marcas que el médico supuso causadas por un zorro.

Antes de abrazarla, se paraba a mirar primero qué objetos arrojadizos había en las inmediaciones. Se reunía en público con ella y con otros, cubierto de cardenales o con la cabeza vendada, y explicaba que el taxi había dado un frenazo repentino y se había golpeado con el deflector, o con yodo en la frente que cubría un verdugón. A Madox le preocupaba que se hubiera vuelto de pronto tan propenso a los accidentes. Ella se mofaba en silencio de la inconsistencia de sus explicaciones. Tal vez sea la edad, tal vez necesite gafas, decía su marido, al tiempo que daba un codazo a Madox. Tal vez sea una mujer que haya conocido, decía ella. Mirad, ¿no es eso un arañazo o un mordisco de mujer?

Fue un escorpión, decía él. *Androctonus australis*.

Una tarjeta postal con el rectángulo dedicado al texto ocupado por una caligrafía pulcra.

> *La mitad de los días no soporto no poder tocarte. El resto del tiempo tengo la sensación de que no me importaría no volver a verte. No es cosa de moralidad, sino de capacidad de resistencia.*

Sin fecha ni firma.

A veces, cuando ella podía pasar la noche con él, los despertaban los tres minaretes de la ciudad, que iniciaban las plegarias antes del amanecer. Recorrían juntos los mercados de añil situados entre El Cairo meridional y la casa de ella. Los hermosos cantos de fe entraban en el aire como flechas, un minarete respondía a otro, como si se transmitieran un rumor sobre ellos dos, mientras paseaban en el fresco aire matutino, ya cargado con el olor a carbón y cáñamo, pecadores en una ciudad santa.

Cuando estaba sin ella, él, que nunca se había sentido solo en toda la distancia que separaba los pueblos del desierto, barría con el brazo los platos y los vasos de una mesa de restaurante para que ella levantara la vista en algún otro punto de la ciudad e intentase averiguar la causa de ese ruido. Un hombre en un desierto puede recoger la ausencia en las manos juntas en forma de cuenco, porque sabe que lo sostiene más que el agua. Conocía una planta cerca de El Taj, cuyo cogollo, si se corta, es substituido por un fluido que tiene propiedades medicinales. Todas las mañanas se puede beber el líquido que cabe en el hueco dejado por el cogollo. La planta sigue floreciendo durante un año hasta que por fin muere por falta de algún nutriente.

Estaba tumbado en su cuarto y rodeado de mapas descoloridos. Estaba sin Katharine. El hambre le inspiraba deseos de acabar con todas las normas sociales, toda cortesía.

La vida de ella con otros ya no le interesaba. Sólo quería su majestuosa belleza, el teatro de sus expresiones. Quería la diminuta y secreta imagen que había entre ellos, la profundidad de campo mínima, su intimidad de extraños, como dos páginas de un libro cerrado.

Ella lo había desmembrado.

Y si ella lo había reducido a eso, ¿a qué la había reducido él?

Cuando ella estaba atrincherada tras la muralla de su clase y él estaba a su lado en un grupo más amplio, contaba chistes que ni siquiera le hacían gracia a él. Presa de la locuacidad —cosa rara en él—, se ponía a atacar la historia de la exploración. Lo hacía cuando se sentía desgraciado. Sólo Madox había advertido ese hábito, pero ella ni siquiera lo miraba. Sonreía a todo el mundo, a los objetos que había en la habitación, elogiaba una disposición floral, cosas impersonales e insignificantes. Se equivocaba al interpretar el comportamiento de él, al suponer que era eso lo que él quería, y duplicaba el espesor de la muralla para protegerse.

Pero él ya no podía soportar esa muralla en ella. Tú también construyes tus murallas —le decía ella—, conque yo tengo la mía. Al decirlo, su belleza resplandecía hasta un punto que le resultaba insoportable. Con su preciosa ropa, su pálida cara que se burlaba de todos cuantos le sonreían, con su sonrisa desconcertada ante los airados chistes de él, quien continuaba con sus consternadoras afirmaciones sobre tal o cual detalle de alguna expedición de todos conocida.

En el preciso momento en que ella se separó de él a la entrada del bar del Groppi, después de que la hubiera saludado, se sintió enloquecido. Sabía que la única forma como podía aceptar perderla era poder seguir abrazándola o viéndose abrazado por ella, poder ayudarse mutuamente a poner en cierto modo fin a aquello con mimos, no con una muralla.

El sol inundaba su cuarto de El Cairo. Su mano reposaba fláccida —con toda la tensión acumulada en el resto de su cuerpo— sobre el diario de Heródoto y garabateaba las palabras, como si la pluma careciera de consistencia. Apenas pudo escribir la palabra *sol*, la palabra *enamorado*.

La única luz que entraba en el piso era la procedente del río y del desierto, más allá. Caía sobre el cuello de ella, su pie, la cicatriz de la vacuna en su brazo derecho, que tanto le gustaba a él. Se sentó en la cama abrazando su desnudez. Él deslizó la palma de la mano abierta por el sudor de su hombro. Este hombro es mío —pensó—, no de su marido, es mío. Como amantes se habían ofrecido así partes de sus cuerpos mutuamente, en aquel cuarto, a orillas del río.

En las pocas horas de que habían dispuesto, el cuarto había ido obscureciéndose hasta albergar sólo esa luz: mera luz de río y de desierto. Sólo cuando se producían las escasas descargas de lluvia se acercaban a la ventana y sacaban los brazos, se estiraban para bañarse la mayor parte posible del cuerpo en ella. La gente en las calles acogía con gritos el breve chaparrón.

«Nunca volveremos a amarnos. No podemos volver a vernos.»

«Ya lo sé», dijo él.

La noche en que ella insistió en que se separaran.

Estaba sentada, encerrada en sí misma, en la armadura de su terrible conciencia. Él no podía llegar hasta ella. Sólo su cuerpo estaba próximo a ella.

«Nunca más, pase lo que pase.»

«De acuerdo.»

«Creo que se va a volver loco. ¿Entiendes?»

Él guardó silencio, abandonó los intentos de hacerla abrirse a él.

Una hora después, caminaban en la noche serena. Oían a lo lejos las canciones de gramófono procedentes del cine Música para Todos, con las ventanas abiertas por el calor. Iban a tener que separarse antes del fin de la sesión, por si salía alguien que la conociera.

Estaban en el jardín botánico, cerca de la catedral de Todos los Santos. Ella vio una lágrima y se inclinó hacia adelante, la lamió y se la metió en la boca. Como había lamido la sangre en la mano de él, cuando se cortó al preparar la comida para ella: sangre, lágrima. Él se sentía el cuerpo vacío, tenía la sensación de que sólo contuviese humo. Lo único que estaba vivo era la conciencia del deseo y la necesidad futuros. No podía decir lo que le habría gustado a aquella mujer, cuya apertura era como una herida, cuya juventud aún no era mortal. No podía alterar lo que más adoraba en ella: su falta de compromiso, gracias a la cual la sensibilidad de sus poemas predilectos aún no chocaba con el mundo real. Él sabía que sin esas cualidades no podía haber orden en el mundo.

La noche en que ella había insistido tanto: veintiocho de septiembre. La cálida luz de la Luna ya había secado la lluvia en los árboles. Ni una gota fresca podía caer sobre él, como una lágrima. Aquella separación en el parque Groppi. No le había preguntado si su marido estaba en casa, en aquel cuadrado de luz de allá arriba, al otro lado de la calle.

Vio la alta fila de palmeras por encima de ellos, como brazos extendidos, como la cabeza y el pelo de ella por encima de él, cuando era su amante.

Aquella vez no se besaron, tan sólo un abrazo. Se soltó de ella y se alejó y después se volvió. Ella no se había movido. Él regresó hasta pocos metros de ella con un dedo alzado para hacer un comentario.

«Sólo quiero que sepas que aún no te echo de menos.» Con una expresión horrible, pese a que intentaba sonreír.

Ella apartó la cabeza y se golpeó con un poste de la puerta. Él vio que se había hecho daño, notó la mueca de dolor, pero ya se habían separado y encerrado en sí mismos, habían alzado las murallas, a instancia de ella. Su espasmo, su dolor, era accidental, intencionado. Se había llevado la mano a la sien.

«Ya llegará», dijo.

A partir de este punto en nuestras vidas, le había susurrado ella antes, o encontraremos nuestras almas o las perderemos.

¿Cómo puede ocurrir una cosa así? Enamorarse y quedar desmembrado.

Yo estaba en sus brazos. Le había subido la manga de la blusa hasta el hombro para poder verle la cicatriz de la vacuna. Me encanta, dije. Esta pálida aureola en su brazo. Veo cómo la raspó el instrumento, inoculó el suero después y luego salió de su piel, años atrás, cuando tenía nueve años, en el gimnasio de un colegio.

VI

Un avión enterrado

El paciente paseó la mirada por la larga cama, en cuyo extremo se encontraba Hana. Después de haberlo bañado, la muchacha rompió la punta de una ampolla y se volvió hacia él con la morfina. Una efigie, una cama. El inglés bogaba en el barco de morfina. Ésta corría por sus venas e implosionaba el tiempo y la geografía, así como un mapa comprime el mundo en una hoja de papel de dos dimensiones.

Las largas veladas de El Cairo. El mar de cielo nocturno, halcones en filas hasta que los soltaban al atardecer y se lanzaban formando un arco hacia el último color del desierto: al unísono, como un puñado de semillas arrojado a la tierra.

En 1936 podías comprar cualquier cosa en aquella ciudad: desde un perro o un ave que acudía a golpe de silbato hasta aquellas terribles traíllas que se ajustaban al dedo meñique de una mujer para que no se te perdiera en un mercado atestado.

En el sector nororiental de El Cairo se encontraba el gran patio de los estudiantes de religión y, más allá, el bazar Jan el Jalili. Mirábamos desde lo alto gatos encaramados en techos de hojalata ondulada, que, a su vez, miraban la calle y los puestos de abajo. Nuestro cuarto dominaba todo aquel panorama. Por las ventanas abiertas se veían minaretes, falúas, gatos, y entraba el estruendo. Ella me hablaba de los jardines de su infancia. Cuando no podía dormir, dibujaba el jardín de su madre para mí palabra a palabra, arriate a arriate, el hielo de diciembre sobre el estanque con peces, el crujido de los espaldares rosados. Me cogía la muñeca en la confluencia de las venas y la guiaba hasta la depresión de su cuello.

Marzo de 1937, Uweinat. Madox estaba irritable por la falta de aire. Estábamos a trescientos metros sobre el nivel del mar, pero, aun a aquella mínima altura, se encontraba incómodo. Al fin y al cabo, era un hombre del desierto, pues había abandonado Marston Magna, la aldea de su familia, en Somerset, y había cambiado todas sus costumbres y hábitos para vivir lo más cerca posible del nivel del mar y en un clima seco.

«Madox, ¿cómo se llama ese hueco en la base del cuello de una mujer? Por delante. *Aquí.* ¿Qué es? ¿Tiene un nombre oficial? ¿Ese hueco del tamaño aproximado de la huella de un pulgar?»

Madox me miró un momento a la deslumbrante luz del mediodía.

«Cálmate», murmuró.

«Te voy a contar una historia», dijo Caravaggio a Hana. «Érase una vez un húngaro llamado Almásy, que trabajó para los alemanes durante la guerra. Voló un tiempo con el Afrika Korps, pero era más valioso para otras tareas. En los años treinta, había sido uno de los grandes exploradores del desierto. Conocía todos los puntos donde había agua y había colaborado en la realización de los mapas del Mar de Arena. Lo sabía todo sobre el desierto. Lo sabía todo sobre los dialectos. ¿Te suena? Entre las dos guerras siempre estaba de expedición fuera de El Cairo. Una de ellas en busca de Zerzura: el oasis perdido. Después, cuando estalló la guerra, se unió a los alemanes. En 1941 pasó a hacer de guía para los espías, los llevaba por el desierto hasta El Cairo. Lo que pretendo decirte es que me parece que el paciente inglés no es inglés.»

«Claro que lo es. ¿Qué me dices de todos esos arriates de flores en Gloucestershire?»

«Precisamente. Todo ello constituye un telón de fondo perfecto. Anteanoche, cuando estábamos buscando un nombre para el perro. ¿Recuerdas?»

«Sí.»

«¿Cuáles fueron sus propuestas?»

«Estaba extraño esa noche.»

«Estaba muy extraño porque le di una dosis extra de morfina. ¿Recuerdas los nombres? Propuso unos ocho. Cinco de ellos eran bromas evidentes. Quedan tres: Cicerón, Zerzura, Dalila.»

«¿Y qué?»

«Cicerón era el nombre en clave de un espía. Los británicos lo descubrieron. Un agente doble y después triple que se escapó. Zerzura es más complicado.»

«Sé lo que es. Lo ha mencionado. También habla de jardines.»

«Pero ahora, más que nada, del desierto. El jardín inglés sale a relucir cada vez menos. Ese hombre se está muriendo. Creo que ahí arriba tienes al guía de espías Almásy.»

Estaban sentados en los viejos cestos de mimbre del lavadero y mirándose. Caravaggio se encogió de hombros. «Es posible.»

«Yo creo que es inglés», dijo Hana, al tiempo que se mordía los carrillos, como siempre que pensaba o examinaba algo relativo a ella.

«Sé que quieres a ese hombre, pero no es inglés. Al principio de la guerra, yo trabajé en El Cairo: el Eje de Trípoli. El espía Rebecca de Rommel...»

«¿Qué quieres decir con "el espía Rebecca"?»

«En 1942, antes de la batalla de El Alamein, los alemanes enviaron a un espía llamado Eppler a El Cairo. Utilizaba un ejemplar de la novela *Rebecca* de Daphne du Maurier como libro de claves para enviar mensajes a Rommel sobre los movimientos de tropas. Mira, se convirtió en libro de cabecera del Servicio de Inteligencia británico. Hasta yo lo leí.»

«¿Que tú leíste un libro?»

«Eres muy amable. El hombre que guió a Eppler por el desierto hasta El Cairo (desde Trípoli hasta El Cairo) por orden personal de Rommel era el conde Ladislaus de Almásy. Se suponía que nadie podía cruzar aquel trecho del desierto.

»Entre las dos guerras, Almásy tuvo amigos ingleses, grandes exploradores, pero, cuando estalló la guerra, se fue con los alemanes. Rommel le pidió que guiara a Eppler por el desierto hasta El Cairo, porque por avión o en paracaídas habría llamado demasiado la atención. Cruzó el desierto con ese tipo y lo dejó en el delta del Nilo.»

«Sabes mucho de todo eso.»

«Estuve destinado en El Cairo. Les seguíamos la pista. Desde Gialo guió a un grupo de ocho hombres por el desierto. Constantemente tenían que desembarrancar los camiones en los montículos de arena. Los dirigió hacia Uweinat y su meseta de granito para que pudiesen conseguir agua y refugiarse en las grutas. Era un punto que quedaba a mitad de camino. En los años treinta había descubierto allí grutas con pinturas rupestres, pero la meseta estaba infestada de Aliados y no podía utilizar los pozos que había en ella. Volvió a internarse en el desierto. Pillaron reservas de petróleo británicas para llenar sus depósitos. En el oasis de Jarga se vistieron con uniformes británicos y pusieron matrículas del ejército británico en sus vehículos. Cuando los divisaban desde el aire, se escondían en *wadis* y permanecían inmóviles por períodos de hasta tres días, asándose en la arena.

»Tardaron tres semanas en llegar a El Cairo. Almásy estrechó la mano a Eppler y se separó de él. A partir de ahí le perdimos la pista. Dio media vuelta y regresó solo al desierto. Creemos que volvió a cruzarlo, de vuelta hacia Trípoli, pero ésa fue la última vez que se lo vio. Los británicos acabaron deteniendo a Eppler y utilizaron el código Rebecca para enviar información falsa a Rommel sobre El Alamein.»

«Sigo sin creerlo, David.»

«El hombre que ayudó a atrapar a Eppler en El Cairo llevaba el nombre de Sansón.»

«Dalila.»

«Exactamente.»

«Tal vez sea Sansón.»

«Eso es lo que pensé al principio. Era muy parecido a Almásy. También era un enamorado del desierto. Había pasado la infancia en el Levante y conocía a los beduinos, pero lo que distinguía a Almásy es que sabía pilotar un avión. Estamos hablando de alguien que se estrelló con un avión. Ahí tenemos a ese hombre, irreconocible a consecuencia de las quemaduras, que, a saber cómo, acabó en manos de los ingleses en Pisa. Además, habla inglés a la perfección. Almásy fue a la escuela en Inglaterra. En El Cairo lo llamaban el espía inglés.»

Hana, sentada en la cesta, miraba a Caravaggio. Dijo: «Creo que debemos dejarlo tranquilo. No importa en qué bando estuviera, ¿no?»

«Me gustaría hablar más con él», respondió Caravaggio. «Cuando haya tomado más morfina. Soltarlo todo, los dos. ¿Entiendes? Para ver hasta dónde podemos llegar. Dalila, Zerzura. Vas a tener que darle una inyección alterada.»

«No, David. Estás demasiado obsesionado. No importa quién sea. Ya ha acabado la guerra.»

«Entonces lo haré yo. Prepararé un cóctel Brompton: morfina y alcohol. Lo inventaron en el Hospital Brompton de Londres para los pacientes con cáncer. No te preocupes, no lo matará. El cuerpo lo absorbe muy rápido. Puedo prepararlo con lo que tenemos. Dale a beber un sorbo. Después vuelves a darle morfina pura.»

Ella lo observaba sentado en el cesto: tenía la mirada clara y sonreía. Durante las últimas fases de la guerra, Caravaggio se había hecho, como tantos otros, ladrón de morfina. A las pocas horas de su llegada, ya había olfateado dónde tenía Hana el material médico. Ahora los tubitos de morfina —como tubos de dentífrico para muñecas, había pensado Hana la primera vez que los había visto y le habían parecido de lo más pintorescos— eran su fuente de aprovisionamiento. Llevaba en el bolsillo dos o tres durante todo el día y se los inyectaba en la carne. En cierta ocasión en que se lo había encontrado vomitando por haberse inyectado una dosis excesiva, acurrucado y temblando en uno de los rincones obscuros de la villa, alzó la vista y apenas si la reconoció. Había intentado hablar con él, pero se había limitado a mirarla fijamente. Había encontrado el botiquín de metal y lo había roto, a saber con qué fuerzas. En otra ocasión, en que el zapador se había hecho una raja en la palma de la mano con una verja de hierro, Caravaggio rompió la puntita de cristal con los dientes, chupó y escupió la morfina en la mano carmelita antes de que Kip supiese siquiera de qué se trataba. Kip lo apartó de un empujón con expresión indignada.

«Déjalo en paz. Es paciente mío.»

«No voy a hacerle daño. La morfina y el alcohol le quitarán el dolor.»

(3 cc. de cóctel Brompton. 15.00 horas.)

Caravaggio cogió el libro de las manos del paciente.

«Cuando te estrellaste en el desierto, ¿de dónde procedías?»

«Había salido del Gilf Kebir. Había ido allí a recoger a alguien, a finales de agosto de 1942.»

«¿Durante la guerra? Todo el mundo debía de haberse marchado ya.»

«Sí. Sólo había ejércitos.»

«El Gilf Kebir.»

«Sí.»

«¿Dónde está?»

«Dame el libro de Kipling... Mira...»

En el frontispicio de *Kim* había un mapa con una línea de puntos que representaba la ruta seguida por el muchacho y el Santo. Mostraba sólo una porción de la India, el Afganistán envuelto en sombras y Cachemira en la falda de las montañas.

Recorrió con su negra mano el río Numi hasta su desembocadura en el mar, por la latitud 23° 30'. Siguió deslizando el dedo diez centímetros al Oeste, fuera de la página, hasta su pecho; se tocó una costilla.

«Aquí, el Gilf Kebir, un poco al norte del Trópico de Cáncer, en la frontera entre Libia y Egipto.»

¿Qué ocurrió en 1942?

Había hecho el viaje hasta El Cairo y estaba de regreso. Me dirigía a Uweinat y, gracias a que recordaba los mapas antiguos, pude escabullirme entre las líneas enemigas y pasar por los escondrijos de petróleo y agua de la preguerra. Como iba solo, me resultaba más fácil. A un centenar de kilómetros del Gilf Kebir, el camión explotó y volcó y yo rodé automáticamente en la arena, pues no quería que me tocara una chispa. En el desierto siempre aterra el fuego.

El camión estalló, víctima probablemente de un sabotaje. Había espías entre los beduinos, cuyas caravanas seguían errando, como ciudades que transportaban especias, alojamientos y asesores gubernamentales a dondequiera que fuesen. En aquellos días de guerra, había constantemente ingleses y alemanes entre los beduinos.

Abandoné el camión y empecé a caminar hacia Uweinat, donde sabía que había un avión enterrado.

Espera. ¿Qué quieres decir con eso de un avión enterrado?

Madox tenía un avión viejo en los primeros tiempos, que había reducido a los elementos esenciales: el único extra era la burbuja cerrada de la carlinga, decisiva para los vuelos en el desierto. En el tiempo que pasamos juntos en el desierto, mientras dábamos vueltas los dos en torno a aquel chisme atado con cuerdas y teorizábamos sobre cómo planeaba o giraba con el viento, me había enseñado a pilotar.

Cuando Clifton llegó con su avión —*Rupert*—, el viejo aparato de Madox se quedó donde estaba, cubierto con una lona y fijado al suelo en uno de los huecos de Uweinat. Durante los años siguientes se fue acumulando arena sobre él. Ninguno de nosotros pensaba volver a verlo. Era otra víctima del desierto. Unos meses después, cuando pasamos por el barranco septentrional, ya ni siquiera se veía su silueta. Entonces ya había aterrizado en nuestra historia el avión, diez años más joven, de Clifton.

Entonces, ¿fuiste caminando hasta donde se encontraba?

Sí, cuatro noches de caminata. Había dejado a aquel hombre en El Cairo y había vuelto al desierto. Por todas partes había guerra. De repente había «bandos». Bermann, Bagnol, Slatin Pasha —que en diferentes ocasiones se habían salvado la vida mutuamente— estaban ahora en bandos opuestos.

Caminé hacia Uweinat. Llegué hacia el mediodía y subí a las grutas de la meseta. Por encima del pozo llamado Ain Dua.

«Caravaggio cree saber quién eres», dijo Hana.

El hombre acostado no dijo nada.

«Dice que no eres inglés. Trabajó por un tiempo para los servicios de inteligencia en El Cairo y en Italia, hasta que lo capturaron. Mi familia conocía a Caravaggio antes de la guerra. Era un ladrón. Creía en "el movimiento de las cosas". Algunos ladrones son coleccionistas, como algunos de los exploradores que tú desprecias, como algunos hombres con las mujeres y algunas mujeres con los hombres, pero Caravaggio no era de ésos. Era demasiado curioso y espléndido para triunfar como ladrón. La mitad de las cosas que robaba nunca llegaban a casa. Le parece que no eres inglés.»

Mientras hablaba, observaba su inmovilidad; no parecía escuchar con atención lo que ella decía, sólo su pensamiento distante: con la misma expresión pensativa con que Duke Ellington interpretaba *Solitude*.

Dejó de hablar.

Llegó al pozo profundo llamado Ain Dua. Se quitó toda la ropa y la remojó en el pozo, metió la cabeza y después su delgado cuerpo en el agua azul. Tenía los miembros exhaustos por las cuatro noches de caminata. Extendió la ropa en las rocas y siguió ascendiendo por los cantos rodados, alejándose del desierto, que entonces, en 1942, era un vasto campo de batalla y se metió desnudo en la obscuridad de la gruta.

Se encontró entre las pinturas que había descubierto años atrás: jirafas, ganado, los hombres con los brazos alzados y un tocado de plumas, varias figuras en la inconfundible postura de nadadores. Bermann había estado en lo cierto al hablar de la existencia de un lago antiguo. Penetró aún más en el frescor, en la Gruta de los Nadadores, donde la había dejado. Aún seguía allí. Se había arrastrado hasta un rincón, se había envuelto en la tela del paracaídas. Él había prometido volver a recogerla.

Él habría preferido morir en una gruta, en su intimidad, con los nadadores en la roca alrededor de ellos. Bermann le había contado que en los jardines asiáticos podías mirar una roca e imaginar agua, contemplar un estanque inmóvil y creer que era tan duro como una roca, pero ella se había criado dentro de jardines, entre la humedad, con palabras como *espaldar* y *erizo*. Su pasión por el desierto era temporal. Había llegado a amar su austeridad gracias a él, pues quería entender por qué se sentía él tan a gusto en su soledad. Ella se sentía siempre más contenta en la lluvia, en baños saturados de vapor, en la humedad del sueño, como en aquella noche de lluvia en El Cairo en que se había retirado de la ventana de su cuarto y sin secarse se había puesto la ropa para retener la humedad, de igual modo que adoraba las tradiciones familiares, la etiqueta y los poemas antiguos que sabía de memoria. Habría detestado morir sin un nombre. Para ella, había una línea tangible que se remontaba hasta sus antepasados, mientras que él había borrado la senda de la que procedía. Se sentía asombrado de que ella lo hubiera amado, pese a la importancia que él atribuía al anonimato.

Estaba tumbada boca arriba, en la posición en que yacen los muertos medievales.

Me acerqué desnudo a su cuerpo, como lo habría hecho en un cuarto de la zona meridional de El Cairo, con el deseo de desnudarla, aún con el deseo de amarla.

¿Qué tiene de terrible lo que hice? ¿Acaso no perdonamos todo a un amante? Perdonamos el egoísmo, el deseo, el engaño, siempre y cuando seamos la causa de ello. Se puede hacer el amor a una mujer con un brazo roto o con fiebre. En cierta ocasión ella me chupó la sangre de un corte en la mano, como yo había probado y tragado su sangre menstrual. Hay palabras europeas que no pueden traducirse correctamente a otra lengua. *Félhomály*: el polvo de las tumbas, con la connotación de intimidad entre los muertos y los vivos en ellas.

La cogí en brazos y la levanté de la repisa del sueño. Parecía vestida de telarañas. Perturbé todo aquello.

La saqué al sol. Me vestí. Mi ropa estaba seca y rígida por el calor de las piedras.

Con las manos juntas formé una silla para que descansara. En cuanto llegué a la arena, le di la vuelta para que mirara hacia abajo sobre mi hombro. Noté que pesaba tan poco como una pluma. Estaba acostumbrado a tenerla así, en mis brazos, a verla girando a mi alrededor en mi cuarto como un reflejo humano del ventilador, con los brazos extendidos y los dedos como estrellas de mar.

Avanzamos así hacia el barranco septentrional, donde estaba enterrado el avión. No necesitaba un mapa. Llevaba conmigo el depósito de combustible que había acarreado desde el camión volcado, porque tres años antes nos habíamos visto impotentes sin él.

«¿Qué ocurrió tres años antes?»

«Ella resultó herida. En 1939. Su marido había estrellado el avión. Lo había planeado como un suicidio-asesinato que acabaría con los tres. En aquella época ni siquiera éramos amantes. Supongo que le habrían llegado rumores de nuestra historia.»

«Entonces, ¿sus heridas eran demasiado graves y no podías llevártela contigo?»

«Sí. La única posibilidad de salvarla era la de que yo intentara conseguir ayuda solo.»

En la gruta, tras todos aquellos meses de desesperación e ira, se habían sentido unidos y habían hablado una vez más como amantes, habían apartado rodando la roca que habían colocado entre ellos en aras de una ley social en la que ninguno de los dos creía.

En el jardín botánico, ella se había golpeado la cabeza contra un poste de la entrada, como señal de determinación y furia. Demasiado orgullosa para ser una amante, un secreto. No quería que hubiera compartimentos en su mundo. Él había vuelto hasta ella con un dedo alzado: *Todavía no te echo de menos.*

Ya llegará.

Durante los meses de separación él se había vuelto cada vez más resentido y suficiente. La rehuía. No podía soportar la calma de ella, cuando lo veía. Si telefoneaba a su casa y hablaba con su marido, oía su risa en el fondo. En público ella tenía un encanto que tentaba a todo el mundo. Eso era algo que había adorado de ella. Ahora empezaba a no confiar en nada.

Sospechaba que lo había substituido por otro amante. Interpretaba todos y cada uno de sus gestos como una promesa secreta. En cierta ocasión ella cogió de las solapas de la chaqueta a Roundell en un vestíbulo y lo zarandeó, al tiempo que se reía de algo que le había susurrado, y él siguió durante dos días al inocente funcionario para ver si había algo más entre ellos. Ya no confiaba en las últimas muestras de cariño de ella. O estaba con él o contra él. Estaba contra él. No podía soportar ni siquiera las sonrisas indecisas que le dedicaba. Si ella le pasaba una copa, no la bebía. Si en una cena le indicaba un cuenco en el que flotaba un lirio del Nilo, apartaba la mirada. Otra simple flor de los cojones. Ella tenía un nuevo grupo de íntimos que excluían a él y a su marido. Ninguna vuelve con su marido. Del amor y la naturaleza humana sabía por lo menos eso.

Compró papeles de fumar de color carmelita y los pegó en las secciones de las *Historias* relativas a guerras que no le interesaban. Anotó todos los argumentos de ella contra él: pegados en el libro, con lo que él quedaba reducido a la voz del observador, del oyente, en tercera persona.

Durante los últimos días antes de la guerra, había ido por última vez al Gilf Kebir para levantar el campamento. Su marido debía recogerlo. El marido al que habían querido los dos antes de empezar a quererse.

Clifton voló el día señalado hasta Uweinat para recogerlo y sobrevoló el oasis perdido a tan poca altura, que los arbustos de acacia perdían las hojas al paso del avión, el Moth, que se metía en las depresiones, mientras él le hacía señales con una lona azul desde el risco más alto. Después el avión giró hacia abajo y se dirigió recto hacia él y luego se estrelló en la tierra a cincuenta metros de distancia. Una línea de humo azul se elevó en espiral del tren de aterrizaje. No hubo fuego.

Un marido enloquecido, que los mataba a todos. Se mataba y mataba a su mujer... y a él, dado que ya no había posibilidad de salir del desierto.

Sólo, que ella no había muerto. Él liberó su cuerpo, lo sacó de las estrujadas garras del avión, las garras de su marido.

¿Cómo es que llegaste a odiarme?, susurró ella en la Gruta de los Nadadores, sobreponiéndose al dolor que le causaban las heridas: una muñeca rota, costillas destrozadas. Te portaste muy mal conmigo. Entonces fue cuando mi marido sospechó de ti. Todavía detesto eso en ti: que desaparezcas en desiertos o bares.

Tú me dejaste a mí en el parque Groppi.

Porque tú sólo me querías así.

Porque tú dijiste que tu marido se iba a volver loco y la verdad es que enloqueció.

No por mucho tiempo. Yo enloquecí antes que él, me dejaste muerta por dentro. Bésame, anda. Deja de defenderte. Bésame y llámame por mi nombre.

Sus cuerpos se habían juntado entre perfumes, entre el sudor, ansiosos por entrar bajo esa fina película con la lengua o los dientes, como si los dos pudieran captar ahí la personalidad y arrancársela mutuamente durante los abrazos amorosos.

Ahora no había talco en el brazo de ella ni agua de rosas en su muslo.

Te consideras un iconoclasta, pero no lo eres. Te limitas a marcharte a otro sitio o substituir lo que se te niega. Si fracasas en algo, te retiras y te dedicas a otra cosa. Nada te cambia. ¿Cuántas mujeres has tenido? Te dejé porque sabía que nunca podría cambiarte. A veces te quedabas tan inmóvil en el cuarto, tan mudo, como si la mayor traición a ti mismo fuera revelar otro mínimo rasgo de tu carácter.

En la Gruta de los Nadadores hablamos. Estábamos a sólo dos grados de latitud de Kufra, lugar seguro.

Hizo una pausa y alargó la mano. Caravaggio colocó una tableta de morfina en su negra palma, que desapareció en la obscura boca del paciente inglés.

Crucé el lecho seco del lago hacia el oasis de Kufra y sólo llevaba conmigo ropa para protegerme del calor y del frío nocturno, dejé hasta mi Heródoto con ella. Y tres años después, en 1942, me dirigí hacia el avión enterrado cargando con su cuerpo como si fuera la armadura de un caballero.

En el desierto, las herramientas para la supervivencia están bajo tierra: grutas troglodíticas, agua depositada en una planta enterrada, armas, un avión. A 25 grados de longitud y 23 de latitud, excavé en busca de la lona y fue apareciendo el viejo avión de Madox. Era de noche y, pese al aire frío, estaba sudando. Me acerqué a ella con la lámpara de petróleo y me senté un rato, junto a la silueta de su seña de asentimiento. Dos amantes y el desierto: luz de las estrellas o de la Luna, no recuerdo. En todos los demás sitios había guerra.

Salió de la arena el avión. No había comido nada y me sentía débil. La lona era tan pesada, que no pude apartarla, tuve que cortarla.

Por la mañana, después de dormir dos horas, la trasladé a la carlinga. Arranqué el motor y se puso en marcha. Avanzamos y después nos lanzamos, con años de retraso, hacia el cielo.

La voz calló. El hombre quemado miraba hacia adelante con la concentración inducida por la morfina.

Ahora tenía el avión a la vista. Su lenta voz lo hacía elevarse con esfuerzo por encima de la tierra, el motor tenía fallos, como si le faltara algún diente en el engranaje, y el sudario de ella se desplegaba en el aire de la ruidosa carlinga, un estruendo terrible después de tantos días de caminar en silencio. Bajó la vista y vio que le caía aceite en las rodillas. Una rama se soltó de la blusa de ella: acacia y hueso. ¿A qué altura volaría por encima de la tierra? ¿A qué profundidad por debajo del cielo?

El tren de aterrizaje rozó la cresta de una palmera, por lo que lo hizo ascender, el aceite se deslizó sobre el asiento y el cuerpo de ella resbaló y se hundió en él. Saltó una chispa de un corto circuito y las ramitas en una de las rodillas de ella se prendieron. Volvió a colocarla derecha en el asiento contiguo al suyo. Empujó con las manos el cristal de la carlinga, pero éste no se movió. Se puso a dar puñetazos, lo agrietó y después lo rompió y el aceite y el fuego se derramaron y extendieron por todos lados. ¿A qué profundidad se encontraba por debajo del cielo? Ella se desplomó: ramitas y hojas de acacia, las ramas que habían recibido forma de brazos se desprendían a su alrededor. Sus miembros empezaban a desaparecer absorbidos por el aire. Su lengua olía a morfina. Caravaggio se reflejaba en el negro lago de sus ojos. Ahora subía y bajaba como un cubo de pozo. Tenía sangre por toda la cara. Volaba en un avión carcomido, las lonas de las alas se desgarraban con la velocidad. Eran carroña. ¿Qué distancia había recorrido desde que había rozado la palmera? ¿Cuánto tiempo hacía? Intentó levantar las piernas del aceite, pero pesaban demasiado. En modo alguno podría volver a levantarlas. Estaba viejo de repente, cansado de vivir sin ella. No podía tumbarse en sus brazos y confiar en que ella velara todo el día y toda la noche, mientras él dormía. No tenía a nadie. Estaba exhausto, no por el desierto, sino por la soledad. Madox desaparecido, la mujer metamorfoseada en hojas y ramitas, el cristal roto por el que se veía el cielo como una mandíbula por encima de él.

Se deslizó en el arnés del paracaídas empapado de aceite y giró el avión boca abajo y, tras vencer la resistencia del viento, salió por entre el cristal roto. Después tenía las piernas completamente libres y estaba en el aire, brillante, sin saber por qué, hasta que comprendió que estaba ardiendo.

Hana oía las voces en el cuarto del paciente inglés y se quedó en el pasillo para intentar captar lo que decían.

¿Qué tal es?
¡Maravillosa!
Ahora me toca a mí.
¡Ah! Espléndida, espléndida.
El invento más extraordinario.
Un gran descubrimiento, joven.

Cuando entró, vio a Kip y al paciente inglés pasándose un bote de leche condensada. El inglés chupaba el bote y después lo apartaba para mascar el espeso líquido. Sonreía alegre a Kip, que parecía irritado por no tenerla en su poder. El zapador miró a Hana, se cernió sobre la cama, chasqueó los dedos un par de veces y por fin logró apartar la lata del rostro obscuro.

«Hemos descubierto un placer que compartimos, el muchacho y yo: yo en mis viajes por Egipto; él, en la India.»

«¿Has tomado alguna vez bocadillos de leche condensada?», preguntó el zapador.

Hana miraba primero a uno y luego al otro.

Kip miró el interior del bote. «Voy a buscar otro», dijo y salió del cuarto.

Hana miró al hombre acostado.

«Kip y yo somos bastardos internacionales: nacimos en un lugar y nos fuimos a vivir en otro. Hemos pasado toda la vida luchando para volver a nuestra patria o alejarnos de ella, si bien Kip aún no lo reconoce. Por eso nos llevamos tan bien.»

En la cocina, Kip hizo dos agujeros con la bayoneta, que ahora utilizaba cada vez más —se daba cuenta— sólo para eso, en el nuevo bote de leche condensada y volvió corriendo a la alcoba.

«Debes de haberte criado en otra parte», dijo el zapador. «Los ingleses no lo chupan así.»

«Viví varios años en el desierto. Allí aprendí todo lo que sé. Todo lo importante que me ha sucedido en mi vida me sucedió en el desierto.» Sonrió a Hana. «Uno me suministra morfina; el otro, leche condensada. ¡Tal vez hayamos descubierto una dieta equilibrada!» Se volvió hacia Kip. «¿Cuánto tiempo llevas de zapador?»

«Cinco años: la mayor parte en Londres, después en Italia con las unidades de artificieros.»

«¿Quién fue tu profesor?»

«Un inglés en Woolwich, estaba considerado un excéntrico.»

«El mejor tipo de profesor. Debió de ser Lord Suffolk. ¿Conociste a Miss Morden?»

«Sí.»

En ningún momento intentaron hacer participar a Hana en la conversación, pero ella quería oírle hablar de su profesor, ver cómo lo describiría.

«¿Cómo era, Kip?»

«Trabajaba en investigación científica. Dirigía una unidad experimental. Miss Morden, su secretaria, estaba siempre con él, y también su conductor, Mr. Fred Harts. Miss Morden tomaba notas, que él le dictaba, mientras trabajaba con una bomba, y Mr. Harts lo ayudaba con los instrumentos. Era un hombre extraordinario. Los llamaban la Santísima Trinidad. En 1941 volaron por los aires, los tres: en Erith.»

Hana miró al zapador recostado contra la pared, con un pie levantado y la suela de la bota contra un arbusto pintado. No tenía la menor expresión de tristeza, nada que interpretar.

Algunos hombres habían desatado el último lazo de su vida en sus brazos. En la ciudad de Anghiari había levantado a hombres vivos para descubrir que ya los estaban consumiendo los gusanos. En Ortona había llevado cigarrillos a la boca del muchacho sin brazos. Nada la había detenido. Había continuado con sus obligaciones, mientras apartaba su yo en secreto. Muchas enfermeras, enfundadas en sus uniformes amarillos y carmesíes con botones de hueso, se habían convertido en criadas de la guerra, emocionalmente desequilibradas.

Vio a Kip apoyar la cabeza contra la pared. Conocía la expresión neutra de su rostro, sabía interpretarla.

VII

In situ

Westbury, Inglaterra, 1940

Kirpal Singh se puso de pie en el punto del lomo del caballo en el que debería haber estado la silla de montar. Al principio se limitó a permanecer de pie en el lomo del caballo y detenerse a saludar a quienes no podía ver, pero estarían mirándolo, lo sabía. Lord Suffolk lo observó con los prismáticos y vio al joven saludar con los dos brazos en alto.

Después bajó por el gigantesco y blanco caballo de creta de Westbury, por la blancura del caballo labrado en la colina. Ahora era una figura negra, pues el fondo intensificaba la obscuridad de su piel y su uniforme caqui. Si los prismáticos estaban bien enfocados, lord Suffolk vería la fina línea del cordón rojo en el hombro de Singh, que indicaba su unidad de zapadores. A ellos debía de parecerles que bajaba por un mapa de papel recortado en forma de animal, pero Singh sólo tenía conciencia de sus botas, que arañaban la áspera creta blanca, al bajar la pendiente.

También Miss Morden bajaba despacio, tras él, la colina, con una mochila al hombro y apoyándose en una sombrilla plegada. Se detuvo a tres metros del caballo, abrió la sombrilla y se sentó a su sombra. Después abrió sus cuadernos de notas.

«¿Me oye?», preguntó Singh.

«Sí, perfectamente.» Se limpió la creta de las manos con la falda y se ajustó las gafas. Alzó la vista a lo lejos, como había hecho Singh, y saludó a quienes no podía ver.

Singh la apreciaba. En efecto, era la primera inglesa con la que había hablado de verdad desde que había llegado a Inglaterra. Había pasado la mayor parte del tiempo en el cuartel de Woolwich. En los tres meses que llevaba allí sólo había conocido a otros indios y a oficiales ingleses. En la cantina de la naafi una mujer respondía, si se le hacía una pregunta, pero las conversaciones con las mujeres se limitaban a dos o tres frases.

Era el segundo hijo. El hijo mayor iba al ejército, el segundo se hacía médico y el siguiente comerciante, una antigua tradición en su familia, pero todo había cambiado con la guerra. Se incorporó a un regimiento sij y lo enviaron a Inglaterra. Después de los primeros meses en Londres, se había ofrecido voluntario para una unidad de ingenieros destinada a la desactivación de las bombas de acción retardada y las que no hubieran estallado. En 1939 las órdenes de las autoridades eran ingenuas: *De las bombas que no hayan estallado se hará cargo el Ministerio del Interior, que encargará su recogida a agentes del arp y de la policía para que las entreguen en los depósitos oportunos, donde miembros de las fuerzas armadas las detonarán en su momento.*

Hasta 1940 no se encargó el Ministerio de la Guerra de la desactivación de bombas, tarea que después delegó, a su vez, en el Real Cuerpo de Ingenieros. Se crearon veinticinco unidades de artificieros. Carecían de equipo técnico y sólo disponían de martillos, escoplos y herramientas de peones camineros. No había especialistas.

Una bomba se compone de las siguientes partes:
1. Un recipiente o caja de la bomba.
2. Una espoleta.
3. Una carga de iniciación o multiplicador.
4. Una carga principal de explosivo instantáneo.
5. Accesorios superestructurales: aletas, agarraderas, Kopfrings, *etcétera.*

El ochenta por ciento de las bombas arrojadas por aviones sobre Gran Bretaña eran de paredes finas, bombas de uso general. Por lo general, pesaban entre cincuenta y cien kilos. Las bombas de una tonelada se llamaban *Hermann* o *Esau*; las de dos toneladas, *Satán*.

Después de las largas jornadas de adiestramiento, Singh se quedaba dormido con los diagramas y los gráficos en las manos. Entraba medio dormido en el laberinto de un cilindro, pasaba junto al ácido pícrico, el multiplicador y los condensadores y llegaba a la espoleta, en lo más profundo del cuerpo principal. Entonces se despertaba de repente.

Cuando una bomba daba en el blanco, la resistencia hacía que un temblador activara y encendiera el fulminante de la espoleta. La miniexplosión saltaba al multiplicador y hacía que la pentrita detonara, lo que liberaba el ácido pícrico, que, a su vez, explosionaba la carga principal de TNT, amatol y polvo de aluminio. El trayecto desde el temblador hasta la explosión duraba un microsegundo.

Las bombas más peligrosas eran las lanzadas desde baja altitud, pues no se activaban hasta que tocaban el suelo. Esas bombas no detonadas quedaban enterradas en las ciudades y los campos y permanecían inactivas hasta que algo —el bastón de un agricultor, la rueda de un coche, el choque de una pelota de tenis contra la caja— activaba los contactos y estallaban.

Singh fue trasladado en un camión con los demás voluntarios al Departamento de Investigación de Woolwich. En aquella época el porcentaje de víctimas en las unidades de artificieros era espantosamente elevado, si tenemos en cuenta que había muy pocas bombas que no explotasen. En 1940, después de que Francia cayera y Gran Bretaña se encontrara en estado de sitio, la situación empeoró.

Los bombardeos comenzaron en agosto y de repente, en un mes, hubo que hacerse cargo de 2.500 bombas que no habían estallado. Se cerraron carreteras, se abandonaron fábricas. En septiembre, el número de bombas activas había llegado a 3.700. Se crearon cien nuevas brigadas de artificieros, pero aún no se entendía cómo funcionaban las bombas. La esperanza de vida en esas unidades era de diez semanas.

Fue la época heroica de la desactivación, un período de proezas individuales, en el que la urgencia y la falta de conocimientos y equipo hacía que se corrieran riesgos fantásticos. (...) Sin embargo, fue una época heroica cuyos protagonistas permanecieron en la obscuridad, pues por razones de seguridad se ocultaban al público sus acciones. Evidentemente, no era conveniente publicar informes que podían ayudar al enemigo a calibrar la capacidad para afrontar las bombas.

En el coche, camino de Westbury, Singh se había sentado en el asiento delantero con Mr. Harts, mientras que Miss Morden iba detrás con Lord Suffolk. El Humber pintado de caqui era famoso. Los guardabarros estaban pintados de un rojo vivo —como todos los vehículos de las unidades de artificieros— y por la noche un filtro azul cubría el faro de posición izquierdo. Dos días antes, un hombre que pasó cerca del famoso caballo de creta en los Downs había volado por los aires. Cuando los ingenieros llegaron al lugar, descubrieron que otra bomba había aterrizado en el centro de aquel paraje histórico: en el estómago del gigantesco caballo blanco de Westbury, labrado en las onduladas colinas de creta en 1778. Poco después de aquel suceso, todos los caballos de creta de los Downs —había siete— habían quedado cubiertos con redes de camuflaje, no tanto para protegerlos cuanto para que dejaran de ser evidentes puntos de referencia para las incursiones de los bombarderos sobre Inglaterra.

En el asiento trasero, Lord Suffolk iba hablando sobre la migración de los petirrojos desde las zonas de guerra de Europa, la historia de la desactivación de bombas, la crema de Devon. Informaba al joven sij sobre las costumbres de Inglaterra, como si fuera una cultura recién descubierta. Pese a ser Lord Suffolk, vivía en Devon y hasta el estallido de la guerra su pasión había sido el estudio de *Lorna Doone* y la profunda autenticidad histórica y geográfica de esa novela. Pasaba la mayoría de los inviernos recorriendo las aldeas de Brandon y Porlock y había convencido a las autoridades de que Exmoor era un lugar ideal para el adiestramiento de los artificieros. Tenía a sus órdenes a doce hombres, talentos procedentes

de diversas unidades de zapadores e ingenieros, y Singh
era uno de ellos. Pasaban la mayor parte de la semana en
el Richmond Park de Londres, donde mientras los gamos
corrían a su alrededor, les enseñaban los nuevos métodos
de desactivación o trabajaban con bombas no detonadas,
pero los fines de semana iban a Exmoor, donde seguían
recibiendo formación por el día y después lord Suffolk los
llevaba a la iglesia en la que habían disparado a Lorna
Doone durante la ceremonia de su boda. «Le dispararon
desde esta ventana o desde la puerta trasera... cuando avanzaba por la nave lateral... y le acertaron en el hombro. Un
disparo espléndido, la verdad, si bien reprensible, desde
luego. El criminal fue atrapado en los brezales y des-
cuartizado.» A Singh le recordó a uno de los cuentos
indios que conocía.

El amigo más íntimo de Lord Suffolk en esa región
era una mujer aviadora que odiaba la sociedad, pero apreciaba a Lord Suffolk. Iban a cazar juntos. Vivía en una casi-
ta de campo en Countisbury, sobre un acantilado desde el
que se dominaba el canal de Bristol. Lord Suffolk les describía los detalles pintorescos de cada aldea por la que pasaban con el Humber. «Éste es el sitio ideal para comprar
bastones de endrino.» Como si Singh estuviera pensando
en entrar, con su uniforme y su turbante, en la tienda estilo Tudor de la esquina para ponerse a charlar, como si tal
cosa, sobre bastones con los propietarios. Más adelante
dijo a Hana que lord Suffolk era el inglés más inglés y mejor
que había conocido. Si no hubiera habido guerra, nunca
se habría animado a salir de Countisbury y de su retiro,
llamado Home Farm, donde, a sus cincuenta años, casado,
pero con carácter esencialmente de soltero, meditaba,

mientras envejecía, junto con el vino y las moscas del antiguo lavadero, y recorría todos los días los farallones para ir a visitar a su amiga aviadora. Le gustaba reparar aparatos: viejas tinas de lavandería, generadores para instalaciones de fontanería o asadores accionados por ruedas hidráulicas. Había estado ayudando a Miss Swift, la aviadora, a acopiar información sobre los hábitos de los tejones.

Así, pues, el trayecto hasta el caballo de creta de Westbury estuvo jalonado de anécdotas e informaciones. Incluso en guerra Lord Suffolk conocía el mejor sitio para parar a tomar el té. Entró con mucha solemnidad en el Salón de Té de Pamela, con un brazo en cabestrillo resultante de un accidente con fulmicotón, e introdujo a los miembros de su clan —secretaria, conductor y zapador—, como si fueran sus hijos. Nadie sabía exactamente cómo había convencido al comité encargado de las bombas no detonadas para que le permitiera crear su equipo experimental de artificieros, pero con sus antecedentes de inventor probablemente tuviese más cualidades que nadie para ello. Era un autodidacta y estaba convencido de que podía entender los motivos y los principios que inspiraban cualquier invento. Había inventado enseguida una camisa con bolsillos que permitía al zapador en pleno trabajo tener espoletas y accesorios al alcance de la mano.

Tomaron el té y esperaron a que les trajeran los bollos charlando sobre la desactivación de bombas *in situ*.

«Sabe usted, señor Singh, que le tengo confianza, ¿verdad?»

«Sí, señor.» Singh lo adoraba. En su opinión, Lord Suffolk era el primer caballero auténtico que había conocido en Inglaterra.

«Ya sabe que lo considero apto para hacerlo tan bien como yo. Miss Morden lo acompañará para tomar notas. Mr. Harts estará un poco más atrás. Si necesita más equipo o más fuerza, toque el silbato de policía y se le unirá. No da consejos, pero entiende perfectamente. Si se niega a hacer algo, querrá decir que no está de acuerdo con usted y yo seguiría su consejo, pero tiene usted autoridad total *in situ*. Aquí tiene mi pistola. Ahora probablemente sean más complejas las espoletas, pero, nunca se sabe, podría acompañarlo la suerte.»

Lord Suffolk se refería a un incidente que lo había hecho famoso. Había descubierto un método para inhibir la espoleta de una bomba de acción retardada: sacaba su revólver reglamentario y disparaba a la cabeza de la espoleta, con lo que detenía el movimiento del aparato de relojería. Cuando los alemanes introdujeron una nueva espoleta en la que la parte superior estaba ocupada por la cápsula de percusión y no por el aparato de relojería, se abandonó aquel método.

Kirpal Singh nunca olvidaría la amistad que se le había brindado. Desde que había entrado en filas, había pasado la mitad del período de guerra en la estela de aquel *lord* que nunca había salido de Inglaterra y, una vez acabada la guerra, no pensaba salir nunca de Countisbury. Cuando Singh había llegado a Inglaterra, tan lejos de su familia en Punjab, no conocía a nadie. Tenía veintiún años y no había conocido a nadie, salvo soldados. Por eso, cuando leyó el anuncio en el que se pedían voluntarios para una brigada experimental de artificieros, pese a haber oído a otros zapadores hablar de lord Suffolk como de un loco, ya había llegado a la conclusión de que en una guerra había que hacerse con el control y junto a una personalidad o un individuo había más posibilidades de elección y superviviencia.

Era el único indio entre los candidatos. Como Lord Suffolk se retrasó, la secretaria condujo a los quince a la biblioteca y les pidió que esperaran. Ella se quedó en el escritorio, copiando nombres, mientras los soldados hacían bromas sobre la entrevista y el examen. No conocía a nadie. Singh se acercó a una pared y observó un barómetro, estuvo a punto de tocarlo, pero se contuvo y se limitó a acercar la cara junto a él. *Muy seco, buen tiempo, tormenta.* Susurró las palabras para sus adentros con su nueva pronunciación inglesa. Se volvió a mirar a los otros, paseó la mirada por la sala y se cruzó con la de la secretaria de mediana edad, quien lo miró con expresión severa. Un muchacho indio. Él sonrió y se acercó a las estanterías. Tampoco tocó nada. En determinado momento acercó la nariz a un volumen titulado *Raymond o la vida y la muerte de sir Oliver Hodge*. Encontró otro título similar: *Pierre o las ambigüedades*. Se volvió y vio que la mujer tenía otra vez los ojos clavados en él. Se sintió tan culpable como si se hubiera metido el libro en el bolsillo. Probablemente fuese la primera vez que ella veía un turbante. ¡Hay que ver cómo son los ingleses! Les parece normal que luches por ellos, pero se niegan a hablarte. Singh y las ambigüedades.

Durante el almuerzo conocieron a un Lord Suffolk muy campechano, que sirvió vino a todos los que lo desearon y rió con ganas de todos los chistes de los reclutas. Por la tarde todos fueron sometidos a un examen extraño, consistente en volver a montar una pieza de maquinaria sin información previa sobre su función. Les dieron dos horas, pero podían salir en cuanto hubieran resuelto el problema. Singh acabó el examen rápidamente, pero pasó el resto del tiempo inventando otros objetos que podían hacerse con los diversos componentes. Tuvo la sensación de que, de no ser por su raza, sería fácil que lo admitiesen. Procedía de un país en el que las matemáticas y la mecánica eran capacidades innatas. Nunca se destruían los coches. Se cogían las piezas y se readaptaban en una máquina de coser o una bomba de agua de la misma aldea. Se volvía a tapizar el asiento trasero de un Ford y se lo convertía en un sofá. La mayoría de los habitantes de su aldea llevaban encima con más probabilidad una llave inglesa o un destornillador que un lápiz. De modo que las piezas no imprescindibles de un coche pasaban a formar parte del reloj de pared de un abuelo, de una polea para riego o del mecanismo de rotación de una silla de oficina. Se encontraban con facilidad antídotos para los desastres mecanizados. No se enfriaba un motor recalentado con nuevos manguitos de goma, sino recogiendo excremento de vaca y aplicándolo en torno al condensador. Con la superabundancia de piezas que vio en Inglaterra se habría podido mantener en marcha el continente indio durante doscientos años.

Fue uno de los tres candidatos seleccionados por lord Suffolk. Aquel hombre que no le había hablado (y no se había reído con él, por la sencilla razón de que no había hecho ningún chiste) cruzó la sala y le pasó el brazo por el hombro. La severa secretaria resultó ser Miss Morden, quien acudió con una bandeja y dos grandes copas de jerez, entregó una a Lord Suffolk y, tras decir: «Sé que usted no bebe», se quedó con la otra y, al tiempo que brindaba por Singh, le dijo: «Enhorabuena, su examen ha sido espléndido, si bien, antes de que lo hiciera, ya estaba segura de que iba a resultar usted seleccionado.»

«Miss Morden tiene un don para apreciar el carácter de las personas. Tiene olfato para reconocer a las personas brillantes y con carácter.»

«¿Carácter, señor?»

«Sí. Desde luego, no es necesario, en realidad, pero es que vamos a trabajar juntos. Aquí somos en muchos sentidos como una familia y antes del almuerzo Miss Morden ya lo había seleccionado a usted.»

«He tenido que hacer un gran esfuerzo para no guiñarle un ojo, Mr. Singh.»

Lord Suffolk volvió a pasar el brazo por el hombro de Singh y lo llevó hasta la ventana.

«He pensado que, como no tenemos que empezar hasta mediados de la próxima semana, me gustaría invitar a algunos miembros de la unidad a visitar mi Home Farm. En Devon podremos compartir nuestros conocimientos y conocernos mejor. Puede usted venir con nosotros en el Humber.»

De modo que había conseguido el ingreso y se había liberado de la caótica maquinaria de la guerra. Después de un año en el extranjero, entró en una familia, como si fuera el hijo pródigo de regreso, le ofrecieron un puesto a la mesa y le brindaron conversación.

Cuando cruzaron las lindes de Somerset y entraron en Devon por la carretera costera que dominaba el canal de Bristol, era casi de noche. Mr. Harts se internó por la estrecha senda bordeada de brezo y rododendros, que la mortecina luz teñía de púrpura. La distancia hasta la casa era de cuatro kilómetros.

Aparte de la trinidad formada por Suffolk, Morden y Harts, había seis zapadores, que componían la unidad. Durante el fin de semana se pasearon por los brezales en torno a la casa de piedra. Miss Swift, la aviadora, que se había unido a Miss Morden, Lord Suffolk y su esposa, dijo a Singh que siempre había deseado sobrevolar la India. Singh, alejado de su cuartel, no tenía idea de dónde se encontraba. En lo alto del techo había un mapa enrollado. Una mañana en que estaba solo, desplegó el mapa hasta tocar el suelo. *Countisbury y su región. Cartografiado por R. Fornes. Trazado por encargo de Mr. James Halliday.*

«Trazado por encargo de...» Los ingleses estaban empezando a encantarle.

Estaba con Hana en la tienda nocturna, cuando le contó la explosión en Erith. Una bomba de 250 kilos estalló en el momento en que Lord Suffolk intentaba desactivarla. Mató también a Mr. Fred Harts y Miss Morden y a cuatro zapadores a los que lord Suffolk estaba adiestrando. Corría mayo de 1941. Singh llevaba un año en la unidad de Suffolk. Aquel día estaba trabajando con el teniente Blackler, desactivando una bomba *Satán* en la zona de Elephant and Castle. Habían estado trabajando juntos con la bomba de dos toneladas y estaban exhaustos. Recordó que en plena tarea había levantado la vista y había visto a dos oficiales de artificieros que lo señalaban y se había preguntado qué sucedería. Probablemente significara que habían encontrado otra bomba. Eran más de las diez de la noche y estaba peligrosamente cansado. Había otra esperándolo. Reanudó su tarea.

Cuando hubieron acabado con la *Satán*, se dirigió, para ahorrar tiempo, hacia uno de los oficiales, que al principio se había vuelto a medias, como si fuera a marcharse.

«Sí, dígame. ¿Dónde está?»

El hombre le cogió la mano derecha y Singh comprendió que algo grave había sucedido. El teniente Blackler estaba detrás de él y, cuando el oficial les contó lo que había ocurrido, puso las manos en los hombros de Singh y las apretó.

Se trasladó en coche a Erith. Había adivinado lo que el oficial no se atrevía a pedirle. Sabía que aquel hombre no habría ido hasta allí sólo para notificarle las muertes. Al fin y al cabo, estaban en guerra. Eso quería decir que en algún punto cercano había otra bomba, probablemente del mismo modelo, y ésa era la única oportunidad de averiguar la causa del accidente.

Quería hacerlo solo. El teniente Blackler se quedaría en Londres. Eran los únicos que quedaban de la unidad y habría sido imprudente arriesgar la vida de los dos. Si Lord Suffolk había fallado, debía de haber algún elemento nuevo. En cualquier caso, quería hacerlo solo. Cuando dos hombres trabajaban juntos, tenía que haber un fundamento lógico. Tenían que compartir y transigir sobre las decisiones.

Durante el viaje nocturno, mantuvo a raya sus emociones. Para que pudiese mantener la mente despejada, era necesario que estuviesen aún vivos. Miss Morden bebiendo un whisky doble y fuerte, antes de pasar al jerez.

Así podría beber más despacio, mantener la compostura de una dama durante el resto de la velada. «Usted, Mr. Singh, no bebe, pero, si lo hiciera, debería seguir mi ejemplo: un whisky bien servido que después se puede tomar a sorbitos como un buen cortesano.» Y luego había lanzado una de sus secas risitas. Era la única mujer que iba a conocer en su vida que llevara siempre consigo dos botellitas de plata. Así, pues, estaba aún bebiendo y Lord Suffolk mordisqueando sus bizcochos de estilo Kipling.

La otra bomba había caído a ochocientos metros de distancia, otra SC-250 kg. Parecía de la clase habitual. Habían desactivado centenares de ellas, la mayoría de memoria. Así avanzaba la guerra: cada seis meses más o menos, el enemigo cambiaba algo, aprendían el truco, el capricho, el contrapunto, y se lo enseñaban al resto de las unidades. Ahora se encontraban en una fase nueva.

No llevó a nadie con él. Iba a tener que recordar todos los pasos. El sargento que lo había llevado, llamado Hardy, se iba a quedar en el jeep. Le habían insinuado que esperara hasta la mañana siguiente, pero preferían —lo sabía— que lo hiciese en aquel momento. La SC-250 kg era muy común. Si había algún cambio, tenían que saberlo en seguida. Les pidió que telefonearan por adelantado para que tuvieran preparadas las luces. No le importaba trabajar cansado, pero quería hacerlo con luces adecuadas y no con los simples faros de dos jeeps.

Cuando llegó a Erith, ya estaba iluminada la zona de la bomba. A la luz del día —de un día inocente—, habría sido un campo: setos, tal vez un estanque. Ahora era un coso. Tenía frío y pidió prestado el jersey a Hardy y se lo puso sobre el suyo. De todos modos, las luces daban calor. Cuando se acercó a la bomba, todavía estaban vivos en su cabeza. Examen.

A la potente luz, se apreciaba con precisión la porosidad del metal. Entonces se olvidó de todo, excepto la desconfianza. Lord Suffolk había dicho que puede existir un jugador brillante de ajedrez de diecisiete años, de trece incluso, que podría vencer a un gran maestro, pero a esa edad no puede existir un jugador brillante de bridge. El bridge depende del carácter, del propio y del de los oponentes. Hay que tener en cuenta el carácter del contricante. Lo mismo se puede decir de la desactivación de bombas. Es una partida de bridge a dos manos. Tienes un enemigo y no tienes compañero. A veces, para los exámenes les hago jugar al bridge. La gente cree que una bomba es un objetivo mecánico, un enemigo mecánico, pero se debe tener en cuenta que alguien la hizo.

La pared de la bomba se había abierto al estrellarse contra el suelo y Singh veía el material explosivo dentro. Tuvo la sensación de que lo estaban mirando y se negó a optar por Suffolk o por el inventor de aquel artefacto. La intensidad de la luz artificial lo había reanimado. Dio vueltas alrededor de la bomba, al tiempo que la observaba desde todos los ángulos. Para extraer la espoleta, iba a tener que abrir la cámara principal y pasar junto a la carga explosiva. Desabrochó la mochila y, con una llave universal, giró y sacó con cuidado la placa de la parte trasera de la envoltura de la bomba. Miró en su interior y vio que con el golpe el estuche de la espoleta se había soltado de la envoltura. Podía ser buena suerte... o mala; aún no podía saberlo. El problema estribaba en que aún no sabía si estaba ya en marcha el mecanismo, si se había accionado ya. Se encontraba de rodillas, inclinado sobre la bomba, contento de estar solo, de vuelta en el mundo de las opciones claras —girar a la derecha o a la izquierda, cortar aquí o allá—, pero estaba cansado y aún sentía rabia.

No sabía de cuánto tiempo disponía. Esperar demasiado entrañaba más peligro. Al tiempo que sujetaba firmemente la nariz del cilindro entre las botas, metió la mano, arrancó el estuche de la espoleta y lo sacó de la bomba. Tan pronto lo hubo hecho, se echó a temblar. Ya lo tenía fuera. Ahora la bomba era prácticamente inofensiva. Colocó en la hierba la espoleta con su maraña de cables, que, a aquella luz, se veían claros y brillantes.

Empezó a arrastrar la envoltura principal hacia el camión, a unos cincuenta metros de allí, para que sus compañeros vaciaran su contenido explosivo puro. Mientras lo hacía, una tercera bomba estalló a unos cuatrocientos metros de distancia y el cielo se iluminó, con lo que hasta las lámparas de arco parecieron sutiles y humanas.

Un oficial le dio una taza de Horlicks que contenía algún alcohol y volvió solo hasta el estuche de la espoleta. Inhaló los vapores de la bebida.

Ya no había peligro grave. Si se equivocaba, la pequeña explosión podía arrancarle la mano, pero, de no tenerla pegada al corazón en el momento del impacto, no moriría. Ahora el problema era simplemente el problema: la espoleta, la nueva «bromita» que había en la bomba.

Iba a tener que deshacer el laberinto de cables para devolverles su disposición original. Volvió hasta donde estaba el oficial y le pidió el termo con el resto de la bebida caliente. Después regresó otra vez junto a la espoleta y se sentó. Era la una de la mañana más o menos. Lo suponía, porque no llevaba reloj. Durante media hora, se limitó a mirarla con una lupa, como un monóculo que le colgaba del ojal. Se dobló y observó el metal para ver si tenía algún indicio de otras marcas que hubiera podido dejar una laña. Nada.

Más adelante iba a necesitar distracciones. Más adelante, cuando tuviera en la cabeza toda una historia personal de acontecimientos e instantes, iba a necesitar algo equivalente al ruido blanco para que eliminara o enterrase todo, mientras pensaba en los problemas que tenía delante. El receptor de radio y su música de orquesta a todo volumen vendrían después, como una lona que lo protegería contra la lluvia de la vida real, pero ahora algo le llamaba la atención a lo lejos, como el reflejo de un relámpago en una nube. Harts, Morden y Suffolk estaban muertos, de repente eran meros nombres ya. Sus ojos volvieron a centrarse en la caja de la espoleta.

Empezó a dar vueltas a la espoleta en su cabeza, mientras examinaba las posibilidades lógicas. Después la puso horizontal otra vez. Tras inclinarse y acercarle el oído hasta tocar el metal, desatornilló el multiplicador. No se oyó ningún clic. Se desprendió en silencio. Separó con tacto las secciones de relojería de la espoleta y las dejó aparte. Cogió el tubo de la cavidad de la espoleta y lo examinó. No vio nada. Estaba a punto de dejarlo sobre la hierba, cuando vaciló y volvió a llevarlo ante la luz. No había notado nada extraño, excepto el peso. Si no hubiera estado buscando una trampa, nunca se le habría ocurrido pensar en el peso. Por lo general, lo único que hacían era escuchar o mirar. Ladeó el tubo con cuidado y el peso cayó hacia la abertura. Era otro multiplicador —todo un artefacto distinto— para frustrar cualquier intento de desactivación.

Sacó despacio el artefacto y desatornilló el multiplicador. El artefacto emitió un destello blanco-verdoso y un chasquido. La segunda espoleta se había disparado. La sacó y la colocó junto a las otras partes sobre la hierba. Volvió hasta el jeep.

«Había otro multiplicador», murmuró. «He tenido mucha suerte de poder separar esos cables. Llama al cuartel general y averigua si hay otras bombas.»

Apartó a los soldados del jeep, colocó un banco poco estable y pidió que apuntaran las lámparas de arco hacia él. Se inclinó, recogió los tres componentes y los colocó a treinta centímetros uno de otro sobre el improvisado banco. Ahora tenía frío y, al exhalar el aire, más caliente, de su cuerpo, sus labios dibujaron una pluma. Levantó la vista. A lo lejos se veía a unos soldados que seguían vaciando el explosivo principal. Escribió unas notas rápidas y entregó a un oficial la solución para la nueva bomba. Naturalmente, no la entendía del todo, pero esa información les resultaría útil.

Cuando el sol entra en una habitación en la que hay fuego, éste desaparece. Había adorado a Lord Suffolk y las insólitas enseñanzas que le impartía, pero su ausencia allí, en la medida en que todo dependía ahora de Singh, significaba que en adelante habría de encargarse de todas las bombas de aquella variedad por desactivar en la ciudad de Londres. De pronto tenía un panorama preciso de su responsabilidad, algo inherente, comprendió, a la personalidad de Lord Suffolk. Esa comprensión fue lo que más adelante le inspiró la necesidad de interrumpir prácticamente el contacto con el exterior, mientras trabajaba con una bomba. Era de los que nunca sentían interés por la coreografía del poder. Se sentía incómodo con el trasiego de planes y soluciones. Sólo se sentía capaz para el reconocimiento del terreno, el hallazgo de una solución. Cuando tomó conciencia de la muerte de Lord Suffolk, concluyó la labor que tenía asignada y volvió a alistarse en la anónima maquinaria de la guerra. Iba a bordo del buque de transporte *Macdonald*, que trasladaba a otros cien zapadores a la campaña italiana. En ella los utilizaron no sólo para las bombas, sino también para construir puentes, limpiar escombros e instalar vías para el paso de ferrocarriles blindados. Allí se ocultó durante el resto de la guerra. Pocos recordaban al sij que había pertenecido a la unidad de Suffolk. Al cabo de un año, disolvieron la unidad, que quedó olvidada, y el teniente Blackler fue el único que ascendió a oficial gracias a su talento.

Pero aquella noche, mientras Singh pasaba por Lewisham y Blackheath camino de Erith, sabía que había asimilado mejor que ningún otro zapador los conocimientos de lord Suffolk. Esperaban de él que fuera su clarividente sucesor.

Estaba aún delante del camión cuando oyó el silbato que indicaba que iban a apagar las lámparas de arco. Al cabo de treinta segundos, habían substituido la luz metálica por bengalas de azufre en la parte trasera del camión: otra incursión de bombarderos. Cuando oyeran los aviones, podían apagar aquellas luces menos intensas. Se sentó en el bidón de gasolina vacío frente a los tres componentes que había sacado de la SC-250 kg, rodeado por los siseos de las bengalas, que, tras el silencio de las lámparas de arco, resultaban ruidosos.

Se sentó a observar y escuchar y en espera de que le revelaran de repente su misterio. Los otros hombres, a cincuenta metros, se mantenían en silencio. Sabía que por el momento era un rey, que manejaba los hilos y podía pedir lo que quisiera, un cubo de arena, un pastel de fruta o lo que necesitara y aquellos hombres, que, no estando de servicio, habrían sido incapaces de cruzar un bar vacío para hablar con él, harían lo que deseara. Le resultaba extraño. Como si le hubieran entregado un traje muy grande en el que pudiese moverse con demasiada holgura y cuyas mangas fuesen arrastrando tras él, pero sabía que no le gustaba. Estaba acostumbrado a su invisibilidad. En los diversos cuarteles por los que había pasado en Inglaterra no le habían hecho el menor caso y había llegado a preferirlo. La independencia y el celo por la intimidad que Hana vio en él más adelante no se debían sólo a que fuese un zapador en la campaña italiana. Eran también consecuencia de que fuese un anónimo miembro de otra raza, parte del mundo invisible. Se había forjado defensas de carácter contra todo aquello y sólo confiaba en quienes le brindaban su amistad, pero aquella noche en Erith se sentía como si tuviera hilos conectados a él que ponían en acción a todos cuantos a su alrededor carecían de su talento técnico.

Unos meses después, había escapado a Italia, había empaquetado la sombra de su profesor en una mochila, como en su primer permiso por Navidad había visto hacer al muchacho vestido de verde en el Hippodrome. Lord Suffolk y Miss Morden se habían ofrecido para llevarlo a ver una obra de teatro inglesa. Seleccionó *Peter Pan* y ellos aceptaron sin rechistar y lo acompañaron a una función en una sala llena de niños que no cesaban de gritar. Ésos eran los recuerdos fantasmales que lo acompañaban cuando estaba tumbado en su tienda con Hana en el pueblecito italiano encaramado en una colina.

Revelar su pasado o rasgos de su carácter habría sido un gesto demasiado estridente. De igual modo que nunca habría podido dirigirse a ella y preguntarle cuál era la razón más profunda de aquella relación. Sentía por ella la misma intensidad de cariño que por aquellos tres ingleses extraños, a cuya mesa comía, que habían contemplado su placer, sus risas y su entusiasmo, al ver al muchacho vestido de verde alzar los brazos y volar en la obscuridad por encima del escenario y regresar a enseñar semejantes prodigios también a la muchacha de la familia condenada a permanecer en la tierra.

En la obscuridad iluminada con bengalas de Erith, había de interrumpir, siempre que, al oírse aviones, hundían, una tras otra, las bengalas de azufre en cubos de arena. Permanecía sentado en la obscuridad colmada de zumbidos y adelantaba la silla para poder inclinarse y colocar el oído junto a los mecanismos de relojería y seguía contando con gran esfuerzo los clics bajo la vibración de los bombarderos alemanes que pasaban por encima.

Entonces sucedió lo que había estado esperando. Al cabo de una hora exactamente, el aparato de relojería se detuvo y la cápsula del percutor explotó. Al quitar el multiplicador principal, se soltaba un percutor invisible que activaba el segundo multiplicador oculto. Estaba programado para que explotara sesenta minutos después:

mucho después de que un zapador hubiera supuesto normalmente que la bomba, ya desactivada, no representaba un peligro.

Aquel nuevo artefacto iba a cambiar toda la orientación de la desactivación de bombas de los Aliados. En adelante, toda bomba de acción retardada entrañaría la amenaza de un segundo multiplicador. Los zapadores ya no iban a poder considerar desactivada una bomba tras quitarle la espoleta simplemente. Iban a tener que neutralizar las bombas con la espoleta intacta. Antes, rodeado de lámparas de arco y presa de la rabia, había retirado la segunda espoleta cizallada de la trampa. En la obscuridad sulfurosa bajo la incursión de los bombardeos, presenció el destello blanco-verdoso del tamaño aproximado de su mano. Una hora después, había sobrevivido por pura suerte. Volvió junto al oficial y dijo:

«Necesito otra espoleta para asegurarme.»

De nuevo encendieron las bengalas a su alrededor. Una vez más se derramó la luz en el círculo de obscuridad en que se encontraba. Siguió probando las nuevas espoletas durante dos horas más. El desfase de sesenta minutos resultó constante.

Pasó en Erith la mayor parte de aquella noche. Por la mañana, al despertar, se encontró en Londres. No recordaba que lo hubieran traído de vuelta en coche. Se levantó, se acercó a una mesa y se puso a dibujar el esquema de la bomba, los multiplicadores, las espoletas, todo el problema que representaba el ZUS-40, desde la espoleta hasta los anillos de sujeción. Después cubrió el dibujo básico con todas las líneas de ataque posibles para desactivarla: las flechas, dibujadas con precisión, el texto, escrito con claridad, como le habían enseñado.

Lo que había descubierto la noche anterior seguía teniendo validez. Había sobrevivido por pura suerte. No había forma de desactivar semejante bomba *in situ* sin hacerla estallar. Dibujó y escribió todo lo que sabía en la gran hoja de fotocalco. Al pie escribió: *Dibujado, por encargo de Lord Suffolk, por su alumno el teniente Kirpal Singh, 10 de mayo de 1941.*

Después de la muerte de Suffolk, trabajó sin descanso, como un loco. Las bombas iban cambiando rápidamente con las nuevas técnicas y artefactos. Estaba destinado en el cuartel de Regent's Park, junto con el teniente Blackler y otros tres especialistas, dedicados a encontrar soluciones y confeccionar diagramas de cada nueva bomba, a medida que llegaban.

Al cabo de doce días de trabajo en la Dirección de Investigación Científica, dieron con la solución: no tener en cuenta la espoleta para nada, olvidar el principio, hasta entonces fundamental, de «desactivar la bomba»: una solución brillante. Rieron, aplaudieron y se abrazaron en el comedor de oficiales. No tenían idea de cuál sería el método substitutorio, pero sabían que en teoría estaban en lo cierto. No se podía resolver el problema abordándolo directamente. Ése era el razonamiento del teniente Blackler.

«Si te encuentras en un cuarto con un problema, no le hables.»

Una ocurrencia repentina. Singh se le acercó y lo expresó de otro modo.

«Entonces lo que debemos hacer es no tocar la espoleta para nada.»

Una vez que llegaron a esa conclusión, alguien dio con la solución al cabo de una semana: un esterilizador de vapor. Se podía abrir un agujero en la envoltura principal de una bomba y después emulsionar el explosivo principal inyectando vapor y hacerlo salir. Con eso quedaba resuelto el problema de momento, pero entonces Singh se encontraba ya en un barco con destino a Italia.

«Siempre hay garabatos escritos con tiza amarilla en la parte lateral de las bombas. ¿Lo has notado? Como las inscripciones que hacían en nuestros cuerpos con tiza amarilla, cuando estábamos en fila en el patio de Lahore.

»Cuando nos alistamos, formábamos una línea que avanzaba despacio desde la calle hacia el dispensario. Un médico aceptaba o rechazaba nuestros cuerpos con sus instrumentos, nos exploraba el cuello con las manos. Sacaba las tenacillas del Dettol y recogía muestras de nuestra piel.

»Los aceptados iban agrupándose en el patio, con los resultados cifrados escritos en la piel con tiza amarilla. Luego, en la formación, después de una breve entrevista, un oficial indio escribía más inscripciones amarillas en la pizarrita que llevábamos atada al cuello: nuestro peso, edad, distrito, nivel de estudios, estado de la dentadura y la unidad para la que éramos más idóneos.

»No me sentí ofendido. Estoy seguro de que mi hermano sí que se habría ofendido, se habría acercado furioso al pozo, habría subido el cubo y se habría lavado las marcas de tiza. Yo no era como él, aunque lo quería, lo admiraba. Yo tenía la facultad de ver una razón de ser en todas las cosas. Era el que adoptaba una actitud seria y formal en la escuela, que él remedaba y de la que se burlaba. Claro, que yo era mucho menos serio que él; sólo que detestaba la confrontación. Lo que no me impedía hacer lo que me apetecía o salirme con la mía. Muy pronto había descubierto un espacio del que disfrutábamos sólo los que llevábamos una vida reservada. No discutía con el policía que me impedía circular en bicicleta por determinado puente o entrar por determinada puerta del fuerte, me limitaba a quedarme ahí, inmóvil, hasta que me volvía invisible y entonces entraba: como un grillo, como una taza de agua escondida. ¿Entiendes? Eso fue lo que me enseñaron las batallas públicas de mi hermano.

»Pero, para mí, mi hermano fue siempre el héroe de mi familia. Yo iba a remolque de él, de su fama de agitador. Presenciaba el agotamiento que le sobrevenía después de cada protesta, cuando todo su cuerpo se tensaba para responder a tal o cual insulto o ley. Rompió la tradición de nuestra familia y, pese a ser el hermano mayor, se negó a entrar en el ejército. Se negaba a aceptar situación alguna en la que los ingleses tuvieran poder, conque lo metieron en sus prisiones: primero en la cárcel central de Lahore; después, en la de Jatnagar. De noche yacía en el catre con el brazo enyesado en alto, el que le habían roto sus amigos para protegerlo, para impedir que intentara escapar. En la cárcel se volvió más sereno y astuto, más parecido a mí. Cuando se enteró de que yo me había alistado para substituirlo y no iba a estudiar Medicina, no se sintió ofendido; se echó a reír simplemente y me envió por mediación de mi padre el mensaje de que tuviera cuidado. Nunca combatiría contra mí ni contra lo que yo hiciese. Estaba seguro de que yo tenía un don para la supervivencia, de que era sigiloso y sabía ocultarme.»

Estaba sentado en el mostrador de la cocina hablando con Hana. Caravaggio la cruzó camino del exterior, cargado con cuerdas pesadas que, como decía cuando alguien le preguntaba por ellas, eran asunto suyo. Las llevaba arrastrando y, al cruzar la puerta, dijo: «El paciente inglés quiere verte, chaval.»

«Vale, chaval.»

El zapador se levantó de un brinco del mostrador.

«Mi padre tenía un pájaro —un pequeño vencejo, creo— que conservaba a su lado, tan esencial para su bienestar como un par de gafas o un vaso de agua durante la comida. Lo llevaba consigo por toda la casa, hasta cuando entraba a su alcoba. Cuando se iba al trabajo, llevaba colgada la jaulita en el manillar de la bicicleta.»

«¿Vive aún tu padre?»

«Oh, sí. Creo que sí. Hace tiempo que no recibo carta. Y es probable que mi hermano siga en la cárcel.»

Seguía recordando una cosa. Se encontraba en el caballo blanco. Sentía calor en la colina de creta y el blanco polvo se arremolinaba en torno a él. Estaba trabajando con el artefacto, que era bastante sencillo, pero por primera vez lo hacía solo. Miss Morden se encontraba a veinte metros de distancia de él, en un punto más alto de la pendiente y tomaba notas sobre lo que él hacía. Sabía que abajo, al otro lado del valle, Lord Suffolk lo observaba con los prismáticos.

Trabajaba despacio. El polvo de creta que se levantaba se posaba en todas partes, en sus manos, en el artefacto, por lo que tenía que soplar continuamente las cápsulas de la espoleta y los cables para poder ver los detalles. La guerrera le daba calor. No cesaba de llevarse las sudorosas muñecas a la espalda para secárselas. Tenía llenos los diferentes bolsillos del pecho con las piezas sueltas y las que había desmontado. Estaba cansado y comprobaba cada cosa una y otra vez. Oyó la voz de Miss Morden.

«¿Kip?» «Sí.» «Interrumpa por un rato lo que está haciendo, que bajo.» «Más valdría que no lo hiciera, Miss Morden.» «Ya lo creo que sí.»

Se abrochó los botones de los diferentes bolsillos del chaleco y cubrió la bomba con una tela; ella bajó torpemente hasta el caballo blanco y después se sentó junto a él y abrió su mochila. Humedeció un pañuelo de encaje con el contenido de un frasquito de agua de colonia y se lo pasó. «Enjúguese la cara con esto. Lord Suffolk lo usa para refrescarse.» Tras una vacilación, él lo cogió y se frotó la frente, el cuello y las muñecas, como le había indicado. Ella desenroscó la tapa del termo y sirvió té para los dos. Abrió el paquete de papel encerado y sacó unos bizcochos.

Miss Morden no parecía tener prisa por volver a lo alto de la pendiente y recuperar la seguridad y habría resultado grosero recordarle que debía hacerlo. Se puso a comentar, como si tal cosa, el espantoso calor y menos mal que habían reservado habitaciones con baño en la ciudad, lo que era un consuelo por anticipado para todos. Se puso a contar con todo lujo de divagaciones una historia sobre cómo había conocido a Lord Suffolk. Ni una palabra sobre la bomba que tenían junto a ellos. El ritmo de trabajo de Kip había aminorado, como cuando medio dormidos releemos una y otra vez el mismo párrafo para intentar encontrar la conexión entre las oraciones. Miss Morden lo había sacado del vórtice del problema. Guardó cuidadosamente todas las cosas en su mochila y, tras poner una mano en el hombro derecho de Kip, volvió a su posición sobre la manta más arriba del caballo de Westbury. Le prestó unas gafas de sol, pero no veía con suficiente claridad con ellas, por lo que las dejó a un lado. Después reanudó el trabajo. Recordó que una vez de niño había olido el aroma de agua de colonia. Tenía fiebre y alguien le había frotado el cuerpo con colonia.

VIII

El bosque sagrado

Kip salió del campo, en el que había estado cavando, con la mano izquierda levantada delante de él, como si se la hubiera torcido.

Pasó por delante del espantapájaros del huerto de Hana, el crucifijo con sus latas de sardinas colgadas, y subió hacia la villa. Juntó la otra mano con la que mantenía delante de sí, como para proteger la llama de una vela. Hana se reunió con él en la terraza y él le cogió la mano y la mantuvo dentro de la suya. La mariquita que giraba en torno a la uña de su meñique pasó corriendo a la muñeca de ella.

Hana volvió a la casa. Ahora era ella la que llevaba la mano levantada delante de sí. Pasó por la cocina y subió la escalera.

El paciente se volvió hacia ella, cuando entró. Tocó el pie de él con la mano en la que llevaba la mariquita y la dejó moviéndose por la piel negra. La mariquita eludió el mar de la blanca sábana e inició la larga caminata por el resto de su cuerpo: una manchita de un rojo vivo sobre una carne que parecía volcánica.

En la biblioteca, la caja de la espoleta salió despedida por el aire, cuando Caravaggio, al oír el grito de alegría de Hana en el pasillo, se volvió y le dio un codazo. Antes de que llegara al suelo, el cuerpo de Kip se deslizó por debajo y la atrapó en la mano.

Caravaggio bajó la vista y vio al joven soltar rápidamente todo el aire que había contenido en la boca.

De repente pensó que le debía la vida.

Kip perdió la timidez ante aquel hombre mayor que él y se echó a reír, mientras sostenía en alto la caja de cables.

Caravaggio no iba a olvidarlo nunca. Podía marcharse, no volver a verlo y nunca lo olvidaría. Años después, en una calle de Toronto, Caravaggio se apearía de un taxi y sujetaría la puerta abierta a un indio que estaba a punto de montar y entonces recordaría a Kip.

Ahora el zapador reía levantando la vista hacia el rostro de Caravaggio y, más arriba, hacia el techo.

«Soy un experto en sarongs», dijo Caravaggio a Kip y Hana, al tiempo que les hacía un expresivo gesto con la mano. «En Toronto conocí a unos indios. Estaba robando en una casa y resultó que pertenecía a una familia india. Se levantaron de la cama y llevaban puesta esa ropa, los sarongs, para dormir, cosa que me intrigó. Pasamos un largo rato hablando y al final me convencieron para que lo probara. Me quité la ropa y me puse uno y al instante se lanzaron sobre mí y me echaron medio desnudo a la calle.»

«¿Es una historia real?», preguntó Hana sonriendo.

«¡Una de tantas!»

Lo conocía lo suficiente para casi creérsela. El elemento humano distraía constantemente a Caravaggio durante sus robos. Al allanar una casa durante la Navidad, le molestaba ver que no habían abierto las casillas del calendario de Adviento hasta los corrientes. Con frecuencia celebraba conversaciones con los diversos animales domésticos que estaban solos en las casas, en las que comentaba retóricamente las comidas con ellos y les daba grandes raciones, animales que, si regresaba a la escena del delito, lo recibían con mucha alegría.

Se acercó a las estanterías de la biblioteca con los ojos cerrados y cogió un libro al azar. Encontró una página en blanco entre dos secciones de un libro de poesía y se puso a escribir en ella.

Dice que Lahore es una ciudad antigua. Comparada con Lahore, Londres es una ciudad reciente. Le digo: «Pues yo soy de una ciudad aún más reciente.» Dice que siempre han conocido la pólvora. Ya en el siglo XVII aparecían representados los fuegos artificiales en las pinturas de la corte.

Es bajo, apenas más alto que yo. Tiene una sonrisa íntima que, vista de cerca, puede seducir a cualquiera, una tenacidad que no se aprecia a simple vista. El inglés dice que es uno de los santos guerreros, pero tiene un sentido del humor peculiar, más bullicioso de lo que sugieren sus modales. Recuerda: «Mañana por la mañana volveré a conectarlo.» Ooh la la!

Dice que en Lahore hay trece puertas, que llevan nombres de santos y emperadores o del lugar al que conducen.

La palabra bungalow *procede del* bengalí.

A las cuatro de la tarde bajaron a Kip al foso en un arnés hasta que se encontró con el lodo hasta la cintura y su cuerpo rodeando la bomba *Esau*. Medía tres metros desde la aleta hasta la punta y tenía la nariz hundida en el barro, junto a sus pies. Bajo el agua carmelita, los muslos de Kip aferraban la envoltura de metal, de forma muy parecida a como —según había visto— aferraban los soldados a las mujeres en un rincón de la pista de baile de la naafi. Cuando se le cansaban los brazos, los colgaba de los puntales de madera destinados a impedir que el barro se desmoronara a su alrededor y que quedaban a la altura de sus hombros. Los zapadores habían cavado el foso en torno a la *Esau* y habían instalado las paredes y los puntales de madera antes de que él llegara al lugar. En 1941, habían empezado a llegar bombas *Esau* con una nueva espoleta Y; aquélla era la segunda que desactivaba.

En las sesiones preparatorias, se llegó a la conclusión de que la única forma de neutralizar la nueva espoleta era inmunizarla. Era una bomba enorme en postura de avestruz. Kip había bajado descalzo y ya se estaba hundiendo despacio, quedando atrapado en la arcilla, sin un punto de apoyo firme ahí abajo, en la fría agua. No llevaba botas:

habrían quedado aprisionadas en la arcilla y después, cuando lo izaran, la sacudida, al desprenderse, habría podido romperle los tobillos.

Pegó la mejilla izquierda a la envoltura de metal, al tiempo que intentaba imaginarse que a su alrededor hacía calor, se concentraba en la pizquita de sol que llegaba hasta el fondo del foso de siete metros y le acariciaba la nuca. Lo que tenía abrazado podía explotar en cualquier momento, en cuanto el temblador vibrara o se incendiase el multiplicador. No existía magia ni Rayos X para indicar que una pequeña cápsula se había roto, que un cable había dejado de oscilar. Aquellos pequeños semáforos mecánicos eran como un soplo en el corazón o un ataque dentro del hombre que cruza, inocente, la calle delante de nosotros.

¿En qué ciudad estaba? Ni siquiera lo recordaba. Oyó una voz y levantó la vista. Hardy le pasó el equipo en una mochila atada a una cuerda, que quedó ahí colgada, mientras Kip empezaba a meterse las diversas abrazaderas y herramientas en los numerosos bolsillos de su guerrera. Tarareaba la canción que Hardy iba cantando en el jeep cuando se dirigían a ese lugar:

Están relevando a la guardia en Buckingham Palace, pero Christopher Robin se ha marchado con Alice.

Secó la zona de la cabeza de la espoleta y empezó a moldear como una taza de arcilla a su alrededor. Después abrió la bombona y vertió el oxígeno líquido en ella. Fijó la taza al metal con cinta adhesiva. Ahora tenía que esperar otra vez.

Había tan poco espacio entre la bomba y él, que ya sentía el cambio de temperatura. Si hubiera estado sobre tierra seca, habría podido marcharse y volver al cabo de diez minutos. Ahora tenía que quedarse allí, junto a la bomba. Eran dos seres recelosos en un espacio cerrado. El capitán Carlyle había estado trabajando en un pozo con oxígeno líquido y de pronto se había prendido fuego todo el foso. Lo izaron a toda prisa, ya inconsciente en su arnés.

¿Dónde estaba? ¿Lisson Grove? ¿Old Kent Road?

Kip mojó un trozo de algodón en el lodo y tocó con él la envoltura a unos treinta centímetros de la espoleta. Se cayó, lo que significaba que debía seguir esperando. Cuando el algodón se quedaba pegado, significaba que una parte suficiente de la zona en torno a la espoleta estaba helada y podía continuar. Vertió más oxígeno en la taza.

El círculo de hielo en aumento tenía ya unos treinta centímetros de radio: unos minutos más. Miró el recorte que alguien había pegado con cinta adhesiva a la bomba. Se habían reído mucho al leerlo aquella mañana, cuando lo habían recibido con el equipo actualizado que se enviaba a todas las unidades de artificieros.

¿Cuándo es aconsejable la explosión?

Suponiendo que X represente una vida humana, Y el riesgo que corre y V el riesgo que, según se calcula, puede causar la explosión, un lógico sostendría que, si V es menor que X partido por Y, se debe explosionar la bomba, pero, si V partido por Y es mayor que X, debe intentarse evitar la explosión in situ.

¿Quién habría escrito semejante cosa?

Llevaba ya más de una hora en el foso con la bomba. Siguió vertiendo oxígeno líquido. A la altura del hombro, justo a su derecha, había una manguera que bombeaba aire normal para que no lo mareara el oxígeno. (Había visto a soldados curarse la resaca con oxígeno.) Volvió a probar con el algodón y esa vez se congeló. Disponía de unos veinte minutos. Después, la temperatura de la batería dentro de la bomba empezaría a elevarse otra vez, pero de momento la espoleta estaba congelada y podía empezar a desmontarla.

Recorrió la bomba con las palmas de las manos para ver si había alguna fisura en el metal. La parte sumergida estaba a salvo, pero, si el oxígeno entraba en contacto con el explosivo expuesto al aire, podía incendiarse: el error cometido por Carlyle, X partido por Y. Si había fisuras, tendrían que utilizar nitrógeno líquido.

«Es una bomba de una tonelada, mi teniente: una *Esau*», dijo Hardy desde lo alto del foso de lodo.

«De la clase Cincuenta, en un círculo, B. De dos espoletas, con toda probabilidad, pero no nos parece probable que la segunda esté armada. ¿De acuerdo?»

Ya habían hablado de todo eso, pero así confirmaban y recordaban todo por última vez.

«Conéctame un micrófono y retírate.»

«Sí, señor.»

Kip sonrió. Tenía diez años menos que Hardy y no era inglés, pero Hardy se encontraba en la gloria encerrado en la disciplina militar. Los soldados siempre vacilaban antes de llamar «señor» a Kip, pero Hardy lo vociferaba con entusiasmo.

Ahora trabajaba rápido para levantar la espoleta, con todas las baterías inactivas.

«¿Me oyes? Silba... Vale, lo he oído. Voy a verter oxígeno por última vez. Lo dejaré burbujear treinta segundos. Después empezaré. Añadiré más hielo. Bien, voy a quitar esta *maldita*... Listo, ya está fuera de una puta vez.»

Hardy escuchaba y lo grababa todo, por si algo salía mal. Una chispa y Kip se encontraría en un foso de llamas o podía haber una trampa en la bomba. La siguiente persona tendría que plantearse otras opciones.

«Estoy utilizando la llave revestida de aislante.» La había sacado del bolsillo del pecho. Estaba fría y tuvo que frotarla para calentarla. Empezó a quitar el anillo de cierre. Cedía sin esfuerzo y se lo dijo a Hardy.

Kip silbó:

«Están relevando a la guardia en Buckingham Palace.»

Sacó el anillo de cierre y el de localización y los dejó hundirse en el agua. Notó cómo rodaban despacio a sus pies. Toda la operación iba a tardar cuatro minutos más.

«Alice se va a casar con uno de la guardia. ¡La vida de un soldado es muy dura, dice Alice!»

Cantaba en voz alta para intentar entrar en calor, pues tenía el pecho helado y dolorido. Procuraba apartarse lo más posible del helado metal que tenía delante y había de llevarse constantemente las manos a la nuca, donde aún le daba el sol, y después frotárselas para quitarse el barro, la grasa y el hielo. Resultaba difícil llegar hasta la cabeza. Entonces vio horrorizado que la cabeza de la espoleta se había roto y se había desprendido completamente.

«Un problema, Hardy. Se ha roto toda la cabeza de la espoleta. Respóndeme, ¿vale? El cuerpo principal de la espoleta está atascado ahí abajo. No puedo llegar hasta él. No hay ningún saliente al que agarrarse.»

«¿Cómo está el hielo?» Hardy estaba justo encima de él. Había tardado unos segundos, pero había corrido hasta el foso.

«Quedan seis minutos de hielo.»

«Suba y la volaremos.»

«No, bájame un poco más de oxígeno.»

Levantó la mano derecha y sintió que le colocaban en ella un bote metálico helado.

«Voy a hacerlo gotear en la parte de la espoleta que está al descubierto (donde se ha desprendido la cabeza) y después entraré en el metal. Lo mellaré hasta que pueda agarrar algo. Ahora retírate y te lo iré contando.»

Apenas podía contener la rabia por lo sucedido. El oxígeno le chorreaba por toda la ropa y siseaba al entrar en contacto con el agua. Esperó a que apareciera el hielo y después se puso a arrancar metal, con un escoplo. Vertió más, esperó e intentó penetrar más con el escoplo. Al ver que no se desconchaba, se arrancó un trozo de la camisa, lo colocó entre el metal y el escoplo y después se puso a golpear —operación muy peligrosa— con un mazo y a arrancar fragmentos. La tela de la camisa era su única protección contra una chispa. Más grave era el frío en los dedos. Habían perdido la agilidad, estaban inertes como las baterías. Siguió cortando de lado en el metal alrededor del punto del que se había desprendido la cabeza de la espoleta, arrancando capas de metal, con la esperanza de que el hielo resistiera esa clase de cirugía. Si cortaba directamente, existía la posibilidad de que golpeara la cápsula del percutor que activaba el multiplicador.

Tardó cinco minutos más. Hardy no se había movido del borde del foso y le indicaba el tiempo aproximado que faltaba para que se derritiera el hielo, pero, a decir verdad, ninguno de los dos podía estar seguro. Como se había roto la cabeza de la espoleta, estaban congelando una zona diferente y la temperatura del agua, pese a resultarle fría a él, estaba más caliente que el metal.

Entonces vio algo. No se atrevió a agrandar más el agujero. El contacto del circuito temblaba como un zarcillo de plata. ¡Si hubiera podido alcanzarlo! Se frotó las manos para intentar calentárselas.

Exhaló el aire, permaneció inmóvil unos segundos y con los alicates de aguja cortó el contacto en dos antes de tomar aliento otra vez. Lanzó un resuello cuando el hielo le quemó parte de la mano al sacarla de los circuitos. La bomba estaba desactivada.

«Espoleta fuera, multiplicador desconectado. Me merezco un besito.»

Hardy estaba ya haciendo girar el torno y Kip intentaba agarrarse a la cuerda; apenas podía hacerlo con la quemadura y el frío, tenía todos los músculos helados. Oyó la sacudida de la polea y se agarró con fuerza a las tiras de cuero medio atadas aún en torno a su cuerpo. Sintió que sus carmelitas piernas se iban liberando del barro que las atenazaba, salían como un antiguo cadáver de una ciénaga. Sus pequeños pies se alzaron por encima del agua. Emergió, alzado del foso a la luz del Sol, primero la cabeza y después el torso.

Quedó ahí colgado y girando lento bajo el *tepee* de postes que sujetaban la polea. Ahora Hardy lo abrazaba y al tiempo lo desamarraba, lo liberaba. De repente vio una multitud observando a unos veinte metros de distancia, muy cerca, demasiado cerca para su seguridad; habría resultado aniquilada, pero, claro, Hardy no había estado allí para hacerla retroceder.

Lo contemplaban en silencio, al indio colgado del hombro de Hardy y que apenas podía caminar hasta el jeep con todo el equipo: herramientas, latas, mantas y los instrumentos de grabación que aún giraban, escuchaban el vacío en el fondo del foso.

«No puedo andar.»

«Sólo hasta el jeep, unos metros más, mi teniente. Yo recogeré todo lo demás.»

Se detenían y después caminaban despacio. Tenían que pasar por delante de las caras que miraban a aquel hombre ligeramente carmelita, sin zapatos, con la guerrera mojada, miraban la cara agotada que no conocía ni reconocía nada ni a ninguno de ellos. Todos guardaban silencio. Se limitaron a dar un paso atrás para dejar espacio a Hardy y a él. En el jeep empezó a temblar. Sus ojos no soportaban la reverberación del parabrisas. Hardy tuvo que levantarlo para instalarlo poco a poco en el asiento contiguo al del conductor.

Cuando Hardy se marchó, Kip se quitó despacio los pantalones mojados y se envolvió en la manta. Después se quedó ahí sentado, demasiado enfriado y molido para desenroscar siquiera el termo de té caliente que se encontraba sobre el asiento contiguo. Pensó: ni siquiera tenía miedo allá abajo, sólo estaba irritado... por mi error o la posibilidad de que hubiese una trampa. Tan sólo era un animal que reaccionaba para protegerse.

Ahora sólo Hardy —comprendió— me ayuda a seguir siendo humano.

Cuando hacía un día caluroso en la Villa San Girolamo, todos se lavaban la cabeza, primero con queroseno para eliminar los posibles piojos y después con agua. Kip, tumbado y con el pelo extendido y los ojos cerrados al sol, parecía de repente vulnerable. Cuando adoptaba esa frágil postura, había timidez en él, parecía más un cadáver de un mito que algo vivo o humano. Hana estaba sentada a su lado, con su obscuro pelo castaño ya seco. Ésos eran los momentos en que él hablaba de su familia y de su hermano encarcelado.

Se sentaba, se echaba el pelo hacia adelante y se ponía a restregarlo de arriba abajo con una toalla. Ella imaginaba Asia entera en los gestos de aquel hombre: la indolencia con la que se movía, su silencioso refinamiento. Hablaba de santos guerreros y ahora ella lo consideraba uno de ellos, austero y visionario, alguien que sólo en aquellos raros momentos en que brillaba el sol se olvidaba de Dios y de la solemnidad, con la cabeza apoyada de nuevo en la mesa para que el sol le secara el pelo extendido como el grano en una cesta de paja en forma de abanico, si bien era un asiático que en aquellos últimos años de guerra había adoptado a unos ingleses como padres y había observado sus códigos como un hijo obediente.

«Ah, pero mi hermano me considera un idiota por confiar en los ingleses.» Se volvió hacia ella con la luz del sol en los ojos. «Dice que algún día abriré los ojos. Asia no es aún un continente libre y le consterna vernos participar con entusiasmo en guerras inglesas. Es una discusión que siempre hemos tenido. Mi hermano no cesa de decirme: "Algún día abrirás los ojos."»

Lo dijo con los ojos cerrados y muy apretados, como para burlarse de esa metáfora. «El Japón es parte de Asia y en Malasia los japoneses han cometido atrocidades contra los sijs, pero mi hermano no se fija en eso. Dice que ahora los ingleses están ahorcando a sijs que luchan por la independencia.»

Ella se apartó de él, con los brazos cruzados. Los odios del mundo. Entró en la penumbra diurna de la villa y fue a sentarse con el inglés.

Por la noche, cuando ella le soltaba el pelo, Kip era una vez más otra constelación: los brazos de mil ecuadores sobre su almohada, con oleadas entre ellos en su abrazo y en las vueltas que daban dormidos. Ella tenía en sus brazos una diosa india, trigo y cintas. Cuando se inclinaba, se derramaba sobre ella. Podía atárselo a la muñeca. Ella mantenía los ojos abiertos para contemplar las chispas de electricidad de su pelo en la obscuridad de la tienda.

Él se movía siempre en relación con las cosas, junto a las paredes, los setos de las terrazas. Exploraba la periferia. Cuando miraba a Hana, veía un fragmento de su flaca mejilla en relación con el paisaje que había tras ella, igual que contemplaba el arco que dibujaba un pardillo en función del espacio que cubría sobre la superficie de la tierra. Había subido por Italia intentando ver con los ojos todo, excepto lo temporal y humano.

En lo único en que nunca se fijaba era en sí mismo: ni en su sombra en el crepúsculo ni en su brazo extendido hacia el respaldo de una silla ni en el reflejo de su figura en una ventana, ni en cómo lo observaban los otros. En los años de la guerra había aprendido que la única seguridad estaba en uno mismo.

Pasaba horas con el inglés, que le recordaba a un abeto que había visto en Inglaterra, con su única rama enferma, vencido por el peso de los años y sostenido con un soporte de madera de otro árbol. Se encontraba en el jardín de Lord Suffolk, en el borde del farallón que dominaba el canal de Bristol, como un centinela. Sentía que el ser que había dentro de él era, pese a su debilidad, noble, un ser cuya memoria sobrepujaba la enfermedad.

Él, por su parte, no tenía espejos. Se enrollaba el turbante fuera, en su jardín, al tiempo que contemplaba el musgo en los árboles, pero había advertido los tajos que las tijeras habían asestado al pelo de Hana. De tanto pegar la cara al cuerpo de ésta, a la clavícula, donde el hueso afinaba la piel, conocía su aliento, pero, si ella le hubiese preguntado de qué color eran sus ojos, pese a haber llegado a adorarla, no habría podido —pensaba— contestar. Se habría reído y habría intentado adivinarlo, pero si ella, cuyos ojos eran negros, los hubiese cerrado y hubiese dicho que eran verdes, la habría creído. Podía mirar con intensidad en los ojos, pero no advertir de qué color eran, de igual modo que la comida, una vez en su garganta o su estómago, era simple textura y no sabor ni objeto alguno.

Cuando alguien hablaba, le miraba la boca, no los ojos y sus colores, que, según le parecía, siempre cambiarían con la luz de un cuarto, el minuto del día. Las bocas revelaban la inseguridad o la suficiencia o cualquier otro punto del espectro del carácter. Para él, eran el aspecto más intricado de los rostros. Nunca estaba seguro de lo que revelaban los ojos, pero sabía interpretar cómo se ensombrecían las bocas con la crueldad o sugerían ternura. Muchas veces se podían interpretar erróneamente unos ojos por su reacción ante un simple rayo de sol.

Lo acopiaba todo como parte de una armonía mutable. La veía a ella en horas y lugares diferentes, que variaban su voz y su naturaleza, su belleza incluso, como la fuerza subyacente del mar acuna o gobierna el sino de los botes salvavidas.

Tenían la costumbre de levantarse al amanecer y cenar con la última luz del día. Por la noche había una sola vela encendida junto al paciente inglés o —en caso de que Caravaggio se hubiera agenciado petróleo— un quinqué a medias lleno, pero los pasillos y las demás alcobas estaban sumidos en las tinieblas, como en una ciudad enterrada. Se habían acostumbrado a caminar en la obscuridad, con las manos extendidas y tocando las paredes a ambos lados con la punta de los dedos.

«Se acabó la luz. Se acabó el color.» Hana tarareaba esas frases una y otra vez. Había que poner fin a la exasperante costumbre de Kip de saltar la escalera con una mano en la mitad de la barandilla. Se imaginaba sus pies volando por el aire y golpeando en el estómago a Caravaggio, en el momento en que éste entraba.

Hacía una hora que había apagado la vela en el cuarto del inglés. Se había quitado las zapatillas de tenis y llevaba el vestido desabrochado en el cuello por el calor del verano y también en las mangas, sueltas, en la parte superior del brazo: un desorden delicioso.

En la planta baja del ala, aparte de la cocina, la biblioteca y la capilla abandonada, había un patio interior acristalado: cuatro paredes de cristal y una puerta, también de cristal, por la que se entraba a un recinto con un pozo cubierto y estanterías llenas de plantas muertas y que en tiempos debían de haber medrado con el calor del cuarto. Ese patio interior le recordaba cada vez más a un libro que, al abrirse, dejaba al descubierto flores disecadas, un lugar que contemplar al pasar y en el que no se debía entrar nunca.

Eran las dos de la mañana.

Cada uno de ellos entró en la villa por una puerta diferente: Hana por la de la capilla, junto a los treinta y seis peldaños, y él por el patio que daba al Norte. En cuanto entró en la casa, se quitó el reloj y lo dejó en un nicho a la altura del pecho en el que había la figurita de un santo, el patrón de aquella villa-hospital. Ella no pudo ver ni rastro de fósforo, pues se había quitado ya los zapatos y llevaba sólo pantalones. La lámpara atada al brazo estaba apagada. No llevaba nada más y se quedó un rato en la obscuridad: un chico flaco, un turbante obscuro, el *kara* suelto en su muñeca contra la piel. Se reclinó contra el ángulo del vestíbulo como una lanza.

Después se coló por el patio interior. Llegó a la cocina e inmediatamente sintió el perro en la obscuridad, lo atrapó y lo ató con una cuerda a la mesa. Cogió la leche condensada del estante y volvió al cuarto acristalado en el patio interior. Pasó las manos por la base de la puerta y encontró los palitos apoyados en ella. Entró y cerró la puerta tras él, al tiempo que deslizaba la mano fuera en el último momento para apuntalarla con los palos otra vez, por si los hubiera visto ella. Después se metió en el pozo. A un metro de profundidad había una tabla cruzada de cuya firmeza tenía constancia. Cerró la tapa sobre sí y se acurrucó ahí, al tiempo que imaginaba a Hana buscándolo o escondiéndose, a su vez. Se puso a chupar la lata de leche condensada.

Hana sospechaba algo así de él. Tras haber llegado hasta la biblioteca, encendió la linterna que llevaba al brazo y avanzó junto a los estantes que se extendían desde sus tobillos hasta alturas invisibles por encima de ella. La puerta estaba cerrada, por lo que nadie que pasara por los pasillos podía ver la luz. Kip sólo podría ver la luz al otro lado de las puertas acristaladas, en caso de que estuviese fuera. Daba un paso y se detenía a buscar una vez más por entre los libros —italianos la mayoría— uno de los pocos volúmenes ingleses que podía regalar al paciente inglés. Había llegado a estimar aquellos libros acicalados con sus encuadernaciones italianas, los frontispicios, las ilustraciones en color pegadas y cubiertas con papel de seda, su olor, incluso el crujido que emitían, si se abrían demasiado rápido, como si se hubieran roto una serie invisible de huesos diminutos. Dio otro paso y volvió a detenerse. *La cartuja de Parma*.

«Si salgo airoso», dijo a Clelia, «iré a ver las hermosas pinturas de Parma y después, ¿tendrá usted a bien recordar este nombre: Fabrizio del Dongo?».

Caravaggio estaba tumbado en la alfombra en el extremo de la biblioteca. Desde la obscuridad que lo envolvía parecía que el brazo izquierdo de Hana fuera fósforo puro, que iluminara los libros y reflejase el rojo en su obscuro pelo, que ardiera pegado al algodón de su vestido y su manga fruncida a la altura del hombro.

Kip salió del pozo.

La luz se extendía desde su brazo en un diámetro de un metro y después quedaba absorbida por la obscuridad, por lo que Caravaggio tenía la sensación de que había un valle de tinieblas entre ellos. Hana se metió bajo el brazo derecho el libro con la cubierta carmelita. A medida que avanzaba, aparecían nuevos libros y otros desaparecían.

Se había hecho mayor y él la quería ahora más que en otra época en que, por ser producto de sus padres, la entendía mejor. Ahora era lo que ella misma había decidido llegar a ser. Sabía que, si se hubiera cruzado con Hana en una calle de Europa, le habría recordado a alguien, pero no la habría reconocido. La noche en que llegó a la villa había disimulado su estupor. El ascético rostro de Hana, que al principio parecía frío, no carecía de mordacidad. Comprendió que durante los dos últimos meses él mismo había experimentado una evolución que lo aproximaba a la nueva personalidad de ella. Apenas podía creer el placer que le daba su transformación. Años antes, había intentado imaginarla como adulta, pero había inventado a alguien con características moldeadas por su comunidad, no aquella maravillosa extraña a la que podía querer más profundamente, porque nada había en ella que hubiera aportado él.

Estaba tumbada en el sofá, había girado la linterna hacia adentro para poder leer y ya estaba absorta en el libro. Un poco después, levantó la vista, escuchó y se apresuró a apagar la linterna.

¿Se habría dado cuenta de su presencia en el cuarto? Caravaggio sabía que le resonaba la respiración, que le estaba costando mantener una respiración ordenada y discreta. Se encendió un momento la linterna y volvió a apagarse rápidamente.

Entonces todo en la habitación pareció ponerse en movimiento, menos Caravaggio. Lo oía todo a su alrededor, sorprendido de poder permanecer oculto. El muchacho estaba allí dentro. Caravaggio se acercó al sofá y extendió la mano hacia Hana. No estaba ahí. Al erguirse, un brazo le rodeó el cuello, lo aferró y lo tiró hacia atrás. Una luz intensa aplicada a su cara lo deslumbró y los dos lanzaron un resuello al caer al suelo. El brazo con la linterna seguía teniéndolo sujeto del cuello. Entonces apareció un pie descalzo a la luz, que pasó sobre la cara de Caravaggio y pisó el cuello del muchacho a su lado. Se encendió otra linterna.

«Ya te tengo. *Ya te tengo.*»

Los dos cuerpos en el suelo levantaron la vista hacia la obscura silueta de Hana por encima de la luz. Estaba cantándolo:

«Ya te tengo. Ya te tengo. He utilizado a Caravaggio... ¡que tiene un resuello tremendo, la verdad! Sabía que estaría aquí. Él ha sido la trampa.»

Apretó aún más el pie en el cuello del muchacho. «Ríndete. *Confiesa.*»

Caravaggio empezó a agitarse bajo las garras del muchacho, cubierto ya todo él de sudor e incapaz para luchar y liberarse. Ahora la deslumbradora luz de las dos linternas lo enfocaba a él. Tenía que alzarse y escabullirse de algún modo de aquella pesadilla. *Confiesa*. La muchacha se reía. Necesitaba calmar la voz antes de hablar, pero ellos, excitados con su aventura, apenas escuchaban. Se zafó del brazo del muchacho, que iba cediendo, y, sin decir palabra, salió del cuarto.

Volvían a estar en la obscuridad. «¿Dónde estás?», preguntó ella y después se movió rápida. Él se situó de modo que ella chocara contra su pecho y cayera en sus brazos. Ella le puso la mano en la nuca y después llevó la boca hasta la suya. «¡Leche condensada! ¿Durante nuestra lucha? ¿Leche condensada?» Ella llevó la boca al cuello de él, todo sudado, lo cató allí donde ella había mantenido su pie descalzo. «Quiero verte.» Se encendió la linterna de él y la vio, con la cara veteada de churretes, el cabello erizado en un torbellino por la transpiración y una sonrisa dirigida a él.

Él le introdujo las manos por las sueltas mangas del vestido y se las colocó sobre los hombros. Ahora, si ella se hacía a un lado, las manos de él la seguirían. Empezó a inclinarse, a dejarse caer con todo su peso hacia atrás, con la esperanza de que él la acompañara, de que sus manos suavizasen la caída. Después él se hizo un ovillo, con los pies en el aire y sólo las manos, los brazos y la boca en ella y el resto de su cuerpo como la cola de una mantis. Seguía llevando la linterna pegada al músculo y al sudor de su brazo izquierdo. La cara de ella entraba en la luz para besar, lamer y catar. La frente de él se frotaba contra el húmedo cabello de ella.

Después él se encontraba de repente en el otro extremo del cuarto y se veía su lámpara de zapador recorriéndolo, seguro ahora, después de que pasara semanas limpiándolo de toda clase de posibles espoletas: como si aquel cuarto hubiera salido por fin de la guerra y no fuese ya una zona o un territorio. Movió sólo la lámpara haciendo oscilar el brazo e iluminando el techo y la sonriente cara de ella, cuando la luz la reveló junto al respaldo del sofá contemplando su brillante y esbelto cuerpo. La siguiente vez que pasó la luz, la mostró agachada y limpiándose la cara con la falda. «Pero yo te he cogido, te he cogido», exclamó Hana. «Soy el mohicano de Danforth Avenue.»

Después se encontraba a horcajadas sobre la espalda de él y la luz de su linterna oscilaba por los lomos de los libros en los estantes más altos, al subir y bajar sus brazos, mientras él la hacía girar y ella se vencía hacia delante como muerta, cayó y lo cogió de los muslos y después se volteó, se desprendió de él y se quedó tumbada en la vieja alfombra, que aún desprendía el olor de la antigua lluvia, y con los brazos humedecidos y cubiertos de polvo y arenilla. Él se inclinó sobre ella y ella alargó la mano y apagó la linterna. «Yo he ganado, ¿eh?» Él aún no había dicho nada desde que había entrado en el cuarto. Con la cabeza hizo el gesto que ella adoraba, en parte asentimiento y en parte indicación de un posible desacuerdo. La luz lo deslumbraba y no podía verla. Apagó la linterna de ella para que estuvieran iguales en la obscuridad.

Aquél fue el mes de sus vidas en que Hana y Kip durmieron uno junto al otro: un solemne celibato entre ellos.

Descubrieron que en el galanteo podía haber toda una civilización, todo un territorio por explorar. El amor por la idea que de él tenía ella y viceversa. No quiero que me folles. No quiero follarte. ¿Dónde lo habría aprendido él —o ella, ¿quién sabe?—, pese a su juventud? Tal vez de Caravaggio, que durante aquellas veladas había hablado a Hana de la juventud de él, de la ternura hacia todas y cada una de las células de un amante que desencadena el descubrimiento de la mortalidad propia. Al fin y al cabo, era una época caracterizada por la omnipresencia de la muerte. El deseo del muchacho sólo se satisfacía en la profundidad del sueño en brazos de Hana y su orgasmo tenía más que ver con el ascendiente de la Luna, con la sacudida de la noche en su cuerpo.

Todas las noches, Kip reposaba su delgada cara en las costillas de Hana, quien, escudriñando en círculos su espalda con sus uñas, le había recordado el placer que se siente al ser rascado. Era algo que un aya le había enseñado años atrás. Durante su infancia, todo el bienestar y la paz los había recibido —recordaba Kip— de ella, nunca de su amada madre, ni de su hermano ni de su padre, con quienes jugaba. Cuando sentía miedo o no podía dormir, el aya —aquella íntima extraña procedente de la India meridional, que vivía con ellos, ayudaba a llevar la casa, cocinaba y les servía las comidas y criaba a sus hijos bajo la protección de la familia— era quien lo advertía y lo ayudaba a conciliar el sueño pasándole la mano por su pequeña y fina espalda y años atrás había aliviado de forma similar a su hermano mayor, pues probablemente conociera el carácter de todos los niños mejor que sus padres auténticos.

Era un afecto mutuo. Si a Kip le hubieran preguntado a quién quería más, habría nombrado a su aya antes que a su madre. Su amor y su consuelo habían sido mayores que ningún amor consanguíneo o sexual. Durante toda su vida se sintió —iba a comprender más adelante— inclinado a buscar esa clase de amor fuera de la familia: la intimidad platónica —o a veces sexual— de una persona extraña. Iban a pasar muchos años antes de que lo comprendiera, antes de que pudiese formularse siquiera a sí mismo la pregunta de a quién quería más.

Aunque ella ya sabía que la quería, sólo en una ocasión le parecía haberle devuelto algo de consuelo. Cuando murió la madre de su aya, él entró a hurtadillas en la habitación de ésta y abrazó su cuerpo, repentinamente envejecido. Se tumbó a su lado en silencio y la acompañó en su duelo en su cuartito de criada, en el que lloraba muy exaltada y al tiempo ceremoniosa. La observó recoger sus lágrimas en una tacita pegada a la cara. Sabía que las llevaría al entierro. Estaba detrás de su encogido cuerpo y tenía puestas sus manitas de niño de nueve años en los hombros de ella y, cuando por fin se calmó y sus estremecimientos fueron cada vez menos frecuentes, empezó a rascarla sobre el sari y después lo apartó y le rascó la piel, como Hana recibía ahora —en 1945, en su tienda, cerca del pueblo encaramado en las colinas en el que sus continentes se habían juntado— el tierno arte de sus uñas en los millones de células de su piel.

IX

La Gruta de los Nadadores

Te prometí contarte cómo se enamora uno.

Un joven llamado Geoffrey Clifton se había encontrado con un amigo en Oxford, que le había hablado de lo que estábamos haciendo. Se puso en contacto conmigo, se casó el día siguiente y dos semanas después se trasladó en avión a El Cairo. Eran los últimos días de su luna de miel. Ése fue el comienzo de nuestra historia.

Cuando conocí a Katharine, estaba casada. Una mujer casada. Clifton bajó del avión y después, sin que nos lo esperáramos, pues al preparar la expedición habíamos pensado que acudiría solo, apareció ella, con sus pantalones cortos de color caqui y sus huesudas rodillas. En aquella época, era demasiado fogosa para el desierto. Me gustó más la juventud de él que el entusiasmo de su joven esposa. Él era nuestro piloto, mensajero, explorador del terreno. Representaba la Nueva Era: pasaba volando y dejaba caer mensajes en forma de largas cintas de colores para indicarnos a dónde debíamos dirigirnos. Constantemente nos hacía partícipes de su adoración por ella. Éramos cuatro hombres y una mujer y su marido, entregado al gozo verbal de su luna de miel. Regresaron a El Cairo y, cuando volvieron, un mes después, fue casi lo mismo. Aquella vez ella estaba más calmada, pero él seguía siendo la juventud en persona. Mientras Clifton se deshacía en elogios de ella, Katharine estaba sentada en unos bidones de gasolina, con la barbilla entre las manos y los codos en las rodillas y se quedaba mirando una lona que no cesaba de agitarse con el viento. Intentamos disuadirlo a base de bromas, pero pretender que se mostrara más discreto habría equivalido a una agresión, cosa que no deseaba de ninguno de nosotros.

Después de aquel mes en El Cairo, ella se mostraba silenciosa, leía constantemente, se mantenía más encerrada en sí misma, como si hubiera ocurrido algo o hubiese comprendido de repente esa característica prodigiosa del ser humano: la de que puede cambiar. No tenía que seguir siendo la persona mundana que se había casado con un aventurero. Estaba descubriéndose a sí misma. Era penoso de contemplar, porque Clifton no advertía el proceso de autoformación de ella, que leía todo lo relativo al desierto, podía hablar de Uweinat y del desierto perdido e incluso había buscado con afán artículos marginales.

Yo, verdad, tenía quince años más que ella. Había llegado a esa fase de la vida en que me identificaba con los personajes perversos y cínicos de los libros. No creo en la permanencia, en las relaciones que se prolongan durante siglos. Tenía quince años más, pero ella era más inteligente. Tenía más deseos de cambiar de lo que yo pensaba.

¿Qué sería lo que la hizo cambiar durante su aplazada luna de miel en el estuario del Nilo, en las afueras de El Cairo? Los habíamos visto unos días: habían llegado dos semanas después de su boda en Cheshire. Clifton se había traído a la novia, pues no podía separarse de ella ni romper el compromiso con nosotros: con Madox y conmigo. Lo habríamos matado, conque las huesudas rodillas de Katharine surgieron del avión aquel día. Así comenzó nuestra historia, nuestra situación.

Clifton celebraba la belleza de sus brazos, las finas líneas de sus tobillos. La describía nadando. Hablaba de los nuevos bidets de la suite del hotel, de su hambre canina en el desayuno.

Ante todo aquello, yo no decía ni palabra. A veces alzaba la vista, mientras él hablaba, y mi mirada se cruzaba con la de ella, testigo de mi muda exasperación, y entonces aparecía su sonrisa recatada. La situación no dejaba de resultar irónica. Yo era el mayor. Era el hombre de mundo, que había caminado diez años antes desde el oasis de Dajla al Gilf Kebir, había cartografiado el Farafra, conocía la Cirenaica y se había perdido más de dos veces en el Mar de Arena. Cuando me conoció, yo tenía todas esas distinciones o podía desviar la vista unos pocos grados y ver las de Madox y, sin embargo, aparte de la Sociedad Geográfica, nadie nos conocía, éramos la franja marginal de un círculo que había conocido por su matrimonio.

Las palabras de elogio de su marido no significaban nada para ella, pero yo soy una persona cuya vida en muchos sentidos, incluso como explorador, ha estado regida por las palabras, por rumores y leyendas, mapas, trozos de loza con inscripciones, el tacto de las palabras. En el desierto repetir algo habría equivalido a tirar más agua en la tierra. Allí un matiz daba para cien kilómetros.

Nuestra expedición se encontraba a unos sesenta kilómetros de Uweinat y Madox y yo íbamos a salir solos de reconocimiento. Los Clifton y los demás iban a quedarse atrás. Ella había consumido toda su lectura y me pidió libros. Yo sólo llevaba conmigo mapas. «¿Y ese libro que hojea usted por las noches?» «Heródoto. ¡Ah! ¿Quiere ése?» «Si figuran en él asuntos íntimos, nunca me tomaría esa libertad.» «Tengo anotaciones en él y recortes. Necesito llevarlos conmigo.» «Ha sido un atrevimiento por mi parte, discúlpeme.» «Cuando vuelva, se lo enseñaré. No estoy acostumbrado a viajar sin él.»

Todo ello con mucha elegancia y cortesía. Le expliqué que era más que nada un libro de anotaciones y lo aceptó. Pude marcharme sin sentirme en modo alguno egoísta. Le agradecí su cortesía. Clifton no estaba. Estábamos solos. Cuando ella se había dirigido a mí, me encontraba en mi tienda preparando el equipaje. Soy una persona que ha dado la espalda a gran parte de las convenciones sociales, pero a veces agradezco los modales delicados.

Regresamos una semana después. Habíamos hecho muchos descubrimientos y habíamos atado muchos cabos. Estábamos de buen humor e hicimos una pequeña celebración en el campamento. Clifton siempre estaba dispuesto para celebrar a los demás. Era contagioso.

Ella se acercó con un vaso de agua. «Enhorabuena, ya he sabido por Geoffrey...» «¡Sí!» «Tenga, beba esto.» Extendí la mano y ella me dejó la taza en la palma. El agua estaba muy fría en comparación con la que habíamos estado bebiendo de nuestras cantimploras. «Geoffrey ha preparado una fiesta en su honor. Está escribiendo una canción y quiere que yo lea un poema, pero a mí me gustaría hacer otra cosa.» «Mire, tenga el libro y échele un vistazo.» Lo saqué de la mochila y se lo entregué.

Después de la comida y el té de hierbas, Clifton sacó una botella de coñac que había mantenido oculta hasta aquel momento. Había que beber toda la botella aquella noche durante el relato de Madox y la interpretación de la chistosa canción de Clifton. Después ella se puso a leer un pasaje de las *Historias*: el de Candaulo y su reina. Yo siempre me salto esa historia. Está al principio del libro y tiene poco que ver con los lugares y la época que me interesan, pero es, desde luego, una historia famosa. También era el tema del que ella había decidido hablar.

Aquel Candaulo se había enamorado apasionadamente de su esposa, por lo que la consideraba más bella, con mucha diferencia, que ninguna otra mujer. Solía describir a Giges, hijo de Daskilo (pues de todos sus lanceros era aquel al que más apreciaba), la belleza de su esposa y la elogiaba sobremanera.

«¿Oyes, Geoffrey?»
«Sí, cariño.»

Dijo a Giges: «Giges, me parece que no me crees, cuando te hablo de la belleza de mi esposa, ya que los oídos de los hombres son menos aptos para creer que sus ojos. Así, pues, idea algún medio para verla desnuda.»

Se pueden hacer varias observaciones, sabiendo que con el tiempo yo llegaría a ser su amante, de igual modo que Giges sería el amante de la Reina y el asesino de Candaulo. Con frecuencia abría yo el libro de Heródoto para aclarar una duda geográfica, pero, al hacer eso mismo, Katharine había abierto una ventana por la que asomarse a su vida. Leía con voz cautelosa. Tenía los ojos clavados en la página, como si, mientras hablaba, estuviera hundiéndose en arenas movedizas.

«Creo que es, en verdad, la más hermosa de todas las mujeres y te ruego que no me pidas que haga algo ilícito.» Pero el Rey le contestó así: «Ten valor, Giges, y no temas que yo diga estas palabras para ponerte a prueba ni que mi esposa pueda causarte daño alguno, pues idearé de antemano un medio para que no se dé cuenta de que has estado viéndola.»

Ésta es la historia de cómo me enamoré de una mujer que me leyó determinada historia de Heródoto. Oí las palabras que ella pronunciaba al otro lado del fuego y en ningún momento levanté la vista, ni siquiera cuando importunaba a su marido. Tal vez estuviera leyéndola sólo para él. Tal vez no hubiese un motivo oculto en la selección de aquel pasaje, salvo para ellos. Era simplemente una historia que le había chocado por la similitud con su situación, pero de repente se le reveló una senda en la vida real, aun cuando no lo hubiera concebido —estoy seguro— como un primer paso al azar.

«Te llevaré a la alcoba en que dormimos, detrás de la puerta abierta, y, después de que entre yo, llegará también mi esposa. Junto a la entrada de la alcoba, hay una silla, sobre la cual deja

sus vestiduras, a medida que se las va quitando, una tras otra;
de modo que podrás contemplarla con toda tranquilidad.»

Pero la Reina vio a Giges, cuando abandonaba la alcoba. Entonces entendió lo que había hecho su marido y, pese a sentirse avergonzada, no puso el grito en el cielo... mantuvo la calma.

Es una historia extraña. ¿No te parece, Caravaggio? La vanidad de un hombre que lo mueve a desear ser envidiado o a ser creído, porque no le parece que le crean. En modo alguno era un retrato de Clifton, pero éste pasó a ser parte de esta historia. El acto del marido resulta muy escandaloso, humano. Nos sentimos movidos a creerlo.

El día siguiente, la esposa llamó a Giges y lo colocó ante una disyuntiva.

«Tienes dos opciones y te voy a dejar elegir la que prefieras:
o bien matas a Candaulo y tomas posesión de mí y del reino de
Lidia o bien recibirás muerte inmediata aquí mismo para que
en el futuro no puedas ver, obedeciendo a Candaulo ciegamente,
lo que no debes. Ha de morir o quien concibió ese plan o tú, que
me has visto desnuda.»

Conque asesinan al Rey. Comienza una nueva era. Hay poemas sobre Giges escritos en trímetros yámbicos. Fue el primero de los bárbaros que consagró ofrendas en Delfos. Reinó en Lidia durante veintiocho años, pero aún lo recordamos como un simple eslabón en una historia de amor inhabitual.

Cesó de leer y levantó la vista, fuera de las arenas movedizas. Estaba evolucionando, conque el poder cambió de manos. Entretanto, con la ayuda de una anécdota, yo me enamoré.

Así son las palabras, Caravaggio. Tienen poder.

Cuando los Clifton no estaban con nosotros, vivían en El Cairo. Clifton hacía otros trabajos para los ingleses. Sólo Dios sabe qué: tenía un tío en alguna oficina del Gobierno. Todo aquello sucedió antes de la guerra, pero en aquella época la ciudad rebosaba de ciudadanos de todas las nacionalidades, que celebraban veladas musicales en el Groppi y bailaban hasta las tantas de la noche. Ellos eran una joven pareja muy popular y honorable y yo estaba en la periferia de la sociedad de El Cairo. Ellos vivían bien; una intensa vida social en la que yo participaba de vez en cuando: cenas, recepciones, actos que normalmente no me habrían interesado, pero a los que ahora asistía porque ella estaba presente. Soy un hombre que ayuna hasta que ve lo que desea.

¿Cómo podría explicarte cómo era ella? ¿Utilizando las manos? ¿Igual que puedo describir en el aire la forma de una colina o de una roca? Ya hacía un año que ella formaba parte de la expedición. Yo la veía, conversaba con ella. Habíamos estado continuamente en presencia uno del otro. Más adelante, cuando tomamos conciencia de nuestro mutuo deseo, aquellos momentos anteriores volvieron, cargados de sugerencias, a inundar nuestros corazones: aquel asirse nervioso a un brazo en un precipicio, ciertas miradas no percibidas o malinterpretadas.

En aquella época yo iba poco por El Cairo, solía pasar uno de cada tres meses en esa ciudad. Trabajaba en mi libro, *Récentes explorations dans le désert lybique*, en el Departamento de Egiptología y con el paso de los días me sentía cada vez más cerca del texto, como si el desierto estuviera ahí, en la página, con lo que podía oler incluso la tinta, a medida que salía de la estilográfica. Y, al mismo tiempo, luchaba con la presencia cercana de ella, más obsesionado, a decir verdad, con las virtudes de su boca, la tiesura junto a su rodilla, la blanca planicie de su estómago, mientras escribía mi breve libro —setenta páginas—, sucinto y sin divagaciones, completado con mapas de viaje. No conseguía eliminar su cuerpo de la página. Deseaba dedicarle aquella monografía a ella —a su voz, a su cuerpo, que imaginaba blanco y rosado, al salir de la cama, como un largo arco—, pero se la dediqué a un rey, pues estaba convencido de que a ella semejante obsesión la habría movido a burla, le habría inspirado un condescendiente gesto de la cabeza, cortés y azorado.

Empecé a mostrarme doblemente ceremonioso —un rasgo de mi carácter—, como violento por una desnudez revelada antes. Es un hábito europeo. Ahora —tras haberla transpuesto extrañamente en mi texto del desierto— me resultaba natural enfundarme en una armadura ante ella.

> *El poema exaltado es un substituto*
> *De la mujer a la que se ama o se debería amar,*
> *Una rapsodia exaltada, una impostura por otra.*

En el césped de Hassanein Bey —el augusto anciano de la expedición de 1923—, se me acercó junto con el agregado de la embajada Roundell y me dio la mano, pidió a su acompañante que trajera una copa, volvió a mirarme y me dijo: «Quiero que me embelese usted.» Y volvió Roundell. Era como si me hubiese entregado un cuchillo. Al cabo de un mes, era su amante. En aquel cuarto que daba al zoco, al norte de la calle de los loros.

Caí de rodillas en el vestíbulo embaldosado con mosaico, con la cara pegada a la cortina de su vestido y el salado sabor de estos dedos en su boca. Formamos una estatua extraña nosotros dos, antes de que empezáramos a dar rienda suelta a nuestra hambre. Sus dedos rascaban la arena en mi ralo cabello. Nos rodeaban El Cairo y todos sus desiertos.

¿Sería el deseo de su juventud, de su fino y hábil cuerpo de muchacho? Sus jardines eran aquellos a los que me refería cuando te hablé de jardines.

Tenía en el cuello ese huequito que llamábamos el Bósforo. Me zambullía desde su hombro en el Bósforo. Descansaba la vista en él. Me arrodillaba y ella me miraba burlona, como si fuera yo de otro planeta. Su fresca mano, que sentí de repente en el cuello en un autobús de El Cairo, el amor a toda prisa en un trayecto de taxi cubierto, desde el puente Jedive Ismail hasta el Tipperary Club, o el sol que se filtraba entre sus uñas en el vestíbulo del tercer piso del museo, cuando me cubrió la cara con la mano.

Sólo debíamos procurar que no nos viese una persona.

Pero Geoffrey Clifton era un hombre inmerso en la máquina inglesa. Tenía una genealogía familiar que se remontaba a Canuto. La máquina no necesariamente habría revelado a Clifton, quien sólo llevaba dieciocho meses casado, la infidelidad de su esposa, pero empezó a cercar el fallo, la enfermedad en el sistema. Conocía todos los movimientos que ella y yo hicimos desde nuestro primer contacto cohibido en la *porte cochère* del hotel Semíramis.

Yo no había hecho caso de los comentarios de ella sobre los parientes de su marido y Geoffrey Clifton era tan inocente como nosotros sobre la gran red inglesa que se cernía sobre nosotros, pero el club de guardaespaldas vigilaba a su esposo y lo mantenía protegido. Sólo Madox, que era un aristócrata y había pertenecido a círculos militares, conocía aquellas discretas circunvoluciones. Sólo Madox me puso en guardia —y con considerable tacto— sobre aquel mundo.

Yo llevaba conmigo a Heródoto y Madox —santo en su matrimonio— llevaba *Ana Karenina* y no cesaba de leer esa historia de amor y engaño. Un día, demasiado tarde para eludir el mecanismo que habíamos puesto en marcha, intentó explicarme el mundo de Clifton mediante el ejemplo del hermano de Ana Karenina. Pásame mi libro. Escucha esto.

La mitad de los habitantes de Moscú y San Petersburgo eran parientes o amigos de Oblonsky. Había nacido entre gentes que eran o habían llegado a ser los poderosos de este mundo. Una tercera parte de los funcionarios de mayor edad habían sido amigos de su padre y lo habían conocido en mantillas. (...) Por consiguiente, todos los repartidores de los bienes terrenales eran amigos suyos y no podían por menos de tomarse interés por él. (...) Lo único que hubo de hacer fue no contradecir, no sentir envidia, no discutir ni ofenderse, cosas que su innata bondad nunca le había inspirado.

He llegado a coger cariño al toque de tu uña en la jeringa, Caravaggio. La primera vez que Hana me dio morfina delante de ti, estabas junto a la ventana y, al oír el toque de su uña, diste un respingo con el cuello hacia nosotros. Sé reconocer a un camarada, igual que un amante reconoce siempre el camuflaje de otros amantes.

Las mujeres lo quieren todo de un amante y con demasiada frecuencia yo me hundía bajo la superficie. Así desaparecen los ejércitos bajo la arena. Y no hay que olvidar su miedo a su marido, su fe en su honor, mi antiguo deseo de independencia, mis desapariciones, sus sospechas, mi incredulidad de que me quisiera: la paranoia y la claustrofobia del amor oculto.

«Creo que te has vuelto inhumano», me dijo.

«No soy yo el único que traiciona.»

«No creo que te importe... que haya ocurrido esto entre nosotros. Te escabulles de todo con tu miedo y aversión a la posesividad, a que te posean, a que te nombren. Crees que se trata de una virtud. Me pareces inhumano. Si te dejo, ¿a quién recurrirás? ¿Encontrarás otra amante?»

No respondí.

«Niégalo, desgraciado.»

Siempre había querido palabras, le encantaban, se había criado con ellas. Las palabras le daban claridad, le aportaban razón y forma. En cambio, yo pensaba que las palabras deformaban los sentimientos, como ocurre con los bastones, al introducirlos en el agua.

Volvió con su marido.

A partir de este momento —susurró—, o encontramos nuestras almas o las perderemos.

Si los mares se alejan, ¿por qué no habrían de hacerlo los amantes? Los puertos de Éfeso, los ríos de Heráclito desaparecen y son substituidos por estuarios de aluvión. La esposa de Candaulo pasa a ser la esposa de Giges. Arden las bibliotecas.

¿Qué había sido nuestra relación? ¿Una traición a quienes nos rodeaban o el deseo de otra vida?

Volvió a su casa, junto a su marido, y yo me retiré a las tabernas.

Miraré a la Luna,
pero te veré a ti.

Esa idea del viejo Heródoto. No cesaba de tararear y cantar aquella canción y de tanto machacar sus versos acababa acoplándolos a su propia vida. La gente se recupera de las pérdidas secretas de diversas formas. Alguien de su círculo me vio sentado con un comerciante de especias, el que en cierta ocasión le había regalado un dedal de peltre que contenía azafrán: como tantos millares de otras cosas.

Y si Bagnold —que me había visto sentado junto al comerciante de azafrán— lo sacó a relucir durante la cena en la mesa a la que estaba sentada ella, ¿qué sentí yo al respecto? ¿Me consolaría que ella recordara al hombre que le había dado un regalito, un dedal de peltre que llevó colgado al cuello de una cadenita obscura durante los dos días en que su marido estuvo ausente de la ciudad? El azafrán que contenía le dejaba una mancha dorada en el pecho.

¿Cómo se tomaría ella aquella historia relativa a mí —paria para el grupo después de tal o cual escena en la que me había desacreditado— y ante la cual Bagnold se había reído, su esposo, que era buena persona, se había sentido preocupado por mí y Madox se había levantado y se había acercado a una ventana para ponerse a mirar hacia el sector meridional de la ciudad? Tal vez la conversación pasara a versar sobre otras cosas que hubiesen visto. Al fin y al cabo, eran cartógrafos, pero, ¿bajaría ella al pozo que habíamos cavado juntos y permanecería en él, del mismo modo que yo expresaba mi deseo con la mano extendida hacia ella?

Ahora cada uno de nosotros tenía su propia vida, protegida por el más secreto de los tratados con el otro.

«¿Qué haces?», me preguntó, al tropezarse conmigo por la calle. «¿Es que no ves que nos estás volviendo locos a todos?»

Yo había dicho a Madox que estaba cortejando a una viuda, pero ella aún no estaba viuda. Cuando Madox volvió a Inglaterra, ella y yo ya no éramos amantes. «Saluda de mi parte a tu viuda de El Cairo», murmuró Madox. «Me habría gustado conocerla.» ¿Estaría enterado? Siempre me sentí más desleal ante él —aquel amigo con el que llevaba diez años trabajando, el hombre por el que más afecto sentía— que ante nadie. Estábamos en 1939 y todos íbamos a abandonar aquel país, en cualquier caso, para participar en la guerra.

Madox regresó a la aldea de Marston Magna, en Somerset, donde había nacido, y un mes después estaba sentado en la congregación de una iglesia escuchando el sermón dedicado a la guerra, cuando sacó el revólver que había llevado en el desierto y se pegó un tiro.

Yo, Heródoto de Halicarnaso, he expuesto mi historia para que el tiempo no desdibuje las creaciones de los hombres ni las grandiosas y prodigiosas hazañas de los griegos y los bárbaros (...) junto con las razones por las que se enfrentaron.

El desierto siempre había inspirado sentimientos poéticos a los hombres y Madox había expuesto —en la Sociedad Geográfica— hermosas relaciones de nuestras caminatas y jornadas. Bermann reducía la teoría a pavesas. ¿Y yo? Yo era el técnico, el mecánico. Los otros ponían por escrito su amor de la soledad y meditaban sobre lo que allí encontraban. Nunca estuvieron seguros de lo que yo pensaba de todo aquello. «¿Te gusta esa Luna?», me preguntó Madox, cuando hacía diez años que me conocía. Lo hizo indeciso, como si hubiera violado mi intimidad. Para ellos, yo era demasiado astuto para ser un amante del desierto: más parecido a Odiseo. Y, sin embargo, lo amaba. Para mí, el desierto es como para otros hombres un río o la ciudad de su infancia.

Cuando nos separamos por última vez, Madox recurrió a la antigua fórmula de despedida. «Que Dios te conceda la seguridad por compañía.» Y yo me alejé de él, al tiempo que decía: «Dios no existe.» Éramos tan diferentes como la noche y el día.

Madox decía que Odiseo nunca escribió una palabra, no llevaba un diario. Tal vez se sintiera ajeno a la falsa rapsodia del arte. Y mi monografía tenía —debo reconocerlo— la austeridad de la precisión. El miedo a describir la presencia de ella, mientras escribía, me hizo eliminar todo sentimiento, toda retórica del amor. Aun así, describí el desierto con la misma pureza con la que habría hablado de ella. El día en que Madox me hizo la pregunta sobre la Luna fue uno de los últimos días en que estuvimos juntos antes de que comenzara la guerra. Nos separamos y él se marchó a Inglaterra, pues la probabilidad de que estallara la guerra lo interrumpió todo, nuestro lento desenterrar la historia en el desierto. Adiós, Odiseo, dijo sonriendo, aunque sabía que Odiseo nunca había sido santo de mi devoción precisamente y menos aún Eneas, si bien habíamos llegado a la conclusión de que Bagnold era Eneas, pero la verdad es que Odiseo no era un gran santo de mi devoción. Adiós, dije.

Recuerdo que se volvió riendo. Señaló con su grueso dedo el punto junto a su nuez y dijo: «Esto se llama sinoide vascular.» Y dio a ese hueco de su cuello un nombre oficial. Regresó con su mujer a la aldea de Marston Magna y sólo se llevó su volumen favorito de Tolstói: me dejó todas sus brújulas y mapas. Nuestro afecto siguió inexpresado.

Y Marston Magna, en Somerset, a quien había evocado para mí una y mil veces en nuestras conversaciones, había convertido sus verdes campos en un aeródromo. Los aviones arrojaban sus gases de escape sobre castillos artúricos. No sé lo que lo movería al suicidio. Tal vez fuera el permanente ruido de los vuelos, tan intenso para él después de haberse acostumbrado al sencillo zumbido de la lagarta, que había puntuado nuestros silencios en Libia y Egipto. Una guerra ajena estaba desgarrando el delicado tapiz que formaban sus compañeros. Yo era Odiseo y entendía los cambios y los vetos temporales que entrañaba la guerra, pero él era un hombre al que no le resultaba fácil hacer amistades, un hombre que había conocido a dos o tres personas en su vida y ahora resultaban ser el enemigo.

Estaba en Somerset solo con su mujer, que nunca nos había conocido. A él le bastaban pequeños gestos. Una bala puso fin a la guerra.

Sucedió en julio de 1939. Fueron en autobús desde la aldea a Yeovil. El autobús había ido muy lento, por lo que habían llegado con retraso al oficio. En la parte trasera de la atestada iglesia, decidieron separarse para encontrar asientos. Cuando, media hora después, comenzó el sermón, resultó patriotero y partidario sin vacilación de la guerra. El predicador entonó alegre su salmodia sobre la batalla y bendijo al Gobierno y a los hombres que estaban a punto de entrar en la guerra. Madox escuchó el sermón, que se fue haciendo cada vez más exaltado, sacó la pistola que llevaba en el desierto, se inclinó y se disparó en el corazón. Murió en el acto. Se hizo un gran silencio, un silencio propio del desierto, un silencio sin aviones. Oyeron desplomarse su cuerpo contra el banco. Ninguna otra cosa se movió. El predicador quedó paralizado en su gesto. Fue como los silencios que se producen cuando se parte la opalina en torno a una vela y todas las caras se vuelven. Su esposa bajó por la nave central, se detuvo ante su fila, murmuró algo y la dejaron pasar junto a él. Se arrodilló y lo rodeó con los brazos.

¿Cómo murió Odiseo? Un suicidio, ¿no? Me parece recordarlo, ahora. Tal vez el desierto, aquella época en que nada teníamos que ver con el mundo, hubiera acostumbrado mal a Madox. No puedo dejar de pensar en el libro ruso que siempre llevaba consigo. Rusia siempre ha estado más próxima a mi país que al suyo. Sí, Madox fue un hombre que murió por culpa de las naciones.

Me encantaba la calma que mantenía en todo momento. Yo discutía furioso sobre las ubicaciones en un mapa y sus informes hablaban de nuestro «debate» con expresiones razonables. Escribía con calma y gozo, cuando había gozos que describir, sobre nuestros viajes, como si fuéramos Ana y Vronski en un baile. Sin embargo, nunca quiso acompañarme a una de aquellas salas de baile de El Cairo y yo era el que se enamoraba bailando.

Se movía con paso lento. Nunca lo vi bailar. Era un hombre que escribía, que interpretaba el mundo. Su sabiduría se alimentaba con la menor pizca de emoción que se le brindara. Una mirada podía inspirarle párrafos enteros de teoría. Si descubría un nuevo tipo de nudo en una tribu del desierto o encontraba una palmera rara, quedaba encantado durante semanas. Cuando dábamos con mensajes en nuestros viajes —cualquier texto, contemporáneo o antiguo, una inscripción árabe en una pared de barro, una nota en inglés escrita con tiza en el guardabarros de un jeep—, los leía y después les pasaba la mano por encima, como para tocar sus posibles significados más profundos, para lograr la mayor intimidad posible con las palabras.

Extendió el brazo, con las magulladas venas horizontales vueltas hacia arriba, para recibir la dosis de morfina. Mientras ésta lo inundaba, oyó a Caravaggio dejar caer la aguja en la cajita esmaltada y con forma de riñón. Vio su canosa figura darle la espalda y después reaparecer, también enganchado, ciudadano del reino de la morfina como él.

Había días en que volvía a casa después de una árida jornada de escritura y lo único que me salvaba era *Honeysuckle Rose* de Django Reinhardt y Stéphane Grappelly en su actuación con el Hot Club de Francia. 1935, 1936, 1937: grandes años para el jazz, los años en que salía del hotel Claridge y se difundía por los Campos Elíseos, llegaba hasta los bares de Londres, del sur de Francia y de Marruecos y después pasaba a Egipto, adonde una orquesta de baile anónima de El Cairo introdujo a la chita callando el rumor sobre tales ritmos. Cuando regresé al desierto, me llevé conmigo las veladas de baile en los bares al ritmo de *Souvenirs*, grabado en discos de 78 rpm, en las que las mujeres se movían como galgos y se inclinaban sobre ti, cuando les susurrabas algo con la cara pegada a sus hombros, mientras sonaba *My Sweet*, cortesía de la compañía de discos Société Ultraphone Française. 1938, 1939. Murmullos de amor en una cabina. La guerra estaba al caer.

Durante aquellas últimas noches en El Cairo, meses después de que hubiera concluido nuestra historia de amor, logramos convencer por fin a Madox para que celebrara su despedida en una taberna. Asistieron ella y su marido, una última noche, un último baile. Almásy estaba borracho e intentó interpretar un antiguo paso de baile que había inventado, llamado el Abrazo del Bósforo, levantó a Katharine Clifton en sus nervudos brazos y atravesó la pista hasta caer con ella sobre unas aspidistras crecidas en el Nilo.

¿Por quién hablará ahora?, pensó Caravaggio.

Almásy estaba borracho y su baile parecía a sus acompañantes una serie de movimientos brutales. En aquellos días ella y él no parecían llevarse bien. Él la balanceaba de un lado para otro, como si fuera una muñeca anónima, ahogaba con la bebida su pena por la marcha de Madox. Cuando se sentaba en nuestras mesas, hablaba a gritos. Cuando Almásy se comportaba así, solíamos dispersarnos, pero, como aquélla era la última noche de Madox en El Cairo, nos quedamos. Un mal violinista egipcio imitaba a Stéphane Grappelly y Almásy era como un planeta sin control. «Por nosotros, que somos de otro planeta», brindó. Quería bailar con todo el mundo, hombres y mujeres. Dio palmas y anunció: «Y ahora el Abrazo del Bósforo. ¿Tú, Bernhardt? ¿Hetherton?» La mayoría se echó hacia atrás. Se volvió hacia la joven esposa de Clifton, que lo contemplaba con furia cortésmente contenida y —cuando le hizo la seña y después la embistió, con el cuello apoyado ya en el hombro de ella, en aquella meseta desnuda por encima de las lentejuelas— se adelantó. Siguió un tango de maníacos hasta que uno de ellos perdió el paso. Ella no quiso disipar su irritación, se negó a dejarle ganar marchándose y volviendo a la mesa. Se limitó a mirarlo fijamente y con expresión severa, cuando él irguió la cabeza, y actitud carente de solemnidad, pero belicosa. Él bajó la cabeza y le susurró algo, tal vez le espetara la letra de *Honeysuckle Rose*.

En El Cairo, en los intervalos entre expediciones, nadie veía apenas a Almásy. Parecía distante o inquieto. Trabajaba en el museo durante el día y frecuentaba los bares del mercado, por la zona meridional de El Cairo. Estaba perdido en otro Egipto. Sólo por Madox habían acudido aquella noche todos, pero ahora Almásy estaba bailando con Katharine Clifton. La hilera de plantas rozaba el esbelto cuerpo de ella. Giró con ella, la levantó y después cayó. Clifton permaneció sentado y contemplando la escena por el rabillo del ojo. Almásy había caído encima de ella y después intentó levantarse despacio, al tiempo que se alisaba su rubio pelo, y se arrodilló por encima de ella en el rincón más alejado de la sala. En tiempos había sido un hombre delicado.

Era medianoche pasada. Los presentes —excepto los clientes habituales, acostumbrados a aquellas ceremonias de los europeos del desierto, que les resultaban graciosas— no estaban divirtiéndose. Había mujeres con largos y serpenteantes pendientes de plata colgados de las orejas, mujeres cubiertas de lentejuelas, gotitas de metal cálidas por el calor del bar a las que Almásy siempre había sido muy aficionado, mujeres que al bailar hacían oscilar sus dentados pendientes de plata contra su cara. Otras noches bailaba con ellas y, cuando estaba bastante bebido, las hacía girar sobre sus costillas. Sí, les hacía gracia, se reían de la tripa que dejaba al descubierto la camisa suelta de Almásy; menos les hacía, en cambio, que descargase todo su peso sobre sus hombros, cuando hacía una pausa durante el baile, y más adelante acabara desplomándose en la pista en pleno *schottische*.

Durante semejantes veladas era importante meterse en el ambiente de la velada, mientras la constelación humana se arremolinaba y resbalaba alrededor, sin reflexiones ni ideas preconcebidas. Las observaciones sobre la velada venían más adelante, en el desierto, en los accidentes geográficos entre Dajla y Kufra. Entonces recordaba el gañido canino que le había hecho buscar un perro por la pista y, mientras observaba el disco de la brújula flotando en aceite, comprendía que debía de haberse tratado de una mujer a la que había pisado. Cuando avistaba un oasis, se enorgullecía de su forma de bailar, agitando los brazos y el reloj de pulsera hacia el cielo.

Noches frías en el desierto. Arrancó un hilo de la profusión de noches y se lo llevó a la boca, como si fuera comida. Sucedía durante los dos primeros días de una expedición, cuando estaba en la zona del limbo entre la ciudad y la meseta. Pasados seis días, nunca se acordaba de El Cairo ni de la música, las calles, las mujeres; se movía ya en el tiempo antiguo. Se había adaptado al lento ritmo de las aguas profundas. Su única conexión con el mundo de las ciudades era Heródoto, su prontuario, antiguo y moderno, de supuestas mentiras. Cuando descubría la verdad de lo que había parecido una mentira, cogía el bote de cola y pegaba un mapa o un artículo o utilizaba un espacio en blanco del libro para esbozar hombres con faldas junto a animales desaparecidos. Pese a lo que afirmaba Heródoto, los antiguos habitantes de los oasis no solían dibujar ganado. Adoraban a una diosa encinta y sus figuras rupestres eran sobre todo de mujeres encinta.

Transcurridas dos semanas, ni siquiera concebía la idea de una ciudad. Era como si hubiese caminado bajo el milímetro de neblina justo por encima de las fibras cubiertas de tinta de un mapa, esa zona pura entre la tierra y el gráfico, entre las distancias y la leyenda, entre la naturaleza y el narrador. Sandford la llamaba geomorfología: el lugar que habían elegido para visitar, dar lo mejor de sí, olvidar a sus antepasados. Allí, aparte de la brújula solar, el kilometraje del odómetro y el libro, estaba solo, era su propia invención. En esos momentos sabía cómo funcionaba el espejismo, el *fatamorgana*, pues se encontraba dentro de él.

Se despertó y descubrió que Hana estaba lavándolo. Había una cómoda que le llegaba a la cintura. Ella se inclinó y con las manos cogió agua de la palangana de porcelana y la pasó por el pecho de él. Cuando acabó, se atusó varias veces el pelo, que se humedeció y obscureció. Alzó la vista, le vio los ojos abiertos y sonrió.

Cuando volvió a abrir los ojos, estaba ahí Madox, con aspecto andrajoso y cansado, con la inyección de morfina y obligado a usar las dos manos, porque carecían de pulgares. ¿Cómo se la pondrá a sí mismo?, pensó. Reconoció sus ojos, el hábito de pasarse la lengua por los labios, la lucidez de su cabeza, que captaba todo lo que decía, dos viejos chiflados.

Caravaggio observaba el color rosado de la boca del hombre que hablaba. Las encías tenían tal vez el pálido color de yodo de las pinturas rupestres descubiertas en Uweinat. Había más cosas que descubrir, que adivinar en aquel cuerpo en la cama, inexistente, salvo una boca, una vena en el brazo y unos ojos grises como de lobo. Seguía asombrado ante la claridad y la disciplina de aquel hombre, que unas veces hablaba en primera y otras en tercera persona y seguía sin reconocer que era Almásy.

«¿Quién hablaba, entonces?»
«*La muerte significa estar en tercera persona.*»

Habían pasado todo el día compartiendo las ampollas de morfina. Para hacerle devanar la historia, Caravaggio se atenía al código de señales. Cuando el hombre quemado aminoraba o cuando Caravaggio tenía la sensación de no enterarse de todo —la historia de amor, la muerte de Madox—, cogía la jeringa de la caja esmaltada con forma de riñón y, tras romper la punta de una ampolla con la presión de un nudillo, la cargaba. Después de haber desgarrado completamente la manga de su brazo izquierdo, ya no se molestaba en disimular ante Hana. Almásy tenía puesta sólo una camiseta gris, por lo que tenía desnudo el brazo extendido bajo la sábana.

Cada absorción de morfina por el cuerpo abría otra puerta o lo hacía remontarse a la historia de las pinturas de la gruta o a la del avión enterrado o entretenerse una vez más con la mujer a su lado bajo un ventilador y la mejilla de ella sobre su estómago.

Caravaggio cogió el volumen de Heródoto. Pasó una página, trepó por una duna y descubrió el Gilf Kebir, Uweinat, Gebel Kissu. Cuando Almásy hablaba, se quedaba a su lado reordenando los sucesos. Sólo al deseo se debía que la historia errara, vacilase como la aguja de una brújula y, en cualquier caso, se trataba del mundo de los nómadas, una historia apócrifa: una mente viajando por el Este y por el Oeste disfrazada de tormenta de arena.

En el suelo de la Gruta de los Nadadores, después de que su marido estrellara el avión, él había cortado y extendido el paracaídas que ella llevaba puesto. Ella se agachó y se arrebujó con él, al tiempo que hacía muecas de dolor por las heridas. Él le pasó suavemente los dedos por el pelo en busca de otras heridas y después le tocó los hombros y los pies.

Ahora, en la gruta, lo que no quería perder era su belleza, su gracia, aquellas formas. Ya tenía —eso lo sabía— su ser en sus manos.

Era una mujer que, cuando se maquillaba, transformaba su rostro. Al entrar en una fiesta, al meterse en la cama, se había pintado los labios de color sangre y los ojos de bermellón.

Él alzó la vista hacia la única pintura rupestre que había en la gruta y le robó los colores. En la cara le puso ocre y en torno a los ojos azul. Cruzó la gruta con las manos impregnadas de rojo y le pasó los dedos por el pelo y después por toda la piel, por lo que la rodilla que había asomado del avión el primer día pasó a tener color de azafrán. El pubis. Aros de color alrededor de las piernas para que la protegieran de los seres humanos. En Heródoto había descubierto tradiciones en las que los viejos guerreros celebraban a sus seres queridos situándolos y manteniéndolos en un mundo en el que cobraban eternidad: un líquido de color, una canción, una pintura rupestre.

Ya hacía frío en la gruta. La envolvió en el paracaídas para que entrara en calor. Encendió un pequeño fuego, quemó las ramitas de acacia y dispersó el humo hacia los cuatro rincones de la gruta. Se dio cuenta de que no podía hablarle directamente, por lo que habló con comedimiento y procurando superponer su voz a la resonancia de las paredes de la gruta. *Ahora me voy a buscar ayuda,*

Katharine. ¿Entiendes? Cerca de aquí hay otro avión, pero no tiene combustible. Tal vez me encuentre una caravana o un jeep y en ese caso regresaré antes. No sé. Sacó el volumen de Heródoto y lo dejó junto a ella. Era septiembre de 1939. Salió de la gruta, del resplandor del fuego, y penetró en la obscuridad y en el desierto inundado por la Luna.

Bajó la pendiente de cantos rodados hasta la base de la meseta y esperó.

Sin camión ni aeroplano ni brújula. Sólo la Luna y su propia sombra. Encontró el antiguo hito de piedra que indicaba la dirección de El Taj: Noroeste. Se grabó en la mente el ángulo de su sombra y empezó a caminar. A cien kilómetros de allí se encontraba el zoco con su calle de los relojes. Colgado del hombro llevaba —chapoteando como en una placenta— un odre que había llenado de agua en el *ain*.

Había dos momentos del día en los que no podía moverse: al mediodía, cuando la sombra quedaba a su espalda, y en el crepúsculo, entre el ocaso y la salida de las estrellas. Entonces todo en el disco del desierto era lo mismo. Si se movía, podía desviarse hasta noventa grados de su rumbo. Esperaba a que apareciera el mapa vivo de las estrellas y después avanzaba leyéndolas a cada hora. En el pasado, cuando habían tenido guías del desierto, colgaban una linterna de un palo largo y los demás seguían la luz que oscilaba por encima del lector de las estrellas.

Un hombre camina tan rápido como un camello: cuatro kilómetros por hora. Si tenía suerte, podía encontrar huevos de avestruz. Si no, una tormenta de arena lo borraría todo. Caminó tres días sin comer nada. Se negaba a pensar en ella. Si llegaba a El Taj, comería *abra*, que las tribus del desierto preparaban con coloquíntida: hirviendo las pepitas para eliminar el amargor y después machacándolas junto con dátiles y langostas. Caminaría por la calle de los relojes y el alabastro. Que Dios te conceda la seguridad por compañía, le había dicho Madox. Adiós. Un gesto con la mano. Sólo en el desierto hay Dios, ahora estaba dispuesto a reconocerlo. Fuera de él, sólo había comercio y poder, dinero y guerra. Los déspotas financieros y militares gobernaban el mundo.

Se encontraba en una zona de terreno quebrado, había pasado de la arena a la roca. Se negaba a pensar en ella. Después surgieron colinas como castillos medievales. Caminó hasta entrar con su sombra en la sombra de una montaña. Arbustos de mimosa, coloquíntidas. Gritó el nombre de ella a las rocas, *pues el eco es el alma de la voz que se excita en las oquedades.*

Y después El Taj. Durante la mayor parte del viaje había imaginado la calle de los espejos. Cuando llegó a los alrededores de la colonia, lo rodearon jeeps militares ingleses y se lo llevaron, sin acceder a escuchar su historia de la mujer herida en Uweinat, a sólo cien kilómetros, ni a escuchar, de hecho, nada de lo que decía.

«¿Me estás diciendo que los ingleses no te creyeron? ¿Nadie te escuchó?»

«Nadie me escuchó.»

«¿Por qué?»

«No les di un nombre satisfactorio.»

«¿El tuyo?»

«Les di el mío.»

«Entonces, ¿qué...?»

«*El de ella*. Su nombre. El de su marido.»

«¿Qué dijiste?»

Guardó silencio.

«¡Despierta! ¿Qué dijiste?»

«Dije que era mi *esposa*. Dije *Katharine*. Su marido había muerto. Dije que estaba gravemente herida, en una gruta en el Gilf Kebir, en Uweinat, al norte del pozo de Ain Dua, que necesitaba agua y comida y que yo volvería con ellos para guiarlos. Dije que lo único que necesitaba era un jeep, uno de sus dichosos jeeps... Tal vez pareciera, después del viaje, uno de aquellos locos profetas del desierto, pero no creo. Ya estaba empezando la guerra. Estaban deteniendo a espías en el desierto. Toda persona con nombre extranjero que vagara por aquellos pueblecitos de los oasis resultaba sospechosa. Ella estaba a sólo cien kilómetros y se negaron a escucharme. Una unidad inglesa aislada en El Taj. Entonces debí de perder los estribos. Utilizaban unas cárceles de mimbre, del tamaño de una ducha. Me metieron en una de ellas y me trasladaron en un camión. Empecé a dar tumbos en él hasta que caí a la calle, todavía dentro. Gritaba el nombre de Katharine y el Gilf Kebir, cuando, en realidad, el único nombre que debería haber gritado, que debería haber soltado como una tarjeta de visita en sus manos, era el de Clifton.

»Volvieron a subirme al camión. Era simplemente un posible espía de segunda categoría, otro cabrón internacional simplemente.»

Caravaggio quería levantarse y marcharse de aquella villa, del país, los detritos de una guerra. Lo que Caravaggio quería era rodear con sus brazos al zapador y a Hana o, mejor, a personas de su edad, en un bar en el que conociera a todo el mundo, en el que pudiese bailar y hablar con una mujer, descansar la cabeza en su hombro, reclinar la cabeza en su frente, lo que fuera, pero sabía que primero había de salir de aquel desierto, su arquitectura de morfina. Tenía que alejarse de la carretera invisible que llevaba a El Taj. Aquel hombre —Almásy, según suponía— se había valido de él y de la morfina para regresar a su mundo, para tristeza suya. Ya no importaba en qué bando estuviera durante la guerra.

Pero Caravaggio se inclinó hacia adelante.

«Necesito saber una cosa.»

«¿Qué?»

«Si asesinaste tú a Katharine Clifton. Es decir, si asesinaste a Clifton y, al hacerlo, la mataste a ella.»

«No, ni siquiera se me ocurrió semejante cosa.»

«Te lo pregunto porque Geoffrey Clifton trabajaba para el Servicio de Inteligencia británico. No era un simple inglés inocente, la verdad, vuestro simpático muchacho. Vigilaba a vuestro extraño grupo en el desierto egipcio-libio para informar a los ingleses. Sabían que el desierto sería un día escenario de la guerra. Era un fotógrafo aéreo. Su muerte les preocupó y sigue preocupándoles. Todavía abrigan dudas al respecto. Y el Servicio de Inteligencia estaba enterado de tu historia amorosa con su mujer, desde el principio, aunque Clifton no lo supiera. Pensaban que se podía haber planeado su muerte como una protección, para alzar el puente levadizo. Te estaban esperando en El Cairo, pero, claro, tú volviste al desierto. Más adelante, cuando me enviaron a Italia, me perdí la última parte de tu historia. No sabía qué había sido de ti.»

«Conque por fin me has encontrado.»

«Vine por la muchacha. Conocía a su padre. La última persona a la que pensaba encontrar aquí, en este convento bombardeado, era el conde Ladislaus de Almásy. Para ser sincero, he de decir que te he tomado más cariño que a la mayoría de las personas con las que trabajé.»

El rectángulo de luz que había ido subiendo poco a poco por la silla de Caravaggio enmarcaba ahora su pecho y su cara, por lo que al paciente inglés el rostro le parecía un retrato. Con luz mortecina su cabello parecía obscuro, pero ahora su desgreñada cabellera resplandecía y las ojeras quedaban eclipsadas por la rosada luz del atardecer.

Había vuelto la silla para poder reclinarse hacia adelante sobre el respaldo, enfrente de Almásy. A Caravaggio no le salían las palabras fácilmente. Se frotaba la mandíbula, arrugaba la cara, cerraba los ojos, para pensar en la obscuridad y sólo entonces soltaba algo, se forzaba a sí mismo a desprenderse de sus pensamientos. Esa obscuridad era la que se percibía en él, sentado ahí, en el romboidal marco de la luz, encorvado sobre una silla junto a la cama de Almásy, uno de los dos hombres de mayor edad de esta historia.

«Contigo, Caravaggio, puedo hablar, porque tengo la sensación de que los dos somos mortales. La chica, el muchacho, pese a lo que han pasado, no son aún mortales. Cuando conocí a Hana, estaba muy afligida.»

«A su padre lo mataron en Francia.»

«Comprendo. No quería hablar de ello. Se mostraba distante con todo el mundo. La única forma como conseguí comunicar con ella fue pidiéndole que me leyera... ¿Te das cuenta de que ninguno de nosotros tiene hijos?»

Hizo una pausa, como examinando una posibilidad.

«¿Tienes esposa?», preguntó Almásy.

Caravaggio estaba sentado a la rosada luz, con las manos en la cara para borrarlo todo y poder pensar con precisión, como si se tratara de otro de los dones de la juventud del que ya no disfrutaba tan fácilmente.

«Tienes que hablarme, Caravaggio. ¿O es que soy sólo un libro, algo que leer, un ser al que tentar para que salga de un lago y atracarlo a base de morfina, a base de pasillos, mentiras, vegetación, montículos de piedras?»

«A los ladrones nos han utilizado mucho durante esta guerra. Nos legitimaron. Robábamos. Después algunos de nosotros empezamos a asesorar. Sabíamos por naturaleza desentrañar el disimulo y el engaño mejor que los servicios oficiales de inteligencia. Engañábamos por partida doble. De la dirección de campañas enteras se encargaba una combinación de estafadores e intelectuales. Yo estuve por todo el Oriente Medio, allí fue donde oí hablar de ti por primera vez. Tú eras un misterio, un vacío en sus mapas. Habías puesto tus conocimientos sobre el desierto en manos de los alemanes.»

«En 1939, cuando me rodearon creyendo que era un espía, sucedieron muchas cosas en El Taj.»

«O sea, que fue entonces cuando te pasaste a los alemanes.»

Silencio.

«¿Y seguiste sin poder volver a la Gruta de los Nadadores y a Uweinat?»

«No pude hasta que me ofrecí voluntario para guiar a Eppler por el desierto.»

«Tengo que decirte una cosa, relacionada con tu expedición en 1942 para guiar a aquel espía hasta El Cairo...»

«Operación Salaam.»

«Sí. Cuando trabajabas para Rommel.»

«Un hombre brillante... ¿Qué ibas a decirme?»

«Iba a decir que cruzar el desierto, como lo hiciste, con Eppler evitando a las tropas de los Aliados... fue una auténtica heroicidad. Del oasis de Gialo hasta El Cairo. Sólo tú podías haber introducido al hombre de Rommel en El Cairo con su ejemplar de *Rebecca*.»

«¿Cómo te enteraste de eso?»

«Lo que quiero decir es que no descubrieron sólo a Eppler en El Cairo. Estaban enterados de todo lo relativo al viaje. Hacía mucho que se había descifrado un código de claves alemanas, pero no podíamos permitir que Rommel se enterara, porque en ese caso habrían descubierto a nuestros informadores, conque hubimos de esperar hasta que Eppler llegara a El Cairo para capturarlo.

»Te vigilamos durante todo el trayecto, por todo el desierto, y, como los del Servicio de Inteligencia tenían tu nombre y sabían que tú participabas, estaban aún más interesados. Querían atraparte también a ti. Había orden de matarte... Por si no me crees, te diré que saliste de Gialo y tardaste veinte días. Seguiste la ruta de los pozos enterrados. No podías acercarte a Uweinat por la presencia de las tropas de los Aliados y eludiste Abu Ballas. Hubo momentos en que Eppler contrajo la fiebre del desierto y tuviste que cuidarlo, atenderlo, aunque, según dices, no lo apreciabas...

»Los aviones te "perdieron", supuestamente, pero se te seguía el rastro con sumo cuidado. No erais vosotros los espías, sino nosotros. Los del Servicio de Inteligencia pensaban que tú habías matado a Geoffrey Clifton por la mujer. Habían encontrado su tumba en 1939, pero no había rastro de su esposa. Tú habías pasado a ser el enemigo, pero no cuando te pusiste de parte de Alemania, sino cuando comenzó tu historia de amor con Katharine Clifton.»

«Comprendo.»

«Después de que abandonaras El Cairo en 1942, te perdimos. Tenían que atraparte y matarte en el desierto, pero te perdieron: al tercer día. Debiste de enloquecer, no debías de actuar racionalmente; de lo contrario, te habríamos encontrado. Habíamos minado el jeep escondido. Más adelante lo encontramos destrozado por la explosión, pero ni rastro de ti. Te habías esfumado. Aquél debió de ser tu gran viaje, cuando debiste de enloquecer, no el otro, con destino a El Cairo.»

«¿Estabas tú en El Cairo siguiéndome la pista con ellos?»

«No, pero vi los archivos. Partía para Italia y pensaron que podías estar allí.»

«Aquí.»

«Sí.»

El romboide de luz se desplazó pared arriba y dejó a Caravaggio en la sombra, con el pelo obscuro otra vez. Se echó hacia atrás y apoyó el hombro en el follaje.

«Supongo que no importa», murmuró Almásy.

«¿Quieres morfina?»

«No. Estoy intentando entender. Siempre he sido muy celoso de mi intimidad. Me resulta difícil creer que se hablara tanto de mí.»

«Estabas viviendo una historia de amor con una persona conectada con el Servicio de Inteligencia. Había personas de ese Servicio que te conocían personalmente.»

«Probablemente Bagnold.»

«Sí.»

«Un inglés muy inglés.»

«Sí.»

Caravagggio hizo una pausa.

«Tengo que hablar contigo de una última cosa.»

«Ya lo sé.»

«¿Qué fue de Katharine Clifton? ¿Qué ocurrió justo antes de la guerra para que todos volvierais al Gilf Kebir, después de que Madox se marchara a Inglaterra?»

Yo tenía que hacer un viaje más al Gilf Kebir, para recoger lo que quedaba del campamento en Uweinat. Nuestra vida allí se había acabado. Pensaba que nada más sucedería entre nosotros. Hacía más de un año que no había estado con ella como amante. En alguna parte se estaba gestando una guerra, como una mano que entra por la ventana de un ático y ella y yo nos habíamos retirado ya tras los muros de nuestros hábitos anteriores, a la aparente inocencia de la falta de relación. Ya no nos veíamos con demasiada frecuencia.

Durante el verano de 1939 había de acompañar por tierra a Gough hasta el Gilf Kebir y recoger el campamento y Gough regresaría en camión. Clifton iba a ir a recogerme en el avión. Después nos dispersaríamos, desharíamos el triángulo que se había formado entre nosotros.

Cuando oí y vi el avión, ya estaba yo bajando por las rocas de la meseta. Clifton siempre llegaba puntual.

Un pequeño avión de carga tiene una forma muy peculiar de aterrizar deslizándose desde la línea del horizonte. Ladea las alas en la luz del desierto y después cesa el sonido y flota hasta tocar tierra. Nunca he entendido del todo cómo funcionan los aviones. Los he visto acercárseme en el desierto y siempre he salido de mi tienda con miedo. Cruzan la luz inclinados hacia abajo y después entran en ese silencio.

El Moth pasó casi rozando la meseta. Yo agitaba la lona azul. Clifton perdió altura y pasó rugiendo por encima de mí, tan bajo, que a los arbustos de acacia se les cayeron las hojas. El avión viró hacia la izquierda, describió un círculo y, tras volver a localizarme, enderezó el rumbo y se dirigió recto hacia mí. A cincuenta metros de mí, se inclinó de repente y se estrelló y yo eché a correr hacia él.

Pensaba que iba solo. Había de ir solo, pero, cuando llegué hasta allí para sacarlo, estaba ella a su lado. Estaba muerto. Ella estaba intentando mover la parte inferior de su cuerpo, al tiempo que miraba hacia adelante. Por la ventana de la carlinga había entrado arena, que le cubría el regazo. No parecía tener ni un rasguño. Había adelantado la mano izquierda para amortiguar el desplome del avión. La saqué del avión que Clifton había bautizado *Rupert* y la llevé hasta las grutas en la roca, hasta la Gruta de los Nadadores, la de las pinturas: en la latitud 23° 30' y la longitud 25° 15' del mapa. Aquella noche enterré a Geoffrey Clifton.

¿Fui una maldición para ellos? ¿Para ella? ¿Para Madox? ¿Para el desierto, violado por la guerra, bombardeado como si fuese mera arena? Los bárbaros contra los bárbaros. Los dos ejércitos cruzaron el desierto sin la menor idea de lo que era. *Los desiertos de Libia:* si eliminamos la política, se trata de la frase más encantadora que conozco. *Libia:* una palabra evocadora, erótica, un pozo sin fondo para quien sepa descubrirlo. La *b* y las dos *íes*. Madox decía que era una de las pocas palabras en que oías la lengua dar un viraje. ¿Recuerdas a Dido en los desiertos de Libia? *Un hombre debe ser como raudales de agua en un erial...*

No creo que entrara en una tierra maldita ni que me viese atrapado en una situación funesta. Todos los lugares y las personas fueron dádivas para mí: el hallazgo de las pinturas en la Gruta de los Nadadores, cantar «estribillos» con Madox durante las expediciones, la aparición de Katharine entre nosotros en el desierto, acercarme a ella por el rojo suelo de cemento encerado, caer de rodillas y pegar mi cabeza a su vientre, como si fuera un niño, las curas que me prodigó la tribu de los fusiles, nosotros cuatro incluso: Hana, tú y el zapador.

Me he visto privado de todo lo que amé y valoré.

Me quedé junto a ella. Descubrí que tenía tres costillas rotas. Seguí esperando a que sus ojos se animaran, a que su muñeca rota se doblase, a que su boca muda hablara.

¿Cómo es que me odiabas?, susurró. Me dejaste casi muerta por dentro.

Katharine... tú no...

Abrázame. Deja de defenderte. A ti nada te cambia.

La ferocidad de su mirada no se disipaba. No podía escaparme de aquella mirada. Yo iba a ser la última imagen que viera, el chacal en la gruta que la guiaría y protegería, que nunca la defraudaría.

Existen cien deidades asociadas con animales, le dije. Unas son las vinculadas a los chacales: Anubis, Duamutef, Wepwawet. Otras son seres que te guían al otro mundo, como mi fantasma me acompañaba antes de que nos conociéramos. Todas aquellas fiestas en Londres y Oxford, observándote. Estaba sentado frente a ti, mientras hacías los deberes escolares con un gran lápiz. Yo estaba presente cuando conociste a Geoffrey Clifton, a las dos de la madrugada, en la biblioteca de la Unión de Oxford. Todos los abrigos estaban esparcidos por el suelo y tú descalza como una garza abriéndote paso entre ellos. Él estaba observándote, pero yo también, aunque no advertiste mi presencia, no te fijaste en mí. Tenías una edad en la que sólo veías a los hombres apuestos. Aún no te fijabas en quienes no pertenecieran a la esfera de personas de tu agrado. En Oxford no se suele salir con el chacal, mientras que yo soy un hombre que ayuna hasta que ve lo que desea. La pared situada detrás de ti estaba cubierta de libros. Con la mano izquierda sujetabas un largo collar que te colgaba del cuello. Tus descalzos pies se iban abriendo paso. Buscabas algo. En aquella época estabas más llenita, pero tenías la belleza idónea para la vida universitaria.

En la biblioteca de la Unión de Oxford éramos tres, pero tú sólo viste a Geoffrey Clifton. Iba a ser un idilio rapidísimo. Él tenía trabajo con unos arqueólogos en el norte de África, nada menos. «Estoy trabajando con un tipo estrambótico.» Tu madre estuvo encantada con tu aventura.

Pero el espíritu del chacal, «el que abría los caminos», cuyo nombre era Wepwawet o Almásy, estaba en aquella sala junto con vosotros dos. Observé, con los brazos cruzados, vuestros intentos de entablar con entusiasmo una charla trivial, cosa que os resultaba difícil, porque los dos estabais borrachos, pero lo maravilloso fue que, a las dos de la mañana y pese a la borrachera, cada uno de vosotros vio en cierto modo un valor y un placer perdurables en el otro. Puede que llegarais con otros, tal vez os acostaseis con otros aquella noche, pero los dos habíais encontrado vuestro destino.

A las tres de la mañana, sentiste la necesidad de marcharte, pero no lograste encontrar un zapato. Llevabas el otro en la mano, una zapatilla rosada. Yo vi una, medio enterrada, a mi lado y la recogí. Su brillo. Era, evidentemente, uno de tus pares de zapatos favoritos, con la marca de tus dedos. Gracias, dijiste al cogerla, y te marchaste sin siquiera mirarme a la cara.

Estoy convencido de que, cuando conocemos a las personas de las que nos enamoramos, hay un aspecto de nuestro espíritu que hace de historiador, un poquito pedante, que imagina o recuerda una ocasión en que el otro pasó por delante con total inocencia, del mismo modo que Clifton podría haberte abierto la puerta de un coche un año antes y no haber advertido el sino de su vida. Pero todas las partes del cuerpo deben estar preparadas para el otro, todos los átomos deben saltar en una dirección para que se produzca el deseo.

Yo he vivido años en el desierto y he llegado a creer en cosas así. Es un lugar lleno de bolsas: el trampantojo del tiempo y del agua, el chacal con un ojo que mira hacia atrás y otro que mira el camino que estás pensando tomar. En sus mandíbulas hay trozos del pasado que te entrega y, cuando descubres enteramente todo ese tiempo, resulta que ya lo conocías.

Sus ojos me miraban, cansados de todo. Un hastío terrible. Cuando la saqué del avión, su mirada había intentado abarcar todas las cosas que la rodeaban. Ahora los ojos se mostraban cautelosos, como protegiendo algo dentro. Me acerqué más y me senté en los talones. Me incliné hacia adelante y pasé la lengua por el azul ojo derecho: sabor a sal. Polen. Transmití ese sabor a su boca. Y después el otro ojo: mi lengua contra la fina porosidad del globo ocular, borrando el azul; cuando me erguí, un reguero blanco cruzaba su mirada. Esa vez dejé que los dedos entraran más a fondo y le abrí los dientes, tenía la lengua «replegada» y tuve que sacarla hacia adelante. Su vida pendía de un hilo, de un hálito. Ya casi era demasiado tarde. Me incliné hacia adelante y con la lengua le transmití el polen azul a la boca. Nos tocamos así una vez. No hubo nada. Me retiré, cogí aire y me incliné otra vez. Al tocar la lengua, hubo una contracción en ella.

Y entonces soltó un terrible gruñido, violento e íntimo, que me embistió. Un estremecimiento por todo su cuerpo, como una descarga eléctrica. Salió despedida contra la pared pintada. El animal había entrado en ella y saltaba y se tiraba contra mí. Parecía haber cada vez menos luz en la gruta. Su cuello sufría sacudidas a un lado y a otro.

Conozco las estratagemas de un demonio. De niño aprendí lo que era el demonio del amor. Me hablaron de una tentadora hermosa que se presentaba en la alcoba de un joven y, si éste era avisado, le pedía que se diese la vuelta, porque los demonios y las brujas no tienen espalda, sólo lo que quieren mostrarte. ¿Qué había yo hecho? ¿Qué animal le había transmitido? Creo que llevaba más de una hora hablándole. ¿Habría sido yo su demonio del amor? ¿Habría sido yo el demonio de la amistad de Madox? ¿Habría cartografiado aquel país para convertirlo en un escenario de guerra?

Es importante morir en lugares sagrados. Ése era uno de los secretos del desierto. Por eso, Madox entró en una iglesia de Somerset, lugar que había perdido —tuvo la sensación— su carácter sagrado, y cometió un acto que consideraba sagrado.

Cuando le di la vuelta, tenía todo el cuerpo cubierto de una pigmentación brillante. Hierbas, piedras, luz y cenizas de acacia para volverla eterna. El cuerpo impregnado de un color sagrado. Sólo el azul del ojo había desaparecido, reducido al anonimato, mapa desnudo en el que nada aparecía representado: ni la signatura de un lago ni la mancha obscura de una montaña como la que hay al norte del Borkou-Ennedi-Tibesti ni el abanico, verde de limo, donde el río Nilo entra en la palma abierta de Alejandría, el borde de África.

Y todos los nombres de las tribus, los nómadas de la fe, que caminaban en la monotonía del desierto y veían claridad, fe y color, de igual modo que una piedra o una caja de metal hallada o un hueso pueden llegar a ser objetos de amor y volverse eternos en una plegaria. La gloria del país en el que ella estaba entrando y del que pasaba a formar parte. Morimos con un rico bagaje de amantes y tribus, sabores que hemos gustado, cuerpos en los que nos hemos zambullido y que hemos recorrido a nado, como si fueran ríos de sabiduría, personajes a los que hemos trepado como si fuesen árboles, miedos en los que nos hemos ocultado, como en cuevas. Deseo que todo eso esté inscrito en mi cuerpo, cuando muera. Creo en semejante cartografía: las inscripciones de la naturaleza y no las simples etiquetas que nos ponemos en un mapa, como los nombres de hombres y mujeres ricos en ciertos edificios. Somos historias comunales, libros comunales. No pertenecemos a nadie ni somos monógamos en nuestros gusto y experiencia. Lo único que yo deseaba era caminar por una tierra sin mapas.

Llevé a Katharine Clifton al desierto, donde está el libro comunal de la luz de la Luna. Estábamos entre los rumores de los pozos, en el palacio de los vientos.

La cabeza de Almásy se inclinó hacia la izquierda, con la mirada perdida: en las rodillas de Caravaggio tal vez.

«¿Quieres un poco de morfina ahora?»

«No.»

«¿Quieres que te traiga algo?»

«Nada.»

X

Agosto

Caravaggio bajó las escaleras a obscuras y entró en la cocina. En la mesa había apio y unos nabos con las raíces aún cubiertas de barro. La única luz procedía de un fuego que Hana acababa de encender. Estaba vuelta de espaldas y no había oído sus pasos, al entrar. Su estancia en la villa había relajado el cuerpo de Caravaggio y lo había liberado de la tensión, por lo que parecía más alto, más desahogado en sus gestos. Sólo conservaba el sigilo de los movimientos. Por lo demás, ahora había en él una tranquila ineficiencia, un aletargamiento en los gestos.

Arrastró la silla para que Hana se volviera y viese que él había entrado.

«Hola, David.»

Él levantó el brazo. Tenía la sensación de haber estado en desiertos durante demasiado tiempo.

«¿Cómo está?»

«Dormido. Le he hecho hablar por los codos.»

«¿Era lo que pensabas?»

«Es igual. Podemos dejarlo tranquilo.»

«Eso pensaba yo. Kip y yo estamos seguros de que es inglés. Kip cree que las mejores personas son las excéntricas, él trabajó con una así.»

«Yo creo que el excéntrico es Kip. Por cierto, ¿dónde está?»

«Está tramando algo en la terraza para mi cumpleaños y no quiere que vaya a verlo.» Hana abandonó la posición en cuclillas junto al hogar y se secó la mano en el antebrazo opuesto.

«Para tu cumpleaños voy a contarte una pequeña historia», dijo él.

Ella lo miró.

«Pero no sobre Patrick, ¿eh?»

«Un poco sobre Patrick y la mayor parte sobre ti.»

«Todavía no puedo escuchar esas historias, David.»

«Los padres mueren y seguimos amándolos como podemos. No puedes esconderlo en tu corazón.»

«Ya hablaremos cuando se te haya pasado el efecto de la morfina.»

Ella se le acercó y lo rodeó con el brazo, se alzó y lo besó en la mejilla. Cuando la apretó en su abrazo, ella sintió su barba de tres días como si le restregaran arena por la piel. Ahora le encantaba eso de él; en el pasado había sido siempre escrupuloso. Según había dicho Patrick, su raya en el pelo era como Yonge Street a medianoche. En el pasado Caravaggio se había movido como un dios delante de ella. Ahora, con la cara y el cuerpo más llenos y los tonos grisáceos, resultaba más humanizado.

Aquella noche estaba preparando la cena Kip. A Caravaggio no le hacía ilusión precisamente. Para su gusto, una de cada tres comidas era un desastre. Kip encontraba verduras y se las ofrecía apenas hechas, tan sólo las hervía brevemente en una sopa. Iba a ser otra comida purista, no lo que Caravaggio deseaba después de un día como aquél, en que había estado escuchando al hombre del piso superior. Abrió la alacena bajo la pila. En ella había —envuelta en un paño húmedo— carne seca, que Caravaggio cortó y se guardó en el bolsillo.

«Mira, yo puedo sacarte de la morfina. Soy una buena enfermera.»

«Estás rodeada de locos...»

«Sí, creo que estamos todos locos.»

Cuando los llamó Kip, salieron de la cocina a la terraza, cuya linde, con su baja balaustrada de piedra, estaba cercada de luz.

A Caravaggio le pareció una sarta de bombillitas eléctricas encontradas en iglesias polvorientas y pensó que, aun cuando fuera para el cumpleaños de Hana, el zapador había ido demasiado lejos al sacarlas de una capilla. Ella se acercó despacio con las manos sobre la cara. No soplaba viento. Sus piernas y muslos se movían en la falda de su vestido como por aguas poco profundas y sus zapatillas de tenis no sonaban en la piedra.

«No he dejado de encontrar conchas en todos los sitios donde he cavado», dijo el zapador.

Seguían sin entender. Caravaggio se inclinó sobre las luces pestañeantes. Eran conchas de caracol rellenas de aceite. Observó toda la hilera: debía de haber unas cuarenta.

«Cuarenta y cinco», dijo Kip, «los años transcurridos de este siglo. En mi país, además de nuestra edad, celebramos la era».

Hana se movía a su lado, ahora con las manos en los bolsillos, como le gustaba a Kip verla caminar, tan relajada, como si se hubiera guardado los brazos por aquella noche, con un simple movimiento sin brazos.

La atención de Caravaggio se desvió hacia la asombrosa presencia de tres botellas de vino tinto sobre la mesa. Se acercó, leyó las etiquetas y movió, atónito, la cabeza. Sabía que el zapador no iba a beber ni una gota. Estaban ya abiertas las tres. Kip debía de haber dado con un libro de etiqueta en la biblioteca. Entonces vio el maíz, la carne y las patatas. Hana pasó el brazo por el de Kip y se acercó con él a la mesa.

Comieron y bebieron y el inesperado espesor del vino en la lengua les recordaba a la carne. No tardaron en decir tonterías al brindar por el zapador —«el gran rastreador»— y por el paciente inglés. Brindaron mutuamente por su salud y Kip se les unió con su vaso de agua. Entonces se puso a hablar de sí mismo. Caravaggio lo instaba a continuar, si bien no siempre escuchaba, sino que a veces se levantaba y se paseaba en torno a la mesa, encantado con todo aquello. Quería que aquellos dos se casaran, estaba deseando forzarlos verbalmente a hacerlo, pero parecían haber impuesto reglas extrañas a su relación. ¿Qué hacía él desempeñando *ese* papel? Volvió a sentarse. De vez en cuando veía que se apagaba una luz, cuando se le acababa el aceite. Kip se levantaba y volvía a llenarlas con parafina rosada.

«Debemos mantenerlas encendidas hasta la medianoche.»

Entonces se pusieron a hablar de la guerra, tan lejana. «Cuando acabe la guerra con el Japón, todo el mundo volverá por fin a casa», dijo Kip.

«¿Y adónde irás tú?», preguntó Caravaggio. El zapador balanceó la cabeza, a medias asintiendo y a medias negando, al tiempo que sonreía, conque Caravaggio se puso a hablar, más que nada, a Kip.

El perro se acercó con cautela a la mesa y reposó la cabeza en las rodillas de Caravaggio. El zapador le pidió que le contara más historias de Toronto, como si fuera un lugar de particulares maravillas: nieve que inundaba la ciudad y helaba el puerto, transbordadores en los que en verano se escuchaban conciertos, pero lo que le interesaba en realidad eran las claves para entender el carácter de Hana, aunque ella se mostraba evasiva y procuraba apartar a Caravaggio de las historias que versaran sobre algún momento de su vida. Quería que Kip la conociera sólo en el presente: una persona tal vez más imperfecta, más compasiva, más dura o más obsesionada que la niña o la joven que había sido entonces. En su vida contaban su madre —Alice—, su padre —Patrick—, su madrastra —Clara— y Caravaggio. Ya había citado esos nombres a Kip, como si fuesen sus credenciales, su dote. Eran intachables y no requerían explicación. Los usaba como autoridades en un libro en el que podía consultar la forma correcta de cocer un huevo o añadir ajo al cordero. No se podían poner en discusión.

Y entonces Caravaggio, que estaba bastante bebido, contó la historia de cómo cantó Hana la *Marsellesa*, que ya le había contado a ella. «Sí, he oído esa canción», dijo Kip y probó a cantarla. «No, tienes que cantarla en voz alta y fuerte», dijo Hana. «¡Tienes que cantarla de pie!»

Se levantó, se quitó las zapatillas de tenis y se subió a la mesa, donde, junto a sus pies descalzos, había cuatro luces pestañeantes, casi extintas, en conchas de caracol.

«Te lo dedico a ti. Tienes que aprender a cantarla así, Kip. Te lo dedico a ti.»

Su canto se elevó en la penumbra, por encima de las conchas encendidas, por encima del marco de luz que salía del cuarto del paciente inglés, y en el obscuro cielo en el que se agitaban las sombras de los cipreses. Sacó las manos de los bolsillos.

Kip había oído aquella canción en los campamentos, cantada por grupos de hombres, muchas veces en momentos extraños, como, por ejemplo, antes de un partido de fútbol improvisado, y a Caravaggio, cuando la había oído en los últimos años de la guerra, nunca le había gustado en realidad, nunca le había apetecido ponerse a escucharla. En su corazón llevaba la versión que Hana había cantado muchos años atrás. Ahora escuchaba con placer, porque de nuevo estaba cantándola ella, pero no tardó en agriársele por la forma como la interpretaba. No era la pasión de cuando tenía dieciséis años, sino un eco del trémulo círculo de luz que la rodeaba en la penumbra. Estaba cantándola como si fuese algo ajado, como si nunca más se pudiera abrigar la esperanza expresada por la canción. Había quedado alterada por los cinco años que habían precedido a aquella noche de su vigésimo primer cumpleaños en el cuadragésimo quinto año del siglo XX. La cantaba con la voz de un viajero cansado, solo contra todo. Un nuevo testamento. La canción carecía ya de seguridad, la cantante sólo podía ser una voz contra todas las montañas de poder. Ésa era la única certeza. Esa sola voz era lo único que quedaba intacto. Una canción a la luz de las conchas de caracol. Caravaggio comprendió que estaba cantando con el corazón del zapador y haciéndole eco.

En la tienda había noches en que no conversaban y noches en que no cesaban de hablar. Nunca estaban seguros de lo que sucedería, qué fracción del pasado surgiría o si su contacto sería anónimo y quedo en su obscuridad. La intimidad del cuerpo de ella o el cuerpo de sus palabras en el oído de él: tumbados en el almohadón de aire que él insistía en inflar y usar todas las noches. Aquel invento occidental le había encantado. Todas las mañanas soltaba el aire y lo plegaba, como Dios manda, y así lo había hecho durante todo el avance por Italia.

En la tienda, Kip se apretaba contra el cuello de ella. Se deshacía con el contacto de las uñas de ella por su piel o tenía pegada su boca a la de ella, su estómago a la muñeca de ella.

Ella cantaba y tarareaba. Lo imaginaba, en la obscuridad de su tienda, como a medias pájaro: por algo en él que recordaba a una pluma, por el frío metal en su muñeca. Siempre que estaba en aquella tiniebla con ella, se movía como un sonámbulo, un poco descompasado con el ritmo del mundo, mientras que durante el día se deslizaba por entre todos los fenómenos fortuitos que lo rodeaban, igual que el color se desliza sobre el color.

Pero de noche encarnaba el sopor. Ella necesitaba verle los ojos para apreciar su orden y su disciplina. No había una clave para entenderlo. Se tropezaba por doquier con portales en braille. Como si los órganos, el corazón, las filas de costillas, pudieran verse bajo la piel y la saliva se le hubiera vuelto color en la mano. Él había levantado el plano de su tristeza mejor que nadie, del mismo modo que ella conocía la extraña senda del amor que él sentía por su peligroso hermano. «Llevamos en la sangre el gusto del vagabundeo. Por eso, lo que le resulta más difícil de sobrellevar es la encarcelación y sería capaz de arriesgar la vida para liberarse.»

Durante las conversaciones nocturnas, recorrían su país de cinco ríos: Sutlej, Jhelum, Ravi, Chenab, Beas. La guiaba hasta el interior del gran *gurdwara*, tras haberla visto quitarse los zapatos, lavarse los pies y cubrirse la cabeza. El templo en el que entraban, construido en 1601, fue profanado en 1757 y reconstruido inmediatamente después. En 1830 lo cubrieron de oro y mármol. «Si te llevara allí antes del amanecer, lo primero que verías sería la bruma sobre el agua. Después se alza y revela el templo a la luz. A esa hora ya se habrán iniciado los himnos de los santos: Ramananda, Nanak y Kabir. Los cánticos son la esencia misma del culto. Oyes el canto y hueles la fruta de los jardines del templo: granadas, naranjas. El templo es un abrigo en la corriente de la vida, accesible a todos. Es la nave que cruzó el océano de la ignorancia.»

Avanzaban en la noche, pasaban por la puerta de plata al altar sobre el que se encontraba el Libro Sagrado bajo un baldaquín de brocado. Los *ragis* cantaban los versículos de la Escritura acompañados por músicos: desde las cuatro de la mañana hasta las once de la noche. Abrían al azar el Granth Sahib y seleccionaban una cita y durante tres horas, antes de que la bruma se alzara del lago y revelase el Templo Dorado, los versículos se mezclaban y mecían en una lectura ininterrumpida.

Kip la llevaba, bordeando un estanque, hasta el árbol sagrado junto al cual está enterrado Baba Gujhaji, el primer sacerdote del templo, árbol de supersticiones, de cuatrocientos cincuenta años de antigüedad. «Mi madre vino aquí a atar una cuerda en una rama y suplicó al árbol que le concediera un hijo y, cuando nació mi hermano, volvió y pidió que se le concediera la dicha de tener otro. Por todo el Punjab hay árboles sagrados y agua mágica.»

Hana permanecía en silencio. Él conocía la profundidad de sus tinieblas interiores, su carencia de hijos y de fe. No cesaba de procurar alejarla de la linde de sus campos desolados: un hijo y un padre perdidos.

«Yo también he perdido a alguien que era como un padre», había dicho Kip. Pero ella sabía que aquel hombre que tenía a su lado era uno de los afortunados, que se había criado como un desarraigado y, por tanto, podía substituir una lealtad por otra, compensar la pérdida. Hay quienes resultan destruidos por la injusticia y quienes no. Si ella se lo hubiera preguntado, le habría contestado que no tenía queja de su vida: su hermano en la cárcel, sus compañeros lanzados por el aire en explosiones y él arriesgándose diariamente en aquella guerra.

Pese a la bondad de esa clase de personas, representaban una injusticia terrible. Podía pasarse todo el día en un foso de arcilla desactivando una bomba que podía matarlo en cualquier momento o volver a casa, entristecido pero entero, del entierro de otro zapador, pero, fueran cuales fuesen las aflicciones a su alrededor, siempre había solución y luz, mientras que ella no veía la menor solución. Para él, existían los diferentes planos del destino y en el templo de Amritsar los representantes de todos los credos y todas las clases recibían la misma acogida y comían juntos. Ella misma podía dejar una moneda o una flor en la tela extendida en el suelo y después unirse al gran cántico permanente.

Lo deseaba. Su introversión era consecuencia de su tristeza interior. Por su parte, él la dejaría entrar por las trece puertas de su carácter, pero ella sabía que, de estar en peligro, él nunca recurriría a ella. Podía crear un espacio en torno a sí y concentrarse. Era su arte. Según decía, los sijs eran brillantes en materia de tecnología. «Tenemos una proximidad mística... ¿cómo se llama?» «Afinidad.» «Sí, afinidad, con las máquinas.»

Se perdía entre ellas durante horas, mientras el compás de la música en el receptor de radio le martilleaba en la frente y en el pelo. Ella no pensaba que pudiera entregarse totalmente a él y ser su amante. Él se movía a una velocidad que le permitía compensar la pérdida. Era su forma de ser. Ella no se lo iba a tener en cuenta. ¿Qué derecho tenía? Kip salía todas las mañanas con su mochila colgada del hombro izquierdo y se alejaba por el sendero de la Villa San Girolamo. Todas las mañanas lo veía, veía su animosa actitud ante el mundo, quizá por última vez. Al cabo de unos minutos, alzaba la vista para contemplar los cipreses mutilados por la metralla, sin ramas a media altura, arrancadas por los bombardeos. Plinio debía de haberse paseado por un sendero como aquél o también

Stendhal, porque algunos pasajes de *La cartuja de Parma* sucedían también en aquella parte del mundo.

Kip —un joven con la profesión más extraña que su siglo había inventado, un zapador, un ingeniero militar que detectaba y desactivaba minas— alzaba la vista por aquel sendero medieval y contemplaba el arco de los altos árboles heridos por encima de él. Todas las mañanas salía de la tienda, se bañaba y se vestía en el jardín y se alejaba de la villa y sus alrededores, sin entrar siquiera en la casa —tal vez saludara con la mano, si veía a Hana—, como si el lenguaje, la humanidad, fueran a confundirlo, a introducirse, cual la sangre, en la máquina que había de entender. Ella lo veía a cincuenta metros de la casa, en un claro del sendero.

Ése era el momento en que dejaba a todos atrás, el momento en que se cerraba el puente levadizo tras el caballero y éste se encontraba a solas, acompañado tan sólo por la calma de su estricto talento. En Siena había un mural que ella había visto, un fresco que representaba una ciudad. Unos metros fuera de las murallas de la ciudad, se había desprendido la pintura, por lo que, al abandonar el castillo, el viajero no podía contar siquiera con el consuelo —en forma de huerto en los alrededores— aportado por el arte. Allí era, le parecía a Hana, a donde iba Kip durante el día. Todas las mañanas salía de la escena pintada y se encaminaba hacia los obscuros riscos del caos: el caballero, el santo guerrero. Ella veía el caqui uniforme pasar entre los cipreses. El inglés lo había llamado *fato profugus*: fugitivo del hado. Ella suponía que aquellas jornadas comenzaban para él con el placer de alzar la vista hacia los árboles.

A comienzos de octubre de 1943, habían llevado a Nápoles a los zapadores en avión, tras seleccionar a los mejores del Cuerpo de Ingenieros que ya se encontraba en la Italia meridional. Kip fue uno de los treinta hombres transportados hasta la ciudad sembrada de explosivos.

Los alemanes habían coreografiado en la campaña italiana una de las retiradas más brillantes y terribles de la Historia. El avance de los Aliados, que debería haber durado un mes, se prolongó durante un año. Su ruta estaba cubierta de fuego. Mientras los ejércitos avanzaban, los zapadores, subidos a los guardabarros de los camiones, buscaban con la vista los puntos en que el suelo aparecía removido recientemente y que indicaban la presencia de minas. El avance resultaba lentísimo. Más al Norte, en las montañas, los grupos de guerrilleros comunistas —los «garibaldinos»—, que llevaban pañuelos rojos para identificarse, ponían también bombas por las carreteras y las explosionaban al paso de los camiones alemanes sobre ellas.

La escala de colocación de minas en Italia y en el África del Norte resulta inconcebible. En el cruce de carreteras de Kismaayo-Afmadu se encontraron 260 minas. En la zona del puente sobre el río Omo había 300. El 30 de junio de 1941, unos zapadores sudafricanos colocaron en una jornada 2.700 minas del tipo Mark II en Mersa Matruh. Cuatro meses después, los británicos retiraron 7.806 minas de Mersa Matruh y las colocaron en otros puntos.

Hacían minas con toda clase de materiales. Llenaban con explosivos tubos galvanizados de cuarenta centímetros y los dejaban en las rutas militares. En las casas dejaban las minas dentro de cajas de madera. Llenaban las minas de tubo con gelignita, trozos de metal y clavos. Los bidones de combustible de veinte litros que los zapadores sudafricanos llenaban con hierro y gelignita podían destruir vehículos blindados.

En las ciudades era peor. Desde El Cairo y Alejandría transportaron unidades de artificieros, mínimamente capacitadas. La Octava División llegó a ser famosa. En octubre de 1941, desactivó durante tres semanas 1.403 bombas de explosivo instantáneo.

En Italia fue peor que en África: espoletas de relojería espeluznantemente excéntricas, diferentes de los artefactos alemanes con los que se había adiestrado a las unidades, pues sus mecanismos se activaban con muelle. Cuando los zapadores entraban en las ciudades, recorrían avenidas de cuyos árboles o de los balcones de cuyas casas colgaban cadáveres. Con frecuencia los alemanes se vengaban matando a diez italianos por cada alemán muerto. Algunos de los cadáveres colgados estaban minados y habían de explosionarse en el aire.

Los alemanes evacuaron Nápoles el 1 de octubre de 1943. Durante un bombardeo de los Aliados ocurrido en septiembre de aquel año, centenares de ciudadanos habían abandonado la ciudad y habían empezado a vivir en las cuevas de los alrededores. En su retirada, los alemanes bombardearon la entrada de las cuevas y obligaron a los ciudadanos a permanecer bajo tierra. Se declaró una epidemia de tifus. En el puerto echaron a pique barcos y los volvieron a minar bajo el agua.

Los treinta zapadores entraron en una ciudad sembrada de trampas explosivas. Había bombas de acción retardada alojadas ex profeso en las paredes de los edificios públicos. Casi todos los vehículos estaban trucados. Los zapadores pasaron a sospechar permanentemente de cualquier objeto, en apariencia dejado al azar en una habitación. Desconfiaban de todo lo que veían en una mesa, a no ser que estuviera orientado hacia la posición de las «cuatro en punto». Años después de acabada la guerra, cuando un zapador colocaba un bolígrafo en una mesa, dejaba el extremo más grueso orientado hacia la posición de las cuatro en punto.

Nápoles siguió siendo zona de guerra durante seis semanas y Kip estuvo en ella todo aquel tiempo con la unidad. Al cabo de dos semanas, descubrieron a los ciudadanos en las cuevas, con la piel obscurecida por la mierda y el tifus. Cuando se dirigían hacia los hospitales de la ciudad, parecían una procesión de fantasmas.

Cuatro días después, explotó la oficina central de Correos y setenta y dos personas resultaron muertas o heridas. Ya había ardido, en los archivos de la ciudad, la colección de documentos medievales más rica de toda Europa.

El 20 de octubre, tres días antes de la fecha en que se había de restablecer el suministro de electricidad, un alemán se entregó y dijo a las autoridades que había miles de bombas ocultas en el barrio portuario de la ciudad y conectadas con el inactivo sistema eléctrico. Cuando se restableciera la corriente, la ciudad desaparecería presa de las llamas. Las autoridades, pese a los más de siete interrogatorios a los que —con actitud que osciló entre el tacto y la violencia— lo sometieron, no pudieron cerciorarse totalmente de la veracidad de su confesión. Aquella vez evacuaron todo un barrio de la ciudad: los niños y los ancianos, los moribundos, las mujeres encintas, aquellos a los que acababan de sacar de las cuevas, los animales, los jeeps en buen estado, los soldados heridos de los hospitales, los pacientes mentales, los sacerdotes, los monjes y las religiosas de los conventos. Al anochecer del 22 de octubre de 1943, sólo quedaban doce zapadores en ella.

A las 15 horas del día siguiente, iba a restablecerse el suministro de electricidad. Ninguno de los zapadores se había encontrado nunca en una ciudad vacía, por lo que aquellas horas iban a ser las más extrañas e inquietantes de sus vidas.

Al anochecer, las tormentas recorrían la Toscana. Caían rayos sobre cualquier metal o aguja que se alzara sobre el paisaje. Kip volvía siempre a la villa por el sendero amarillo entre los cipreses hacia las siete de la tarde, hora hacia la cual, en los días de tormenta, comenzaban los truenos: una experiencia medieval.

Parecían gustarle aquellos hábitos temporales. Hana o Caravaggio veían su figura a lo lejos: hacía un alto en su camino a casa para volverse a mirar hacia el valle y ver a qué distancia quedaba la lluvia de él. Hana y Caravaggio volvían a la casa y Kip seguía su recorrido de ochocientos metros por el sendero que serpenteaba lentamente hacia la derecha y después hacia la izquierda. Se oía el ruido de sus botas en la gravilla. El viento llegaba hasta él en ráfagas que azotaban los cipreses de costado y los hacían ladearse y se le metían por las mangas de la camisa.

Seguía caminando durante diez minutos sin saber nunca si lo alcanzaría la lluvia. La oía antes de sentirla: chasquidos en la hierba seca, en las hojas de los olivos. Pero de momento se encontraba en la refrescante ventolera de la colina, en el primer plano de la tormenta.

Si lo alcanzaba la lluvia antes de llegar a la villa, se echaba la capa de caucho sobre la mochila y seguía caminando al mismo paso.

En la tienda oía el sonido puro del trueno: sus estridentes chasquidos en lo alto y como un traqueteo de carreta, al perderse en las montañas. Un súbito resplandor de relámpago que iluminaba la tela de la tienda y le parecía siempre más brillante que la luz del sol, un destello de fósforo, algo en cierto modo mecánico, relacionado con la nueva palabra que había oído en las clases teóricas y en su receptor de cristal: «nuclear». En la tienda se deshacía el turbante húmedo, se secaba el pelo y se trenzaba otro en torno a la cabeza.

La tormenta abandonaba el Piamonte y se desplazaba hacia el Sur y el Este. Caían rayos sobre los campanarios de las capillitas alpinas, en cuyos retablos se representaban de nuevo las Estaciones de la Cruz o los Misterios del Rosario. En los pueblecitos de Varese y Varallo, aparecían brevemente figuritas de terracota de tamaño mayor que el natural talladas en el siglo XVI y que representaban escenas bíblicas: Cristo azotado y con los brazos atados a la espalda, el látigo en el aire, un perro que ladraba y, en el siguiente retablo de la capilla, tres soldados que alzaban el crucifijo hacia las nubes pintadas.

La Villa San Girolamo, por su situación, recibía también aquellos destellos: los obscuros pasillos, el cuarto en el que yacía el inglés, la cocina en la que Hana estaba preparando un fuego y la bombardeada capilla quedaban de repente iluminados, sin sombra. Durante semejantes tormentas, Kip se paseaba sin miedo bajo los árboles de su tramo de jardín, pues —en comparación con los peligros que corría en su vida diaria— el de morir fulminado por un rayo resultaba patéticamente mínimo. Lo acompañaban en la penumbra las ingenuas imágenes católicas que había visto en aquellos santuarios de montaña, mientras contaba los segundos entre el relámpago y el rayo. Tal vez aquella villa fuera un retablo semejante, con sus cuatro habitantes iluminados fugazmente en un gesto íntimo, irónicamente destacados sobre el fondo de aquella guerra.

Los doce zapadores que se habían quedado en Nápoles se desplegaron por la ciudad. Pasaron toda la noche abriendo túneles cegados, bajando a las alcantarillas, buscando cables de espoletas que pudieran estar conectados con los generadores centrales. Habían de abandonar la ciudad a las dos de la tarde, una hora antes de que se reanudara el suministro de electricidad.

Una ciudad de doce habitantes, cada uno de ellos en zonas distintas de ella: uno en el generador, otro en el embalse, aún sumergiéndose en él, pues las autoridades estaban más que convencidas de que los daños más importantes los causaría la inundación. Cómo minar una ciudad. Resultaba amedrentador más que nada por el silencio. Lo único que oían del mundo humano eran los ladridos de perros y los cantos de pájaros procedentes de algunas ventanas. Llegado el momento, entraría en una de aquellas habitaciones con pájaro, sería algo humano en aquel vacío. Pasó por delante del Museo Archeologico Nazionale, que albergaba los restos de Pompeya y Herculano y en el que había visto el antiguo perro petrificado en ceniza blanca.

Mientras caminaba, llevaba encendida en el brazo izquierdo la linterna escarlata de zapador, único foco de luz en la Strada Carbonara. La búsqueda nocturna lo había dejado exhausto y ahora no parecía haber gran cosa que hacer. Cada uno de ellos llevaba un radioteléfono, pero sólo debían utilizarlo si descubrían algo que debiesen comunicar urgentemente. Lo que más lo agotaba era el terrible silencio en los patios y las fuentes secas.

A la una de la tarde, se dirigió hacia la bombardeada iglesia de San Giovanni a Carbonara, que ya conocía y en la que había una capilla del Rosario. Unas noches antes, se había paseado por aquella iglesia, cuando los relámpagos anulaban la obscuridad y había visto grandes figuras humanas en el retablo: un ángel y una mujer en una alcoba. Cuando volvió a hacerse la obscuridad, se sentó a esperar en un banco, pero no iba a recibir ninguna otra revelación.

Entró en el ángulo de la iglesia en el que se encontraban las figuras de terracota pintadas con el color de seres humanos blancos. La escena representaba una alcoba en la que una mujer conversaba con un ángel. Bajo la azul esclavina suelta se transparentaba el rizado y castaño pelo de la mujer, que con los dedos de la mano izquierda se tocaba el esternón. Cuando entró en el recinto, se dio cuenta de que todas las figuras eran de tamaño mayor que el natural: la cabeza de él llegaba apenas al hombro de la mujer, el brazo alzado del ángel alcanzaba una altura de cinco metros. Aun así, Kip se sentía acompañado por ellas. Era un cuarto habitado y él se paseaba por entre aquellos seres, cuyo coloquio representaba una fábula sobre la Humanidad y el Cielo.

Se quitó la mochila del hombro y se quedó mirando la cama. Sentía deseos de tumbarse en ella y, si no lo hizo, fue sólo por la presencia del ángel. Ya había rodeado el etéreo cuerpo y había advertido las polvorientas bombillitas que tenía sujetas a la espalda, bajo las obscuras alas de color, y sabía que, pese a su deseo, no iba a poder dormir fácilmente ante semejante presencia. Había tres pares de zapatillas —sutileza del artista—, que sobresalían bajo la cama. Eran las dos menos veinte, aproximadamente.

Extendió su capa en el suelo, aplastó la mochila para que hiciera de almohada y se tumbó sobre la piedra. Durante la mayor parte de su infancia en Lahore había dormido en una estera en el suelo de su alcoba y, a decir verdad, nunca había llegado a acostumbrarse a las camas occidentales. En su tienda utilizaba sólo un jergón y una almohada inflable, mientras que en Inglaterra, cuando se alojaba en casa de Lord Suffolk, sentía claustrofobia al hundirse en la masa del colchón y permanecía cautivo y despierto hasta que saltaba de la cama y se dormía en la alfombra.

Se tumbó junto a la cama. También los zapatos eran —advirtió— de tamaño mayor que el normal. Habrían cabido en ellos los pies de las amazonas. Sobre su cabeza se encontraba el vacilante brazo derecho de la mujer; más allá de sus pies, el ángel. Pronto uno de los zapadores conectaría la electricidad de la ciudad y, si hubiere de explotar, lo haría en compañía de aquellos dos. Morirían o quedarían a salvo. Nada más podía hacer, en cualquier caso: había pasado toda la noche en pie dedicado a la búsqueda final de escondrijos de dinamita y mecanismos de relojería. O se desplomarían las paredes a su alrededor o se pasearía por una ciudad iluminada. Al menos había encontrado aquellas figuras de padres. Podía relajarse en medio de aquel remedo de conversación.

Tumbado y con las manos debajo de la cabeza, advirtió una inflexibilidad en la cara del ángel que antes le había pasado inadvertida. La flor blanca que sostenía lo había confundido. El ángel era también un guerrero. En medio de aquella serie de pensamientos, se le cerraron los ojos y cedió al cansancio.

Estaba tumbado cuan largo era y con una sonrisa en el rostro, como aliviado de estar por fin durmiendo, de disfrutar de semejante lujo. La palma de su mano izquierda descansaba sobre el cemento. El color de su turbante era el mismo que el del cuello de encaje de María. A sus pies, junto a las seis zapatillas, el pequeño zapador indio, de uniforme. Allí no parecía existir el tiempo. Cada uno de ellos había elegido la posición más cómoda para olvidarlo. Así nos recordarán los otros: disfrutando sonrientes de la comodidad que entraña la confianza en lo que nos rodea.

Ahora aquella escena, con Kip a los pies de las dos figuras, sugería un debate sobre su sino. El alzado brazo de terracota parecía indicar un aplazamiento de la ejecución, la promesa de un futuro prometedor para aquel extranjero, dormido como un niño. Los tres estaban casi a punto de adoptar una decisión, de llegar a un acuerdo.

Bajo su fina capa de polvo, el rostro del ángel reflejaba una intensa alegría. Sujetas a la espalda tenía las seis bombillitas, dos de las cuales estaban fundidas, pero, aun así, el prodigio de la electricidad iluminó de repente sus alas desde abajo y sus colores —rojo de sangre, azul y oro, semejante al de los campos de mostaza— brillaron llenos de vida en aquellas últimas horas de la tarde.

Dondequiera que estuviese Hana en el futuro, tenía presente la trayectoria que había seguido el cuerpo de Kip para alejarse de su vida, volvía a ver mentalmente el sendero por el que había irrumpido en sus vidas y tan marcadas las había dejado. Recordaba todo lo que había ocurrido aquel día de agosto en que se había vuelto mudo como una piedra para con ellos: cómo estaba el cielo, cómo obscurecía la tormenta los objetos que tenía delante de sí en la mesa.

Lo vio en el campo, con las manos juntas por encima de la cabeza, y comprendió que no era un gesto provocado por el dolor, sino por la necesidad de mantener los auriculares apretados contra su cráneo. El zapador estaba a cien metros de distancia de ella en la terraza inferior, cuando Hana oyó el grito que emitió su cuerpo, que nunca había alzado la voz delante de ellos. Cayó de rodillas, como si se hubieran roto los hilos que lo sujetaban. Se quedó así y después se levantó despacio y se dirigió en diagonal hacia su tienda, entró en ella y cerró la abertura tras sí. Se oyó un seco restallido de trueno y Hana vio cómo se le obscurecían los brazos.

Kip salió de la tienda con el fusil. Entró en la Villa San Girolamo y pasó por delante de ella, raudo como una bola de acero en una máquina de juegos, cruzó el umbral y subió los escalones de tres en tres, con la respiración acompasada como un metrónomo y golpeando con las botas las secciones verticales de los peldaños. Sentada en la cocina, con el libro delante de ella y el lápiz, petrificados y obscurecidos por la mortecina luz que precede a la tormenta, Hana oyó sus pasos por el pasillo.

Entró en el cuarto y se quedó al pie de la cama en que yacía el paciente inglés.

Hola, zapador.

Tenía la culata del fusil pegada al pecho y la correa tensada por el brazo, que formaba un triángulo.

¿Qué sucedía fuera?

Kip tenía expresión de condenado, separado del mundo, y su carmelita rostro lloraba. El cuerpo se giró y disparó a la antigua fuente y el yeso, al saltar, cayó en forma de polvo sobre la cama. Giró sobre sí mismo de nuevo y el fusil quedó apuntando al inglés. Empezó a temblar y después intentó controlarse con todo su ser.

Baja el arma, Kip.

Apoyó la espalda con fuerza contra la pared y dejó de temblar. El polvo de yeso suspendido en el aire los envolvía.

He estado sentado aquí, al pie de esta cama, escuchándote estos últimos meses, porque eras como un tío para mí. De niño, hacía lo mismo. Creía que podía absorber todo lo que los mayores me enseñaban. Creía que podía conservar ese saber, modificarlo despacio, pero, en cualquier caso, transmitirlo a otros.

Me crié con las tradiciones de mi país, pero después, más que nada, con las de tu país, tu frágil isla blanca que con costumbres, modales, libros, prefectos y razón convirtió en cierto modo al resto del mundo. Representabais el comportamiento estricto. Yo sabía que, si me equivocaba de dedo al levantar una taza, quedaría proscrito. Si no hacía el nudo correcto en una corbata, resultaría excluido. ¿Serían los barcos simplemente los que os conferían tal poder? ¿Sería, como decía mi hermano, porque teníais las historias y las imprentas?

Vosotros y después los americanos nos convertisteis: con vuestras normas misioneras. Y soldados indios perdieron la vida como héroes para poder ser *pukkah*. Hacíais la guerra como si estuvieseis jugando al críquet. ¿Cómo pudisteis embaucarnos para participar en esto? Mira... escucha lo que ha hecho tu pueblo.

Arrojó el fusil sobre la cama y se acercó al inglés. Llevaba a un lado el receptor de radio, colgado del cinturón. Se lo soltó y colocó los auriculares en la negra cabeza del paciente, que hizo una mueca de dolor, pero el zapador se los dejó puestos. Después volvió atrás y, al recoger el fusil, vio a Hana en la puerta.

Una bomba y después otra: Hiroshima, Nagasaki.

Desvió el fusil hacia el hueco de la ventana. El halcón parecía flotar intencionadamente hacia el punto de mira por el aire del valle. Si Kip cerraba los ojos, veía las calles de Asia envueltas en llamas. El fuego laminaba ciudades como un mapa reventado, el huracán de calor marchitaba los cuerpos al entrar en contacto con ellos, las súbitas sombras humanas se disolvían en el aire: una sacudida de la ciencia occidental.

Contempló al paciente inglés, que escuchaba con los auriculares puestos y los ojos enfocados hacia adentro.

La mira del fusil bajó de la fina nariz a la nuez, por encima de la clavícula. Kip contuvo la respiración. Se quedó rígido formando un ángulo recto con el fusil Enfield, sin la menor vacilación.

Entonces los ojos del inglés volvieron a mirarlo.

Zapador.

Entró Caravaggio en el cuarto y alargó la mano hacia él, pero Kip giró el fusil y le golpeó con la culata en las costillas: un zarpazo de animal. Y después, como si formara parte del mismo movimiento, volvió a situarse en la rígida posición en ángulo recto de los pelotones de ejecución, que le habían enseñado en diversos cuarteles de la India e Inglaterra, con el cuello quemado en el punto de mira.

Kip, háblame.

Ahora su cara era un cuchillo. Contenía el llanto por la conmoción y el horror, al ver todo y a todos transformados a su alrededor. Aunque cayera la noche entre ellos, aunque cayese la niebla, los obscuros ojos del joven verían al nuevo enemigo que se le había revelado.

Me lo dijo mi hermano. Nunca des la espalda a Europa: los negociantes, los contratantes, los cartógrafos. Nunca confíes en los europeos, me dijo. Nunca les des la mano, pero nosotros, oh, nos dejamos impresionar fácilmente... por los discursos y las medallas y sus ceremonias. ¿Qué he estado haciendo estos últimos años? Cortando, desactivando, vástagos diabólicos. ¿Para qué? ¿Para que sucediera esto?

¿Qué ha sucedido? ¡Por el amor de Dios, dínoslo!

Te voy a dejar la radio para que te empapes con tu lección de Historia. No vuelvas a moverte, Caravaggio.

Todos esos discursos de reyes, reinas y presidentes, ejemplos de civilización... esas voces del orden abstracto. Huélelo. Escucha la radio y huele la celebración en ella. En mi país, cuando un padre comete una injusticia, se mata al padre.

Tú no sabes quién es este hombre.

La mira del fusil siguió apuntada sin la menor vacilación al cuello quemado. Después el zapador la desvió hacia los ojos de aquel hombre.

Hazlo, dijo Almásy.

Las miradas del zapador y del paciente se cruzaron en aquel cuarto en penumbra y atestado ahora con el mundo.

Movió la cabeza hacia el zapador en señal de asentimiento.

Hazlo, repitió con calma.

Kip expulsó el cartucho y lo atrapó en el momento en que caía. Arrojó a la cama el fusil, serpiente ya sin veneno y vio a Hana por el rabillo del ojo.

El hombre quemado se quitó los auriculares de la cabeza y los apartó despacio delante de él. Después levantó la mano izquierda y se quitó el audífono y lo dejó caer al suelo.

Hazlo, Kip. No quiero oír nada más.

Cerró los ojos y se coló en la obscuridad, lejos del cuarto.

El zapador se recostó contra la pared con las manos enlazadas y la cabeza gacha. Caravaggio oía el aire que entraba y salía por su nariz, rápido y con fuerza: un pistón.

No es inglés.

Americano, francés, me da igual. Quien se pone a bombardear a las razas de color carmelita del mundo es inglés. Teníais al rey Leopoldo de Bélgica y ahora tenéis al Harry Truman de Estados Unidos de los cojones. Todos vosotros lo aprendisteis de los ingleses.

No. Él, no. Estás en un error. Probablemente él, más que nadie, esté de tu parte.

Lo que él diría es que no tiene importancia, comentó Hana.

Caravaggio se sentó en la silla. Siempre estaba —pensó— sentado en aquella silla. En el cuarto se oyó el rumor del receptor de radio, que seguía sonando con su voz subacuática. No tenía valor para volverse y mirar al zapador o hacia el borroso vestido de Hana. Sabía que el joven zapador tenía razón. Ellos nunca habrían lanzado una bomba sobre una nación blanca.

El zapador salió del cuarto y dejó a Caravaggio y a Hana junto a la cama. Había abandonado a los tres en su mundo, ya no era su centinela. En el futuro, cuando el paciente inglés muriera, si es que moría, Caravaggio y la muchacha lo enterrarían: que los muertos enterraran a los muertos. Nunca había estado seguro de lo que eso —esas pocas y crueles palabras de la Biblia— significaba.

Enterrarían todo —el cuerpo, las sábanas, la ropa, el fusil—, excepto el libro. Pronto se quedaría sólo con Hana y el motivo de todo aquello estaba en la radio, un acontecimiento terrible que comunicaban las emisiones de onda corta: una nueva guerra, la muerte de una civilización.

Noche serena. Oía chotacabras, sus gritos apagados, los quedos ruidos de las alas, cuando giraban. Los cipreses se alzaban sobre su tienda, inmóviles en aquella noche sin viento. Estaba tumbado y miraba el obscuro ángulo de la tienda. Cuando cerraba los ojos, veía fuego, gente que saltaba a ríos, a depósitos, para huir de la llama o el calor que en unos segundos lo quemaba todo, lo que tuvieran en la mano, sus propios cabellos y piel, incluso el agua a la que saltaban. La bomba brillante transportada hasta el archipiélago verde por un avión que surcó el aire sobre el océano, pasó por delante de la Luna, al Este, y la arrojó.

No había comido ni bebido, no podía tragar nada. Antes de que se hiciera de noche, sacó de la tienda todos los objetos militares, todo su equipo de artificiero, y se arrancó todas las insignias del uniforme. Antes de tumbarse, se deshizo el turbante, se peinó el pelo y después se lo ató en un moño, se tumbó y vio la luz en la tela de la tienda desaparecer poco a poco, mientras sus ojos se aferraban a la última y azul pincelada de luz y oía amainar el viento hasta desaparecer y después el ruido seco que hacían los halcones con las alas al virar y todos los sonidos delicados del aire.

Tenía la sensación de que todos los vientos del mundo habían resultado aspirados hacia Asia. Las cavilaciones sobre aquella bomba del tamaño —al parecer— de una ciudad, tan vasta, que permitía a los vivos presenciar la muerte de la población a su alrededor, le hicieron olvidar las numerosas bombas pequeñas de su carrera. No sabía nada sobre aquella arma: si se trataría de un repentino ataque de metal y explosión o si el aire en ebullición embestiría y laminaría a todo ser humano. Lo único que sabía era que ya no podía permitir que nada se acercase a él, no podía comer nada ni beber siquiera en un charco de un banco de piedra en la terraza, no podía sacar una cerilla de la bolsa y encender el quinqué, pues estaba convencido de que éste lo incendiaría todo. En la tienda, antes de que se disipara la luz, había sacado la fotografía de su familia y la había contemplado. Su nombre era Kirpal Singh y no sabía qué hacía allí.

Ahora estaba bajo los árboles en pleno calor de agosto, sin turbante y vestido sólo con una *kurta*. No llevaba nada en las manos, caminaba simplemente bordeando la línea de los setos, descalzo sobre la hierba, la piedra de la terraza o la ceniza de una antigua hoguera. Su cuerpo insomne estaba vivo en un extremo de un gran valle de Europa.

Por la mañana temprano, Hana lo vio de pie junto a la tienda. Durante la noche había mirado por si veía alguna luz entre los árboles. Aquella noche, el inglés no había cenado y cada uno de los demás habitantes de la villa lo había hecho a solas. Ahora Hana vio el brazo del zapador dar un tirón y las paredes de lona se desplomaron sobre sí mismas como la vela de un barco. Se volvió y se dirigió hacia la casa, subió por la escalera a la terraza y desapareció.

En la capilla, pasó por delante de los bancos quemados y se dirigió hacia el ábside, donde, bajo una lona sujetada por ramas, se encontraba la motocicleta. Empezó a destapar la máquina. Se acuclilló junto a la moto y se puso a lubricar con aceite los piñones y los dientes de la cadena.

Cuando Hana entró en la capilla sin techo, estaba sentado ahí, con la espalda y la cabeza apoyadas contra la rueda.

Kip.

Él no dijo nada, la miró como si no la viera.

Kip, soy yo. ¿Qué teníamos nosotros que ver con eso?

Era como una roca delante de ella.

Se agachó hasta su nivel, se inclinó hacia él, apoyó la cara en su pecho y se quedó en esa posición.

Un corazón palpitante.

Al ver que seguía inmóvil, se retiró y se dejó caer sobre las rodillas.

En cierta ocasión, el inglés me leyó este pensamiento de un libro: «El amor es tan pequeño, que puede pasar por el ojo de una aguja.»

Él se inclinó hacia un lado para apartarse de ella y la cara le quedó a pocos centímetros de un charco de lluvia.

Un muchacho y una chica.

Mientras el zapador sacaba la motocicleta de debajo de la lona, Caravaggio se inclinó sobre el pretil, con la barbilla sobre el antebrazo. Después sintió que no podía soportar el ambiente de la casa y se marchó. No estuvo presente, cuando el zapador hizo revivir la motocicleta acelerando y se sentó en ella, en el momento en que se alzaba a medias, como un caballo lleno de vida bajo su jinete, y Hana permanecía a su lado.

Singh le tocó el brazo y dejó que la máquina rodara cuesta abajo y sólo entonces aceleró.

A mitad de camino de la verja, estaba esperándolo Caravaggio con el fusil. Ni siquiera lo alzó hacia la moto, cuando el muchacho aminoró la velocidad, al ver que Caravaggio se interponía en su camino. Caravaggio se le acercó y lo rodeó con los brazos. Un gran abrazo. El zapador sintió por primera vez el picor de la barba en la piel. Se sintió aspirado y envuelto por aquellos músculos. «Voy a tener que aprender a resignarme a tu ausencia», dijo Caravaggio. Entonces el muchacho se apartó y Caravaggio volvió a la casa.

El repentino brío del motor parecía extenderse a su alrededor. El humo del escape de la Triumph y el polvo y la gravilla que levantaba se perdían entre los árboles. Al llegar a la verja, saltó por encima de la rejilla horizontal destinada a impedir el paso del ganado y después, tras pasar por delante de los aromáticos jardines colgados de los pronunciados taludes a ambos lados de la carretera, salió serpenteando del pueblo.

Su cuerpo adoptó la posición habitual: el pecho, paralelo al depósito de gasolina, casi tocándolo; los brazos, horizontales, para disminuir la resistencia. Se dirigió hacia el Sur —por Greve, Montevarchi y Ambra, pueblecitos preservados de la guerra y la invasión— sin pasar por Florencia. Después, cuando aparecieron las nuevas colinas, empezó a trepar por su espinazo hacia Cortona.

Viajaba en sentido contrario al de la invasión, como si estuviera rebobinando el carrete de la guerra, por una ruta ahora libre de la tensión militar. Tomaba sólo carreteras que conocía, guiándose por las siluetas a lo lejos de las ciudades amuralladas que había visitado. Se mantenía estático en la Triumph, lanzada a todo tren bajo su cuerpo por las carreteras rurales. Llevaba poco equipaje, pues había dejado todas las armas en la villa. La moto pasaba por todos los pueblos como una exhalación, sin aminorar la velocidad ante pueblo o recuerdo alguno de la guerra. *«La tierra dará tumbos como un borracho y quedará borrada del mapa como un simple caserío.»*

Hana abrió la mochila de Kip. En su interior había una pistola envuelta en hule, que, cuando deshizo el paquete, desprendió su olor, un cepillo de dientes y polvo dentífrico, bocetos a lápiz en un cuaderno, entre ellos un dibujo de ella —sentada en la terraza y vista desde el cuarto del inglés—, dos turbantes, una botella de almidón y una linterna de zapador con sus correas de cuero para atársela en situaciones de emergencia. La encendió y la mochila se llenó de luz roja.

En los bolsillos laterales encontró piezas del equipo de artificiero, que no quiso tocar. Envuelta en otro trozo de tela estaba la cuña de metal que ella le había regalado y que en su país se utilizaba para sangrar los arces y obtener su azúcar.

De debajo de la tienda desplomada sacó un retrato que debía de ser de su familia y lo sostuvo en la palma de la mano: un sij y su familia.

Un hermano mayor, que en aquella foto sólo tenía once años, y Kip a su lado, con ocho años. *«Cuando estalló la guerra, mi hermano se puso de parte de quienes estuvieran contra los ingleses.»*

También había una pequeña guía con un mapa de zonas minadas y un dibujo de un santo acompañado de un músico.

Volvió a guardarlo todo, excepto la fotografía, que sostuvo en la mano libre. Regresó con la bolsa por entre los árboles y entró en la casa por el pórtico.

Cada hora, más o menos, hacía un alto, escupía en las gafas y les quitaba el polvo con la manga de la camisa. Volvía a mirar el mapa. Iba a dirigirse hacia el Adriático y después hacia el Sur. La mayoría de las tropas estaban en las fronteras septentrionales.

Ascendió hacia Cortona envuelto en las agudas detonaciones del motor. Subió con la Triumph los escalones hasta la puerta de la iglesia y después se apeó y entró. Había una estatua rodeada de andamios. Quería acercarse más a la cara, pero no tenía un fusil con mira telescópica y se sentía el cuerpo demasiado rígido para escalar por los tubos del andamio. Dio vueltas abajo, como alguien excluido de la intimidad de una casa. Bajó a pie los escalones de la iglesia sosteniendo la moto con las manos y después se deslizó —pendiente abajo y sin encender el motor— por entre los viñedos destrozados y continuó hacia Arezzo.

En Sansepolcro se internó por una carretera tortuosa que subía hacia las montañas, hacia su niebla, por lo que hubo de reducir la velocidad al mínimo: la Bocca Trabaria. Tenía frío, pero se concentró mentalmente para no sentirlo. Por fin, la carretera se elevó por encima de la capa blanca y dejó atrás el lecho que formaba la niebla. Rodeó Urbino, donde los alemanes habían quemado todos los caballos del enemigo. Habían pasado un mes allí, combatiendo en aquella región; ahora atravesó la zona en unos minutos y sólo reconoció los santuarios de la Madonna Negra. La guerra había vuelto similares todos los pueblos y las ciudades.

Bajó hacia la costa. Entró en Gabicce Mare, donde había visto a la Virgen emerger del mar. Durmió en la colina que dominaba el acantilado y el agua, cerca del punto hasta el que habían llevado la imagen. Así acabó su primera jornada.

Querida Clara, querida maman:

Maman es una palabra francesa, Clara, una palabra circular, que sugiere abrazos, una palabra personal que incluso puede gritarse en público, algo tan consolador y eterno como una gabarra, aunque tú, en espíritu, sigues siendo —lo sé— una canoa, que con sólo dos paletadas puede entrar en un riachuelo en cuestión de segundos, aún independiente, aún celosa de su intimidad, y no una gabarra responsable de todos los que la rodean. Ésta es la primera carta que escribo en varios años, Clara, y no estoy acostumbrada a respetar las reglas epistolares. He pasado los últimos meses con tres personas y nuestras charlas han sido lentas, fortuitas. Ahora ya no estoy acostumbrada a hablar de ninguna otra forma.

Estamos en 194... ¿y cuántos? Por un segundo se me ha olvidado. Pero sé el mes y el día. Un día después de que nos enteráramos de que habían arrojado esas bombas sobre el Japón, por lo que parece que fuera el fin del mundo. Creo que de ahora en adelante lo personal va a estar en guerra para siempre con lo público. Si podemos racionalizar eso, podemos racionalizarlo todo.

Patrick murió en un palomar de Francia, donde en los siglos XVII y XVIII los construían muy grandes, mayores que la mayoría de las casas. Así:

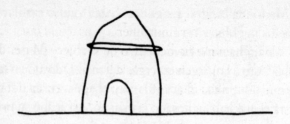

*La línea horizontal que separa el tercio superior del resto
se llamaba cornisa para las ratas: su función era la de impedir
que las ratas treparan por la pared de ladrillos y mantener a
salvo, así, a las palomas. Seguro como un palomar, un lugar sagrado, como una iglesia en muchos sentidos, un lugar destinado
a aliviar. En un lugar así murió Patrick.*

A las cinco de la mañana, arrancó la Triumph y la rueda
trasera arrojó gravilla en forma de abanico. Era de noche y
no podía distinguir aún el mar desde el acantilado. Para el
viaje desde allí hacia el Sur no tenía mapas, pero podía reconocer las carreteras por las que había pasado la guerra y
seguir la ruta costera. Cuando salió el sol, pudo aumentar
la velocidad. Aún no había llegado a los ríos.

Hacia las dos de la tarde, llegó a Ortona, donde los
zapadores habían instalado los puentes provisionales y
habían estado a punto de ahogarse con la tormenta en el
centro de la corriente. Empezó a llover y se detuvo para ponerse una capa de goma. Inmerso en la humedad ambiente,
dio una vuelta en torno a la máquina. Ahora, mientras avanzaba, el sonido en sus oídos resultaba distinto. En lugar de
los gemidos y los aullidos, oía un *chuf chuf chuf* y la rueda de-

lantera le salpicaba agua en las botas. Todo lo que veía a través de las gafas era gris. No quería pensar en Hana. En todo el silencio, en medio del ruido de la moto, no pensaba en ella. Cuando aparecía su cara, la borraba, daba un tirón del manillar para hacer un viraje y tener que concentrarse. Si tenía que haber palabras, no serían las de Hana, sino los nombres en aquel mapa de Italia que estaba recorriendo.

Tenía la sensación de que transportaba el cuerpo del inglés en aquella huida. Iba sentado en el depósito de gasolina mirando hacia él, con el negro cuerpo abrazado al suyo y mirando por encima de su hombro al pasado, el paisaje del que huían, aquel palacio de extranjeros que se perdía en la lejanía en la colina italiana y que nunca se reconstruiría. *«Y las palabras que he puesto en tu boca no saldrán de ella ni de la de tus descendientes ni de la de los descendientes de tus descendientes.»*

La voz del paciente inglés le recitaba las palabras de Isaías al oído, como ya había hecho la tarde en que el muchacho le había hablado de aquel rostro en el techo de la capilla de Roma. «Desde luego, hay cien Isaías. Un día desearás verlo de anciano: en los monasterios del sur de Francia aparece representado como un anciano con barba, pero su mirada sigue teniendo la misma energía.» El inglés había recitado en el cuarto pintado: *«Mira, el Señor te llevará a un terrible cautiverio y ten por seguro que te subyugará. Ten por seguro que te sacudirá y lanzará de acá para allá como una pelota por una gran extensión de terreno.»*

A medida que avanzaba, la lluvia iba haciéndose más densa. Como le había gustado la cara en el techo, también le habían gustado aquellas palabras, del mismo modo que había creído en el hombre quemado y en los henares de civilización a los que tantos mimos prodigaba. Isaías, Jeremías y Salomón figuraban en el libro de cabecera del hombre quemado, su libro sagrado, en el que había pegado y había hecho suyo todo lo que adoraba. Había pasado su libro al zapador y éste le había dicho: también nosotros tenemos un Libro Sagrado.

La juntura de goma de las gafas se había agrietado en los últimos meses y ahora el agua estaba empezando a llenar las cámaras de aire delante de sus ojos. Seguiría su ruta sin ellas, con el *chuf chuf chuf* en los oídos, tan permanente como el rumor del mar, y su doblado cuerpo rígido, frío, pues de aquella máquina que tan íntimamente montaba emanaba tan sólo la idea del calor y la rociada blanca que levantaba al cruzar los pueblos como una estrella fugaz, una aparición que duraba medio segundo y durante la cual se podía formular un deseo. «*Pues los cielos desaparecerán como el humo y la tierra se volverá vieja como un vestido y los que en ella viven morirán de igual modo, pues las polillas darán cuenta de ellos como de un vestido y los gusanos los devorarán como lana.*» Un secreto de desiertos desde Uweinat hasta Hiroshima.

Estaba quitándose las gafas, cuando salió de la curva y entró en el puente sobre el río Ofanto. Y en el momento en que alzaba el brazo izquierdo con las gafas empezó a patinar. Las tiró y contuvo la moto, pero no estaba preparado para el salto provocado por el reborde metálico del puente, que hizo caer la moto a la derecha y debajo de él. De repente se encontró resbalando con ella en la capa de agua de lluvia por el centro del puente, al tiempo que del metal raspado saltaban chispas azules en torno a sus brazos y su cara.

Trozos de pesado acero salieron volando, tras rozar su cuerpo. Después la moto y él dieron un viraje a la izquierda y, como el puente carecía de pretil, salieron despedidos de costado —el zapador con los brazos echados hacia atrás por encima de su cabeza— y describieron una trayectoria paralela a la del agua. La capa se soltó de él y de todo elemento maquinal o ser mortal y pasó a formar parte del aire.

La motocicleta y el soldado se inmovilizaron en el aire y después —sin que el cuerpo metálico se escabullera de entre las piernas que lo montaban— giraron y cayeron al agua en ruidosa plancha que dejó un trazo blanco en ella antes de desaparecer —junto con la propia lluvia— en el río. «*Te lanzará de acá para allá como una pelota por una gran extensión de terreno.*»

¿Cómo es que Patrick acabó en un palomar, Clara? Su unidad lo había abandonado, quemado y herido como estaba, tan quemado, que los botones de su camisa formaban parte de su piel, parte de su querido pecho: el que yo besé y tú también. ¿Y cómo es que mi padre resultó quemado? Él, que podía serpentear cual una anguila o tu canoa para escabullirse, como por arte de magia, del mundo real, con su deliciosa y complicada inocencia. Era el hombre menos locuaz que imaginarse pueda y siempre me extrañó que gustara a las mujeres. Nosotras somos las racionalistas, las cuerdas, y nos suele gustar tener a un hombre locuaz al lado. En cambio, a él se lo veía con frecuencia perdido, inseguro, mudo.

Era un hombre quemado y yo era enfermera y habría podido cuidarlo. ¿Entiendes la tristeza que entraña la geografía? Podría haberlo salvado o al menos haber permanecido con él hasta el final. Sé mucho sobre quemaduras. ¿Cuánto tiempo perma-

necería a solas con las palomas y las ratas, en las últimas fases de la sangre y la vida, con palomas por encima de él, revoloteando a su alrededor, sin posibilidad de dormir en la obscuridad, que siempre había detestado, y solo, sin la compañía de una amante o un familiar?

Estoy harta de Europa, Clara. Quiero volver a casa, a tu cabañita en la roca rosada de Georgian Bay. Tomaré un autobús hasta Parry Sound y desde la zona continental enviaré un mensaje por onda corta hacia las Pancakes y te esperaré, esperaré a ver tu silueta en una canoa acudiendo a rescatarme de este panorama, en el que todos nos metimos y con ello te traicionamos. ¿Cómo llegaste a ser tan lista, tan resuelta? ¿Cómo es que no te dejaste embaucar como nosotros? Tú, que tan dotada estabas para los placeres, qué sabia te volviste: la más pura de todos nosotros, la alubia más obscura, la hoja más verde.

HANA

La cabeza descubierta del zapador emergió del agua y su boca aspiró todo el aire que flotaba sobre el río.

Caravaggio había fabricado una pasarela con una cuerda de cáñamo hasta el techo de la villa contigua. En el extremo más próximo estaba atada a la cintura de la estatua de Demetrio y después, para mayor seguridad, al pozo. Pasaba justo por encima de las copas de los dos olivos cercanos a su trayectoria. Si hubiera perdido el equilibrio, habría caído en los toscos y polvorientos brazos de los olivos.

Adelantó hacia ella el pie —enfundado tan sólo en el calcetín—, que se aferró al cáñamo. ¿Es valiosa esa estatua?, había preguntado en cierta ocasión a Hana, como si tal cosa, y ella le había respondido que, según el paciente inglés, ninguna estatua de Demetrio tenía valor.

Hana pegó el sobre, se levantó y cruzó el cuarto para cerrar la ventana y en ese momento un rayo cruzó el valle. Vio a Caravaggio en el aire sobre el barranco que se extendía junto a la villa, como una profunda cicatriz. Se quedó ahí, como en un sueño, y después trepó al hueco de la ventana y se sentó a contemplarlo.

Cada vez que se veía un rayo, la lluvia quedaba paralizada en la noche repentinamente iluminada. Veía los halcones elevarse como flechas por el aire y buscaba a Caravaggio.

Cuando Caravaggio se encontraba a medio camino, sintió el olor a lluvia, que poco después empezó a caerle por todo el cuerpo, a pegársele, y de repente notó que la ropa le pesaba mucho más.

Hana sacó las manos juntas por la ventana y se echó la lluvia recogida en ellas por el cabello, al tiempo que se lo alisaba.

La villa se fue hundiendo poco a poco en la obscuridad. En el pasillo contiguo al cuarto del paciente inglés ardía la última vela, viva aún en la noche. Siempre que se despertaba y abría los ojos, veía la trémula, casi extinta, luz amarilla.

Ahora el mundo carecía de sonido para él e incluso la luz parecía algo innecesario. La mañana siguiente diría a la muchacha que no quería que lo acompañara la llama de una vela, mientras dormía.

Hacia las tres de la mañana, sintió una presencia en el cuarto. Vio, por un instante, una figura al pie de su cama, contra la pared o tal vez pintada en ella, apenas perceptible en la obscuridad del follaje que quedaba detrás de la vela. Susurró algo, algo que deseaba decir, pero siguió el silencio y la ligera figura carmelita, que podía ser una simple sombra nocturna, no se movió: un álamo, un hombre con plumas, una figura nadando. No iba a tener la suerte de volver a hablar con el joven zapador, pensó.

En cualquier caso, aquella noche permaneció despierto para ver si la figura avanzaba hacia él. Permanecería despierto —y sin recurrir a la tableta que suprimía el dolor— hasta que se apagara la vela y su olor se difundiera por su cuarto y el de la muchacha, pasillo abajo. Si la figura se hubiese dado la vuelta, se le habría visto pintura en la espalda, donde, movido por el dolor, se había golpeado contra el mural de los árboles. Cuando la vela se extinguiera, iba a poder verlo.

Alargó despacio la mano, que tocó el libro y volvió a su obscuro pecho. Nada más se movió en el cuarto.

Años después, ¿dónde se encontraba, cuando pensaba en ella? Una historia que recordaba a un canto rodado saltando por el agua y rebotando, con lo que, antes de que volviese a tocar la superficie y se hundiera, ella y él habían madurado.

¿Dónde se encontraba, en su jardín, pensando una vez más en que debería entrar en su casa y escribir una carta o ir un día a la oficina de teléfonos, rellenar un formulario e intentar ponerse en contacto con ella, en otro país? Aquel jardín, aquel terreno cuadrado cubierto de hierba seca y cortada, era el que lo hacía remontarse a los meses que había pasado con Hana, Caravaggio y el paciente inglés en la Villa San Girolamo, al norte de Florencia. Era médico, tenía dos hijos y una mujer risueña. Estaba siempre muy ocupado en aquella ciudad. A las seis de la tarde, se quitaba la bata blanca de facultativo, debajo de la cual llevaba pantalones obscuros y camisa de manga corta. Cerraba la clínica, en la que todos los documentos estaban sujetos por pisapapeles de diversos tipos —piedras, tinteros, un camión de juguete con el que su hijo ya no jugaba— para impedir que volaran con el ventilador. Montaba en su bicicleta y recorría pedaleando los seis kilómetros hasta su casa, pasando por el bazar. Siempre que podía, dirigía la bicicleta hacia la parte de la calle cubierta por la sombra. Había llegado a una edad en la que advertía de repente que el sol de la India lo agotaba.

Se deslizaba bajo los sauces bordeando el canal y después se detenía en una pequeña urbanización, se quitaba las pinzas de los pantalones y bajaba la bicicleta por la escalera hasta el jardincito, del que se ocupaba su esposa.

Y aquella tarde algo había hecho salir la piedra del agua y le había permitido regresar por el aire hasta el pueblo encaramado en una colina de Italia. Tal vez fuese la quemadura química en el brazo de la niña a la que había atendido en aquella jornada o la escalera de piedra, en cuyos peldaños crecían tenaces hierbas marrones. Estaba subiendo la bicicleta y a la mitad de la escalera le había venido el recuerdo. Era el momento en que se dirigía al trabajo, por lo que, cuando llegó al hospital e inició el constante ajetreo con los pacientes y la administración de su jornada de siete horas, el mecanismo que desencadenaba el recuerdo se detuvo. O podría haber sido también la quemadura en el brazo de aquella niña.

Estaba sentado en el jardín y veía a Hana, con el pelo más largo, en su propio país. ¿Y qué hacía Hana? La veía siempre, su rostro y su cuerpo, pero no sabía su profesión ni sus circunstancias, aunque veía sus reacciones ante las personas a su alrededor, inclinarse ante los niños con una blanca puerta de nevera detrás de ella y, en segundo plano, tranvías silenciosos. Era una relativa dádiva que se le había concedido, como si la película de una cámara la revelara, pero sólo a ella, en silencio. No podía distinguir la compañía entre la que se movía, sus pensamientos; lo único que podía presenciar era su persona y el crecimiento de su obscuro cabello, que le caía una y otra vez sobre la cara.

Ella siempre iba a tener —comprendía ahora— un rostro serio. La mujer joven que había sido había adquirido el anguloso aspecto de una reina, alguien que había labrado su rostro con el deseo de ser cierta clase de persona. A él seguía gustándole ese rasgo de ella. Su inteligente elegancia, pues ese aspecto y esa belleza no eran heredados, sino buscados, y siempre reflejarían una fase actual de su personalidad. Parecía que, cada uno o dos meses, la veía así, como si esos momentos de revelación fueran una continuación de las cartas que ella le había escrito durante un año, sin recibir respuesta, hasta que, al sentirse rechazada por su silencio —por su forma de ser, supuso él—, dejó de enviarlas.

Y ahora lo asaltaba ese deseo apremiante de hablar con ella durante una comida y volver a aquella fase de máxima intimidad entre ellos en la tienda o en el cuarto del paciente inglés, espacios ambos por los que discurría el turbulento río que los separaba. Al recordar aquella época, se sentía tan fascinado por su propia presencia allí como por ella: un chico serio, cuyo ágil brazo cruzaba el aire hacia la muchacha de la que se había enamorado. Sus botas húmedas estaban junto a la puerta —allí, en Italia— con los cordones atados entre sí y su brazo se alargaba hacia el hombro de ella, la figura tumbada boca abajo en la cama.

Durante la cena, contemplaba a su hija luchar con los cubiertos, intentando sostener tamañas armas en sus manitas. En aquella mesa todas las manos eran de color carmelita. Se desenvolvían todos ellos con soltura en sus usos y hábitos y su esposa les había enseñado a todos un humor feroz, que su hijo había heredado. Le encantaba encontrarse con el ingenio de su hijo en aquella casa, que le sorprendía constantemente, superaba incluso los conocimientos y el humor de sus padres: su actitud ante los perros en la calle, cuyos andares y mirada imitaba. Le encantaba que aquel niño pudiera casi adivinar los deseos de los perros a partir de sus diversas expresiones.

Y probablemente Hana se relacionara con gente que no había elegido. Incluso a su edad —treinta y cuatro años— no había encontrado su compañía ideal, la que deseaba. Era una mujer honorable e inteligente, cuyos impetuosos amores excluían la suerte, eran siempre arriesgados, y ahora había señales en su semblante que sólo ella podía reconocer en un espejo. ¡Ideal e idealista con aquel brillante cabello obscuro! Los hombres se enamoraban de ella. Aún recordaba los versos que el inglés tenía copiados en su libro de citas y que le leía en voz alta. Se trata de una mujer que no conozco lo suficiente para cobijarla bajo mis alas, en caso de que los escritores tengan alas, por el resto de mi vida.

Conque Hana se movió, su cara se transformó y, embargada por la pena, inclinó la cabeza y el cabello le cayó sobre la cara. Tocó con el hombro el borde de una alacena y un vaso se movió de su sitio. La mano izquierda de Kirpal bajó rauda y atrapó el tenedor que caía a un centímetro del suelo y volvió a colocarlo con ternura entre los dedos de su hija, al tiempo que se le dibujaban unas arruguitas en las comisuras de los ojos, tras las gafas.

Agradecimientos

Si bien algunos de los personajes que aparecen en este libro están basados en figuras históricas y muchas de las zonas descritas —por ejemplo, el Gilf Kebir y el desierto circundante— existen y fueron exploradas en el decenio de 1930, es importante subrayar que esta historia es una ficción y que los retratos de los personajes que aparecen en ella son ficticios, como también algunos de los sucesos y los viajes.

Quisiera dar las gracias a la *Royal Geographical Society* de Londres por permitirme leer material de archivo y recoger de sus *Geographical Journals* datos sobre el mundo de los exploradores y sus viajes, muchos de ellos descritos por sus autores en relatos hermosos. He citado un pasaje del artículo «De Kufra a Darfur» de Hassanein Bey (1924) y me he basado en sus descripciones y en las de otros exploradores para evocar el desierto en el decenio de 1930. Quisiera agradecer la información obtenida en «Problemas históricos del desierto libio» del Dr. Richard A. Bermann (1934) y la recensión que R. A. Bagnold hizo de la monografía de Almásy sobre sus exploraciones en el desierto.

Muchos libros fueron importantes para mis investigaciones. *Unexplored Bomb* del comandante A. B. Hartley me resultó particularmente útil para recrear la construcción de las bombas y describir la unidad de artificieros británica a comienzos de la segunda guerra mundial. He citado textualmente de su libro (los párrafos en cursiva que figuran en el capítulo *In situ*) y he basado algunos de los métodos de desactivación de Kirpal Singh en las técnicas descritas por Hartley. La información que figura en el cuaderno de notas del paciente inglés sobre la naturaleza de ciertos vientos procede del maravilloso libro *Heaven's Breath* de Lyall Watson y las citas textuales aparecen entre comillas. La sección de las *Historias* de Herodoto relativa a la historia de Candaulo y Giges corresponde a la traducción de 1890, obra de G. C. McCauley (Macmillan). Otras citas de Herodoto corresponden a la traducción de David Grene (University of Chicago Press). El pasaje en cursiva que figura en la pág. 32 es de Christopher Smart; el que figura en las págs. 164-165 corresponde al *Paraíso perdido* de John Milton; el pensamiento que Hana recuerda en la pág. 314 es de Anne Wilkinson. También quisiera expresar mi agradecimiento a *The Villa Diana* de Alan Moorehead, que versa sobre la vida de Poliziano en Toscana. Otros libros importantes fueron *The Stones of Florence* de Mary McCarthy, *The Cat and the Mice* de Leonard Mosley, *The Canadians in Italy 1943-5* y *Canada's Nursing Sisters* de G. W. I. Nicholson, *The Marshall Cavendish Encyclopaedia of World War II*, *Martial India* de F. Yates Brown y otros tres libros sobre el ejército indio: *The Tiger Strikes* y *The Tiger Kills* (1942, Dirección de Relaciones Públicas, Nueva Delhi) y *A Roll of Honor*.

Mi agradecimiento al Departamento de Inglés del Glendon College de la Universidad de York, la Villa

Serbelloni, la Fundación Rockefeller y la Biblioteca Metropolitana de Toronto.

Quisiera agradecer a las siguientes personas su generosa ayuda: Elisabeth Dennys, quien me dejó leer las cartas que escribió desde Egipto durante la guerra; Sor Margaret, de la Villa San Girolamo; Michael Williamson, de la Biblioteca Nacional del Canadá en Ottawa; Anna Jardine; Rodney Dennys; Linda Spalding; Ellen Levine. Y también a Lally Marwah, Douglas LePan, David Young y Donya Peroff.

Por último, gracias especiales a Ellen Seligman, Liz Calder y Sonny Mehta.

El papel utilizado para la impresión de este libro
ha sido fabricado a partir de madera
procedente de bosques y plantaciones
gestionados con los más altos estándares ambientales,
garantizando una explotación de los recursos
sostenible con el medio ambiente
y beneficiosa para las personas.
Por este motivo, Greenpeace acredita que
este libro cumple los requisitos ambientales y sociales
necesarios para ser considerado
un libro «amigo de los bosques».
El proyecto «Libros amigos de los bosques» promueve
la conservación y el uso sostenible de los bosques,
en especial de los Bosques Primarios,
los últimos bosques vírgenes del planeta.

Papel certificado por el Forest Stewardship Council®